中华美文书系

坡嗲
—— 活在秦腔里的记忆

刘元林 著

群众出版社
·北京·

图书在版编目（CIP）数据

坡嗲 / 刘元林著 . —北京：群众出版社，2012.4
ISBN 978-7-5014-4991-0

Ⅰ. ①坡… Ⅱ. ①刘… Ⅲ. ①散文集—中国—当代 Ⅳ. ①I267

中国版本图书馆 CIP 数据核字（2012）第 044361 号

坡嗲
——活在秦腔里的记忆
刘元林 著

出版发行：	群众出版社
地　　址：	北京市西城区木樨地南里
邮政编码：	100038
经　　销：	新华书店
印　　刷：	北京泰锐印刷有限责任公司
版　　次：	2012 年 3 月第 1 版
印　　次：	2012 年 3 月第 1 次
印　　张：	9
开　　本：	880 毫米×1230 毫米　1/32
字　　数：	230 千字
书　　号：	ISBN 978-7-5014-4991-0
定　　价：	30.00 元
网　　址：	www.cppsup.com.cn　　www.porclub.com.cn
电子邮箱：	zbs@cppsup.com　　zbs@cppsu.edu.cn

营销中心电话：010-83903254
读者服务部电话（门市）：010-83903257
警官读者俱乐部电话（网购、邮购）：010-83903253
文艺分社电话：010-83901330

本社图书出现印装质量问题，由本社负责退换
版权所有　侵权必究

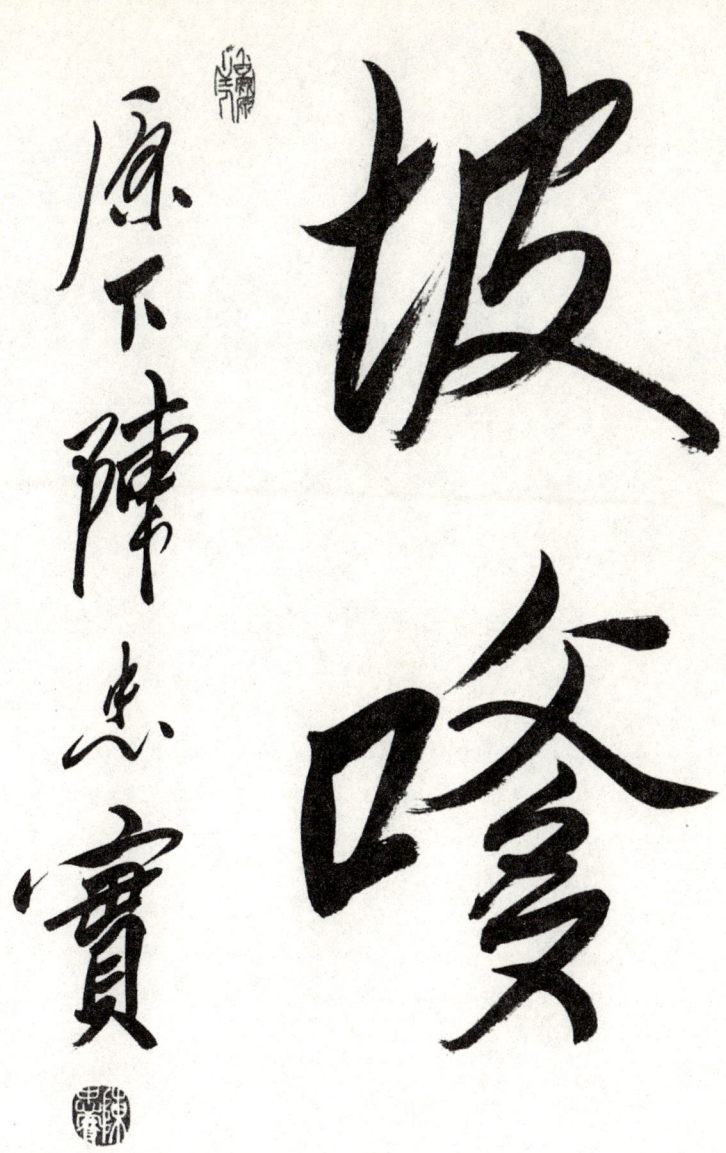

著名作家陈忠实题写书名

坡嗲 目录

序 走向坡嗲之路／1

第一辑 故 土

坡嗲／3

二球（1）／5

二球（2）／7

儿话／11

耍媳妇／14

口口／18

指甲花／23

出朝／27

月亮娃儿／30

舅婆（1）／33

舅婆（2）／37

牛角泉／41

土壕／44

背枷／47

猪娃儿／50

割麦／54

火盆儿／57

烧荒荒／59

长虫／62

蛋柿／65

通穿／67

洋槐林／70

羽子园／72

大场／75

公路／78

瓜儿坡／81

马壳郎／84

楼观台／87

祭灶／91

杀猪／94

蒸馍／98

守先人／100

臊子面／103

搅团／106

浆水菜／110

走亲戚／115

社火／118

大戏／121

秦腔／124

年／129

家谱／135

小学／140

高考／144

王建辉／148

胡国祥／151

八娘／154

叶儿／156

大／160

妈／164

第二辑 旅 途

蝈蝈／169

看客／173

公鸡／176

手机／178

头盔／180

闲妻／182

夫妇／185

女儿谷 / 188

艳遇 / 191

有事 / 195

记者 / 198

欧洲（1）/ 201

欧洲（2）/ 204

欧洲（3）/ 207

小企鹅 / 210

第三辑 亲 子

起名 / 215

男女 / 218

学语 / 221

人之初 / 224

撒野 / 227

童谣 / 230

作诗 / 234

玩笑 / 237

非典 / 240

提问 / 243

平安 / 246

一年级 / 249

慈善 / 252

馒头树 / 255

童年 / 257

父子 / 261

跋　活在秦腔里的记忆 / 264

序

走向坡嵾之路

俞梓炜

坡嵾在陕西关中地区，秦岭北坡，虎峪河绕村而过。这样一个沙石遍地的小村子，在中国无以计数。但属于刘元林的，只此一个。于是，才有如此钟情的个人文字："如果说秦岭是男人，坡嵾就是他的脚趾；如果说秦岭是女人，坡嵾就是她的裙边。这裙边或厚或薄，乍长乍短……雨过天晴，站在家门口，关中平原就是一本摊开的书，标题是飘带似的渭河，插图中就有如玉体横陈的乾陵了。"

一

翻开《坡嵾》这本书，扑面而来的是古野的风、乡土的气。

民以食为天，臊子面、搅团、浆水菜，该是坡嵾的门脸儿吧。说到臊子面，元林兄的笔就活泛起来，得意起来，他说："我偶尔也做做饭，水平相当可观，可以把挂面煮熟，把黄瓜拍扁，但最拿手的，还是做臊子面。"如此"可观"的水平，臊子面能拿得出手么？

面好吃，不直接说如何做，却先卖了个关子："小时候爱走亲戚，一大诱因就是能吃臊子面。"接着才慢慢道来，臊子如何，汤汤又如何。看到此处，便要疑心这是菜谱而非别的。这么渲染了还嫌不够，元林兄竟拉来苏东坡助兴捧场，说苏在凤翔府任签书判官时，写过"剩欲去为汤饼客"的诗句，还斩钉截铁地说：这"汤饼"，就是臊子面。

果真如此？我是个较真的人，赶紧去查。《释名疏证补》云："索饼疑即水引饼，今江淮间谓之切面。"面之初称饼，倒也确实。其实，王维、黄庭坚都有写汤饼的诗。王维《赠吴官》说："江乡鲭鲊不寄来，秦人汤饼那堪许？"不见兔子不撒鹰，因为没有吃到咸鱼，就坚决不给臊子面，王维是很注重等价交换和礼尚往来的。黄庭坚就大不一样，他埋头苦吃，"露湿何郎试汤饼，日烘荀令炷炉香"（《酴醾》）"汤饼一杯银线乱，萎蒿数箸玉簪横"（《过土山寨诗》），很有点奋不顾身的味道。看来，臊子面确乎名不虚传。

《坡嗲》的文字里，萦青缭白，满是俚语和野趣。大人嘴里的儿话，孩子嘴里的口口，都是现成的例子。

儿话，即脏话、荤话、黄段子。堂兄保生就是个善讲儿话的后生。桥被洪水冲断了，要过河的小伙儿看河对岸立着个漂亮女子，球（阳物）生生把裤撑破了，伸到河对岸，搭成一座桥。李白来到焦山，远望松寥山而不得神仙去处，曾有"安得五彩虹，驾天作长桥"的诗句。在这则坡嗲的儿话里,不靠天,不靠地,坡嗲人靠的是身上的家伙儿,就这想象力,能和李白分庭抗礼。

儿话里的故事却还没有完。上集的人有福了,担着扁担拉着架子车,踩着"桥"过河了。这还不算奇,奇的是有一个老汉吃着旱烟锅子,随手在"桥"上磕了一下烟灰。这下出了大事儿,小伙儿被烫得大叫一声,球蔫了,上面的人全掉到了河里。

这儿话里的滋味,麻辣烫全有了。后来,一个作家说:这段子有文化,反映的是生殖崇拜的集体无意识。这里的生殖崇拜,是指男根崇拜,反映到坡嗲的日常生活里,便是男尊女卑的男权文化,不单为坡嗲独有,乃是世界性的问题。女权主义代表人物朱迪斯·巴特勒,在她开设的女权主义理论课上,要求学生必须把女性的复数形式 Women 拼写成 Womyn,以这样标新立异的方式来抗拒男权文化对词语的影响。

坡嗲人的男权文化具体表现在对子嗣的渴求上。堂兄保生的媳妇光如嫂,是个能点亮人眼睛的好看女子,但因为生的都是女儿,夫妻俩常为这事争吵不休。保生埋怨:"你连个儿子都生不出来,还不如个机器呢。"超生罚款,家具卖了,手表当了,家里空空如也。那些日子,总见到光如嫂挺着大肚子,一个人坐在破败的家门前。频繁的生育,很快让光如嫂走了形,眼泡肿胀着,像一个服刑的女囚。

光如嫂终于离开了坡嗲,有人说回娘家了,有人说被人贩子拐走了,从此再无消息。作为丈夫的保生不能理解,已经有几个娃的光如嫂，怎么忍心走？其实，光如嫂是逃命而去的。现如今，光如嫂的两个女儿都当妈妈了。前些年，元林兄去陕北榆林出差，奉保生哥之命，曾专程去米脂县查找过一回光如嫂，无果。倒是长辈中的七爷对这桩婚姻早有预言。"丑妻薄地家中宝"。这句古训，在坡嗲很流行。美女肥地，哪个男人不爱？坡嗲贫瘠的土地，穷困的生活，注定留不住像光如嫂这样外表美丽、内心倔强、心气极高的女子。

二

口口，即童谣、儿歌。

月亮爷，光——光，
赶明儿走到梁上。
梁上有个好富汉，
一斗麦，磨四遍。
白面搁到瓮瓮，
黑面搁到洞洞；
白面给婆婆吃，
黑面难爷爷吃。
爷爷吃了屙不下，
屙到门背后，
叫黄狗，没黄狗，
叫黑狗，没黑狗，
叫他姐夫来吞一口。
……

月光之下，两个小小的身影。一个是元林哥，一个是玲玲妹。这是两个孩子，就着月亮,最爱说的口口。玲玲有时犯坏,说到最后,就说成是"叫元林哥来吞一口"。

玲玲的眼窝真大,大得像牛铃。玲玲笑的时候,眼睛眯成两道月牙儿,宛如虎头山侧牛角沟的那眼泉,长长弯弯的睫毛,是泉边的蒲草。玲玲咧开嘴的时候,露出两排石榴籽一样细密的白牙,明晃晃地爱煞人。

两人是游戏的好搭档、好伙伴。玩"跳马城"的游戏,元林哥用手攥住玲玲妹的手腕。玩藏猫老虎(捉迷藏)时,玲玲跑进跑出,累得满头大汗,脸上被竹叶划出了红道道,还是找不着。玲玲就哭了。这时响起一声狗叫,是元林哥学的,玲玲笑嘻嘻跑过来。

放学回家,两个孩子便奔向田间地头打猪草。玲玲眼尖,手快,总是能在芜杂的野草中,分辨出哪些是猪爱吃的草,总是她的笼子先满,接着就帮她的元林哥。打好猪草,就去摘酸枣,站在山顶看风景,有时玲玲也会讲讲乾陵的故事。

《长干行》里说:"郎骑竹马来,绕床弄青梅。同居长干里,两小无嫌猜。"说的不正是元林哥和玲玲妹吗?青梅竹马的时代骤然结束。雨天,玲玲被送往医院,再没有回来。红花被子,蒙着白塑料布。玲玲一只染了红指甲的手,露在塑料布下。

玲玲之死,是元林兄郁结于心的隐痛。两个同岁的孩子,在人生之初,相伴十年,同声共气。这是一段永远无法抹去的记忆。于是,文字中的十岁少年,在玲玲离世的那个晚上,一个人坐在场院的碌碡上,看天,天上什么都没有,除了黑,还是黑。在少年心事可拿云的年龄，一个十岁孩子的天空涨满了无法言说的阴霾。

弗洛伊德说，七岁前就注定了一个人的一生，那么十年呢？人来人往的人潮，能伴我们十年，不离不弃的有几人？所以，元林兄说，往事并不如烟。一些往事，注定要伴人一辈子；或者说，一些往事，也注定了一个人的一生。个人的志趣爱好和价值追求，都可以从他的童年找到注脚。诚哉斯言，于我心有戚戚焉！

那只染了红指甲的手，还有那"虎豹豺狼长虫窝"的戏文……将一直活在文字里，这是最好的纪念，我以为。然而又觉得似乎未尽其言，才记起一句："未哭过长夜者，不足以语人生。"这里的"哭"，眼泪是流向心里的。

与口口相呼应的，是文字间时隐时现的抓心挠肝、浩荡流淌的旋律。光如嫂唱的《兰花花》，"一炮打响"的对联，童声合唱的秦腔《三滴血》，路遥"毛眼眼照哥哥"的歌词……高亢时高亢，诙谐时诙谐，凄惶时凄惶，明媚时明媚……少了这些旋律，坡嗲在文字里就失掉了肌理，失掉了情味。

三

从《坡嗲》中，走出来的不单是玲玲、保生、光如嫂、七爷，不单是舅公舅婆、父母等长辈，还有一个重新转生的自我：一个仰望星空的孩子。

元林兄写道：

> 印象最深的，是那一片星空。好大一棵柿子树啊，比坡嗲任何一棵都高都大，像深秋落尽了叶子，满树都是繁密的果实。大的像磨盘柿子，小的像火晶柿子，亮的像黄蛋柿子，暗的像青柿子。忽然，一颗熟透了的蛋柿从树上掉下来，疾速地向马壳郎方向坠去……这树到底有多高、多大？结了多少果子？它的根又在哪里？当大场一片安静、鼾声四起之时，我曾睁着一双幼稚的眼睛，问。近四十年后，依然不得其解。只是，再也没有见过那么浩大繁茂的星空了。

朝花夕拾多少事，化入笔端生烟霞。一片星空就是一颗巨大的柿子树，激起了少年攀爬摘星、追寻探求的梦想。实实在在的细节，平平淡淡的往事，只年少时一抹星空的记忆，便酿成笔下如许浩繁文字。元林兄自己承认："说坡嗲，多是第一印象的叙述，未作过多的铺排和渲染。儿时幕天席地的经历，让我对于山水自然有了长久的喜爱和向往。"我想，那双怀揣梦想的眼眸，是《坡嗲》文字中最璀璨的书签。

一个写字人，首先是因为写自己而不朽。一些细节，只有亲身经历才能摹写到位。元林兄写担水、拉土、割柴，写丢猪娃、烧荒荒、撸柿蛋，写用火盆儿取暖，在秦腔里放歌，请长虫治病……娓娓道来，不疾不徐。

瓜儿坡守玉米地，写得很有情味。元林兄对城里人浪费粮食颇为不满，写着写着，顺手就投出个小暗器："我在坡嗲没见过山猪的影儿，却见过被山猪糟践的玉米地，玉米秆横七竖八被捺倒一地,榔儿大多被啃过,只是啃得极不认真,像城里一些人用过的自助餐。"呵呵,不带这么暗地里骂人的。昏昏而睡,醒来天地一片明亮,"一举头,'吭'的一声,我的头碰上了一轮月亮。月亮正从坡脑儿走过。我浑身一激灵,睡意全无。"这个大胆的拟声词"吭",祛除了一夜的黑暗、孤寂、恐惧。月亮如天使而来,天高地迥,明月在心。当时明月依旧在,清风又过谁家院。

沧海桑田的变迁,赶不上人类改天换地的速度。故乡,如同当年集贤剧团的当家红旦秋棠,俊秀挺拔的腰肢早已面目全非,不忍回头细看。那么,人又如何面对日渐消失的故乡呢?元林兄坦言:"把故乡当成一个老朋友,平和地交往、交谈,相对客观地留下自己的观察和记忆。"

取相对客观的态度,并不是一件很容易做到的事,尤其是面对故乡的时候。很多痛苦的记忆被过滤掉之后,不少人笔下的故乡就成为了田园牧歌式的桃花源,一杯让自己醉了多年,且饮且醉的甜酒。元林兄不这样看,他认为:"传统的乡村文化,是道德专制文化,包容力很差。"

不过,能意识到,并不意味着能做到。在行文的表达方面,元林兄在揭示坡嗲阴暗面之时,总是点到为止,似乎刻意要寻求一种朦胧化,用中年特有的沧桑调淡了心灵的隐痛,淡到白描式的勾勒。写迷信害人,只写一只露在塑料布下的手;写不满棍棒教育,只写父亲手里一截好白好长的烟灰……写得稍微具体点的,也仅背信弃义的舅婆养子，马家持刀杀妻的女婿等寥寥可数的几个人物，和与此相关的几个事件，相比其他内容，这部分就显得尤为仓促和单薄了。也许，这是游子对故乡最难拿捏的文字，且不去苛求了。

四

文字是有温度的，如红泥小火炉，一丝丝逼出冬天的寒气。元林兄说，用文字"温习早年岁月，就是给自己的心灵做了一回保养。"有时，文字是一种救赎，让过往变成一种可触可感的片段。一个人，无论走得多远，也永远走不出故乡。因为在心理版图上，故乡不仅是一个地理概念，也是一个文化概念。对故乡的态度，不是简单的"感激"或"批判"所能够涵盖。故乡，携裹着游子所有最初的信息。与其说频频回顾是游子的惯有举动，倒不如说这是人们对年少自我的认定，对乡土故园无法舍弃的依恋。

文字的一种价值在于：立此存照，拒绝遗忘。古人重立德、立功、立言。德行标准朝代更替，丰功伟绩灰飞烟灭，独有文字踽踽前行，如烛火如微光，洞悉人生，照彻生命。《坡嗲》一书，是留给生命旅程的一份记录，是追忆往昔、拒绝遗忘之作，是作者为远去的故乡倾心编纂的一部词典。

有我有花香，无我皆沉寂。真正幸福的人，是有心灵故乡的人。有且只有文字，才能铸就一条返乡之路。

第一辑 故 土

坡嗲

"坡嗲"这个词,词典里没有,这是我故乡的方言,具体地说,是我的出生地——陕西关中地区秦岭北坡一个小村子的土话。百里不同俗,十里不同音,出了我们村,大概就没有这个词了。

转眼间,我离开故乡来北京求学、工作已近三十年。三十年间,我几乎每年都回去,我的父母、兄姊、亲朋和乡邻,都在那里;三十年间,故乡在变,乍看上去,与我早年生活的家乡相比,可以说面目全非;但表象之下,深层的习俗和观念,人情和世故,却还像村南的那座虎头山,牢固地持守着。

之前,我零星地写过一些回忆故乡的文字。去年十一回家,听说家乡要搞整体开发,整个村子的地都要被征掉,也许过不了几年,我们村子就要永远消逝了。于是,我就想为故乡编纂一部词典,借以纪念我印象中的故乡。

我知道,这样的村庄,在中国无以计数。但属于我的,只此一个。

就从"坡嗲"这个词开始吧。

坡就是山坡;这个"嗲",词典读作 dia,三声,是形容撒娇的声音或姿态,如嗲声嗲气。我这里只借其音——准确地说,你若读成四声,就是我村的口音了。

"嗲"的意思是"底下"。你把"底下"两字读快些,就是四声的 dia。

坡嗲，不是具体的地名，而是一个地理概念，泛指一种特殊的地貌和地理位置。从地貌上讲，坡嗲不是山地，没有山地的崎岖陡险；不是平原，没有平原的坦荡开阔；也不是丘陵，没有丘陵的连绵起伏。但它又具有山地、平原、丘陵的所有特点，是三者混合杂糅的一种四不像的地形。

坡嗲处在秦岭山地向渭河平原的过渡地段。如果说秦岭是男人，坡嗲就是他的脚趾；如果说秦岭是女人，坡嗲就是她的裙边。这裙边或厚或薄，乍长乍短。

靠山非山，临川非川，低于南山，高于平原。雨过天晴，站在家门口，关中平原就是一本摊开的书，标题是飘带似的渭河，插图中就有如玉体横陈的乾陵了。坡嗲是准山地，山是石山，地便薄瘠，一镢头下去，硌硌尽是沙石。村民宅院，多以石头砌墙；田畴之间，码着一摞又一摞的石坎。石坎上散漫生长着高大的柿子树，是故乡的守望者。

从南山流出的虎峪河，绕村东而过，也曾喧喧哗哗，日夜不休。二十世纪七十年代，村里还修了水库，以蓄洪灌溉，只是河水愈来愈小，愈来愈小，以至干涸，只落了一条残败的河床，水库便成了"古迹"。从上游分出的一股碗口粗的水，曾供下面几个村子人吃马饮，至于灌溉田园，基本谈不上。二十世纪七十年代后期，国家派来打井队，连打三眼都不成功，不是中途遇到坚不可摧的磐石，就是打到近二百米深仍见不到水。为了水，村子、乡邻没少争执打架。

与坡嗲相对并出的两个地理概念，一个是"沟里头"（山里边），一个是"大堡子"（平原上大的村落）。大堡子、坡嗲和沟里头，就是故乡版图的欧亚非，三地南北相距仅数里，却是高低分明，境界迥异。

村子在坡嗲，我是坡嗲人。坡嗲人曾经怎样活着，且听我慢慢道来。

二　球（1）

　　北京自二〇〇八奥运之后，车辆实行限号通行，每周依尾号排序停驶一天。开始很多人不理解：我车归我使，政府凭什么说限就限？我就在其列。于是执行得不严格。侥幸着没有被交警抓现行，年底检车前，上网一查，瓜了，电子眼记录下好几起违反限行的罚单，一次一百块。第二年便老实多了。限行的日子，就坐公交上下班。

　　很多人都领教过北京公交的拥挤。有段子说，两个女人交流坐公交的感受，一个说，我被挤成相片了；一个说，我被挤成"全家福"了。一个说，我一个同事都被挤流产了；一个说，那算什么，我一个朋友还被挤怀孕了。就我感觉，近几年来北京公交的情况大有好转。我常走的南三环一线，公交线路多，上下班高峰期班次也稠，虽然坐公交的人仍然很多，但上车时龙争虎斗的场面少了。车上还经常有空坐等着你。

　　跟刚买车时心态不同了，如果不是要接送儿子上下学，我宁可天天坐公交，省心，省力，省钱，还缓堵。

　　那天早上，我在草桥站换乘去新发地的车。等车的人群中，有一个下肢瘫痪的残疾人，四十上下年纪，黑而瘦，病弱不堪的样子。扶着轮椅的是他的哥哥或者弟弟。远望有车来，哥哥便把弟弟从轮椅上抱下来，就直接放在地上，自己麻利地把轮椅折叠起来。车来了，却不是他们要乘的线路。弟弟就那么坐在地上，头不及哥哥腰际,脑袋往前伸着,巴望着来车的方向。

又来一辆,是他们要乘的,也是我要乘的。车门打开,车上人很多,几无空隙,我便没有动。车上的乘务员伸出脑袋,喊:等下一辆!等下一辆!但还是有几个人往车上挤。哥哥抱起弟弟,也往上挤。没有谁谦让他们。他们终于挤上了车。

哥哥把弟弟放在车门口的台阶上,又返身下车拿轮椅。这时,车门关了。车开始向前滑动。

哥哥张大了嘴。我没有听见他喊了什么。

那一刻,我几乎是无意识地冲了上去,啪啪啪啪地拍着车身。

车停下了。乘务员又把脑袋伸出来,问:"怎么了?"

"你眼睛瞎啦!"我冲着他吼道。

"你骂谁呢?"

"骂的就是你!"

"你有病啊?"

"你下来!"

这时,车下便有人说,得让拿轮骑的人上去,车上还有残疾人呢!

乘务员不再吱声,瞅了瞅车下提着轮骑的人,踌躇少许,打开了车门。哥哥上车了。

下一辆车很快就来了。在车上与同事阿辉不期而遇。他看到了刚才的一切。说:"你发怎大火?五官都变形了,不像平日的你。"

我勉强笑笑,算是作答。拍车的手掌还有些隐痛。

想起了坡嗲的一个词:二球。

二 球（2）

"二球"，名词，指做事凭血气之勇、不计后果的人，或曰"二球客"。有时前面加动词"耍"，"耍二球"，就是犯混、混不吝之意。

上文说过，我在北京南三环草桥公交站，对着公交车乘务员耍了一回二球。事后回想起来，不免戚戚。公交车上下客时，乘务员一般都盯着谁没刷卡谁没买票，人多而乱，也许没有留心那个提着轮椅的哥哥上没上车。他把一个残疾人独自留在车上，不是自找麻烦吗？拍车叫停可也，出口骂人不可也。有理不在声高，行善何必二球。

早年，我在村子里也耍过一回二球。

春树拉倒旧房盖了新房，把两间房底摊（宅基地）转让给团团。团团结婚几年了，一直住两间厦子（半边盖的房子），想盖成大房，但没有钱，那两间底摊就一直闲着。底摊也是地，团团就撒了谷种。房底摊地力好，谷子长得旺，齐刷刷绿盏盏的。

这底摊的隔壁是王五福。五福名至实归，一气生了五个女儿，个个如花似玉。大女儿、二女儿到了标梅之年，登门提亲者不绝。每当村人夸他好福气，五福就很不高兴："甭糟蹋人了，我老婆不知那根筋转了，腿一撇一个母的，腿一撇一个母的，我看我王家的烟火在我手接不上了。"话虽这样说，却并不甘心，不知老之将至，顽强拼搏，终于在前面两个女儿出嫁之后，行将五十之时，收成了一个儿子。

村人重男轻女，既有历史传承，也是现实使然。所谓"不孝有三，无后为大"，这"后"专指男性，各族的家谱自古以来就不落女儿的名字。一家一户的小农经济，家里地里都需要劳力；就是当年农业社时，男女同工也不同酬，同样干一天活，男人挣十个工分，女人能挣到七八个就是高的了。还有，男孩是一家的"顶门杠子"，有男孩的人家，腰直气粗，不畏人言，不怕夜鬼。

团团给五福家找事，就有点成心欺负人。

事很小。五福家的牛没有拴牢，跑出家门，在隔壁团团的谷地啃了几口，留下几只蹄印。五福看见，赶紧把牛牵了回去。团团也看见了，对着五福家门捎着臭嘴骂。五福说，牛吃了你家谷子属实，我赔，赔粮食赔钱都行，你说个数。团团说不稀罕，你给我把谷地恢复原状，不恢复原状跟你没完。五福的地里没种谷子，怎么恢复原状？

五福找了队干部。队干部出面调解，团团牛犄角撒豌豆——一颗不着，坚持他的"恢复原状"不松口。村上没有谁是闲人，大家都懒得理他。

团团隔三差五站到五福家门前骂。打麻将输钱了，没酒喝了，跟媳妇吵架了，总之只要一不顺心，就去骂五福。五福成了他的出气筒，骂人成了他的休闲娱乐。什么都骂，从人家祖宗八代到尚在吃奶的小儿子，团团一个都没拉，但兴趣主要集中在五福家的女人身上。起初几次，五福还出来应对几句，后来就疲于搭理了。团团一开骂，他就关上门，抱着尚在襁褓的儿子叹气。

那一年，我二十岁，大二，回家乡过暑假。

午饭后，坐在八爸（叔）家门口与八娘（婶）聊天。八爸家与五福家只隔了一条村道。八娘忽然说："团团这挨球的，又去糟蹋人家了。"

我抬头一看，团团光着上身，手持一尺长的砍刀，闯向五福家。他一脚踹开五福家的门,吼:"王五福,你给我听着,今天再不赔我的谷……"

我什么都没想,拾起身,跨过村道,向五福家冲了来。

"元林,你干啥去?!……"八娘在后面喊我。

团团不可一世地横在五福家厅堂脚地。家里乱作一团,东边一间厦子(小客房)里,女人怀里抱着小儿子,两个十一二岁的女儿缩在妈妈身后,哇哇大哭。五福坐在堂屋顶头的烧炕边上,手上的旱烟锅子上下抖着,烟灰婆婆地往地上落。后门开着,几只鸡在后院散步觅食,若无其事。

五福对着炕沿儿磕了烟灰,说:"牛在后院,人在屋里,团团,你是杀牛还是杀人呢,随你。"

对着横眉立目手持砍刀的团团,我提醒自己冷静,再冷静。我说:"团团,别胡来。持刀闯入别人家,这是犯法!"

团团转过头瞪着我,眼里泛着红:"你算老几,关你屁事!"

一股血一下子涌上头顶。我转身操起了墙角顶门用的木杠子,指着团团:"我今天管定了,有种你来!"

像吃饭噎住了似的,团团的眼瞪得很大。我们就这样对视着,像两只随时会掐在一起的公鸡。屋里出现了片刻寂静,连厦房里的哭声都止了。一串烟珠珠从屋梁上落下,扑的一声摔在地上。我能感觉出来,自己的心跳明显加速。

五福溜下炕沿儿,走过来扯住我拿棍的手:"不关你的事,你回吧,要杀要剐随他团团。"

团团说:"就是,牛槽里伸出个马舌头!他牛糟蹋我的谷,你管?"

"管!走,去看看糟蹋了你多少谷。"我说。

团团居然很配合,垂下了手中的刀。我俩各自拎着家伙,出了门,来到房偏旁他的谷地。五福跟出了门。

"你看,你看。"团团指着几个牛蹄印。

"是这儿吗?"对着他手指的谷子,我抡起棍子,左一下,右一下,扫倒了一大片谷子。五福扑上来抱住了我。

"你……"团团扬了一下手中的刀,又落下了。

我把棍往团团脚下一丢,说:"现在这谷跟王五福没关系了,要赔找我!"说完,走人。

不远处站了不少人。八娘见我过来,焦急地把我拉到她家,说:"看把俺娃气成啥了。团团是个二球,你跟他斗啥呢?"

一个假期,团团并没有找我,从此也再没有骂过五福。我再回村里,他老远看见我,就避开;实在避不开,也装不认识。我后来主动给他打招呼,他也就一哼一哈。这件事在村里传了很久,越传越邪,有说我学了武功,身怀绝技,空手夺刀云云。事实上,我们那天根本没有交手,如果真打在一块,骂人没好口,打人没好手,还不知道是什么结果。我也没有什么绝技,不过是当着二球要了一回二球,如此而已。

儿 话

儿话，名词。脏话，荤话，黄段子。

回到老家的当晚，我和妈坐在烧炕上聊天，堂屋的门吱的一声开了，闪进来一个高挑身材的女子，脆生生地问候我妈吃了没有。看见了我，又说"我十五爸回来了"，一双大眼睛扑闪着。只觉得这女子有些面熟，却叫不上名字。母亲说："这是你保生哥家的金环。"我有些吃惊："金环长这么大了！太像光如嫂了！"

"可不，你光如嫂都走了十七年了。"母亲说。

金环是来借碾子的，说是要轧些辣子，给他爸送到庙上去，庙上的饭清汤寡水的，他爸吃不惯。我听得糊里糊涂。金环拎着碾子，扭腰出去了。感慨着光阴如水，我想起了早年的保生。

保生是我同一曾祖的堂兄。那个年代，传统的多子多福，加上国家主张的"人多力量大"，让中国遍地都是英雄母亲。保生家哥弟兄六个，穷，养活不过，其中两个先后过继给了人家。保生行四，初中都没有读完，就回来给农业社干活挣工分。他身体强壮，干活不惜力，十六七岁就挣全工分。饭量也好，一天给邻家帮忙打胡基，午饭时，不带汤的干面，他一口气吃了六老碗，从此得了个"六老碗"的外号。能吃在坡嗒不是耻辱，几乎是能干的另类表达。保生为这个外号自豪了不少年。

我对保生早年一个印象，就是他喜欢说"儿话"。生产队的饲养室，三间大房，一间是牲口圈，像引水渠一样的槽头后面，拴着二三十头牲口；另两间放置草料，西南角盘着一张大炕。饲养员保甲叔总是把炕烘得热膛膛的。下雨天，或者冬里，这儿就成了全村的光棍俱乐部。我们这些半大小伙，有时作为嘉宾，也掺和一下，不是喜欢听儿话，而是惦记着保甲叔给怀胎的母马炒的黄豆。

一群大小男人七斜八歪地坐在饲养室的热炕上，就数保生的话多。他讲过不少"儿话"，事过经年，大部分都忘记了，还记得一个。说是一个小伙子，球（阳物）大得很。上集回来，河上的桥被洪水冲断了，要过河的人干着急没办法。小伙子看河对岸立着一个漂亮女子娃，球硬起来，把裤撑破了，伸到了河对岸，搭成一座桥。上集的人踩着他的球，担着扁担拉着架子车过河了。有一个老汉吃着旱烟锅子，随手在"桥"上磕了一下烟灰。小伙子被烫得大叫一声，球蔫了，上面的人全部掉到了河里。

多少年后，我跟一个作家朋友说起这个段子。作家大感兴趣：这段子有文化，反映的是生殖崇拜的集体无意识。

有一年保生崴了脚，一段时间在村东虎峪河滩看护洋槐林。洋槐林是我小学时的乐园，我与三毛、成成放学后常去林子里玩。保生看见我们，跛拉着腿走过来，问："牛角沟有一个牛魔王洞你们去过没？"

去过，洞在一面齐崖上，高不可攀。

"牛魔王有一个女子叫铁扇公主，人长得奴（漂亮）得很。铁扇公主有一把芭蕉扇。唐僧师徒四人去西天取经，走到咱坡嗲，要过南山。南山着山火了，火大过不去，只有芭蕉扇能把火扇灭。你们知道谁把芭蕉扇借出来了？"

孙悟空，他本事最大。我们抢着答。

"错了。铁扇公主说了，谁把她伺候好了，就把扇子借给谁。猪八戒和沙和尚先进洞，都给打出来了。孙悟空进去了，其他人趴在洞口听，就听孙悟空不停地喊，'大、大、大'。捣鼓了半天，还是灰溜溜地空手出来了。"

孙悟空都借不出来，那就没办法了。

"是唐僧借出来的。"保生说。

唐僧有什么好办法？我们当时没有听懂他说什么，只是好奇。

"唐僧用了啥办法，不说。只是他出来的时候，一手扇着芭蕉扇，一手摸着光脑袋。嘴里念叨着'罪过罪过'。"

唐僧到底用了什么办法？

"几个徒弟也问唐僧。唐僧说，做事要善于动脑子。"

多年之后，我知道这也是个"儿话"，只不过稍微含蓄一点而已。

保生那时大概处在性苦闷期，"儿话"成了他的保健品。

男大当婚，保生早已过了结婚年龄，同龄人的娃都满街跑了，他却还是光棍一条。

坡嗲有句话："嫁汉嫁汉，穿衣吃饭。"还有："酒肉朋友，米面夫妻。"传统中国是小农经济，靠支付体力来换取生活，女性的体质特征决定了只能依靠男人。于是，婚姻对于女性的首要意义，就是吃饭穿衣。

那些年月，儿女婚姻依然延续着几千年的传统：父母之命，媒妁之言。弟兄多家境穷的，媒人是绕着走的。二十六七还没有成家，就沦为惶惶不可终日的光棍。保生不知从哪儿得来的消息，说是陕北女子娃多，且因当地生活寒苦，多愿外嫁。保生像是听到了一种召唤，从未出过远门的他，揣上几百块钱，从关中径直向北奔去。

耍媳妇

耍媳妇，即闹洞房。

光棍保生去了陕北，月余归来。去时孤身一人，回来变成一对。村里的男男女女像欢迎英雄一样拥在村口的路边，目光聚焦在他身旁的女子身上。

女子像黄昏时分山头的一团火，点亮了所有人的眼睛。我那时小，只觉得这女子好看，像画张（年画）上的人似的。腿长，头发长。头发没有辫，清汤挂面一般垂在脑后。面对众人审视的目光，她挨着保生，有些害羞地低着头。

女人们便喳喳地议论开了："你看保生这女人，沟蛋子多肥，是个坐胎的胚子。""腿长腰细，是个勾命的。"七爷蹲在场畔的碌碡上咂着旱烟锅子，说："丑妻薄地家中宝，这回有保生的罪受了。"保生喜得满脸折子，激动得嘴里直打乌拉。

后来读了点书，才觉得保生嫂子真是人如其名，"光如"，光如也。

保生的婚礼成了村子的节日。坡嗲年轻人结婚当晚，要耍媳妇。耍媳妇的人，都是小弟辈的，长辈和当哥的一般不参加。当晚来的人分外多，屋里站不下，后来者只好挤在大门口房檐台上。一盏五百瓦的电灯泡把屋内照得通亮，新郎、新娘被年轻小伙围在中间，外围多是来看热闹的女人、娃娃。九哥是主持人，为一对新人准备了不少节目。先是让他俩合咬一只吊在空中的苹果，眼看两人同时咬上了，九哥把苹果往高一提，两张嘴就亲在了一起，激起一屋笑声。

又让新郎分开双腿站着，双手抱头。九哥把一只生鸡蛋交给新娘，要求她把鸡蛋从新郎一只裤角里放进去，用手从外面捏着鸡蛋，向上移动，再向下移动，从另一只裤角拿出来。新娘起初还算配合，蹲下身子，伸出一双白生生的手，小心翼翼地如法操弄。屋里响起了尖叫。当把鸡蛋移到新郎大腿根儿时，她终于绷不住了，满脸通红地松了手。鸡蛋落地，摔成一摊水。笑声欢呼声叠起，似乎要把屋顶掀开去。

还是七哥有文化体贴人，说新媳妇不是本地人，要归耍，别太过火。他拟了一副对联，让新人一人一句当场朗诵——

上联（新郎）：欢欢喜喜，咱俩睡在一起；
下联（新娘）：搂搂抱抱，明年变成三个。
横披（两人合）：一炮打响。

这对联，同样让大家笑得眼泪鼻涕的。

不知谁说了一句，新媳妇是陕北人，一定会唱信天游，来一出咋样？掌声雷动，表示赞同。

新娘并不怯场，说那我就给大家唱几句吧。屋内一下子安静下来。光如嫂轻启朱唇，声音清亮悠扬——

青线线的那个蓝线线
蓝个英英的彩
生下一个蓝花花
实实的爱死个人

五谷里的那个田苗子儿
唯有高粱高
一十三省的女儿哟

数上那个蓝花花好
……

他们的新婚夜成了村上年轻人的狂欢夜,洞房一直闹到天亮。

被七爷不幸而言中,保生婚后的日子并不美满。那时还没有分田到户,口粮并不宽裕,更不可能天天吃白面。吃粗粮,光如嫂不满,说我在陕北就吃粗粮,你不是说到关中天天有白面吃么?

分家以后,小日子过得紧巴,保生就进山捎木头,再扛到集市上卖,贴补家用。这在当时是非法的,总是夜里去,夜里归。光如嫂又不满,说你把我一个人黑天半夜扔在家,放心吗?保生苦日子过惯了,通常两碗面就是一顿饭;光如嫂讲究,总是要炒个菜、烧个汤什么的。保生累了,身子沾灰带土地就向炕上倒;光如嫂干净细致,眼里容不得一根头发。他们就为这些事没完没了地吵,吵。

婚后有了金环和银环。都是女儿,保生愈发想儿子。再怀,还是女子;再怀,又是女子,便都送给了别人。频繁的生育,几年就让光如嫂走了形,全没了新婚时的光鲜水灵。

光如嫂不满:"我是个人呢,还是给你生儿子的机器?"

保生亦不满:"你连个儿子都生不出来,还不如个机器呢。"

"生不出儿子,是我一个人的错吗?你种的是豆,能结出瓜吗?"

"别只怪种子不好,再好的种子,撒到干河滩上也长不出个好苗苗。"

两口子就地和种子之间的关系争吵不休,终无共识。

超生就要被罚款。保生把家具卖了,把结婚时给光如嫂买的手表都卖了,家里空空如也,日子愈发艰难。那些日子,总见到光如嫂挺着大肚子,一个人坐在破败的家门前,眼泡肿胀着,像一个服刑的女囚。

后来我到北京上学、工作,回坡嗲时,听说光如嫂走了,有人说回了陕北娘家,有人说被人贩子拐走了。问保生,保生说他去陕北找过,没有。他一直不理解,已经有几个娃了,怎么忍心走,这女人的心咋这么狠?

母亲说,光如走后,你保生哥没有再娶,含辛茹苦地把两个女子拉扯成人。年前,金环招上门女婿了,家里窄扁,你保生哥就经常住在虎头山庙上。

口口

口口：童谣、儿歌。

玲玲是我同宗十八爸（叔）家的大女儿，跟我同岁。我在家里最小，兄姊上学后，玲玲就是我的玩伴。

我曾问玲玲，你怎么叫"玲玲"呢？玲玲说，妈生我时，后院起了一股风，我家后门脑儿上的铃铛，叮叮当当地响，就叫我"玲玲"了。我说不对，你看你的眼窝（眼睛）。我的眼窝咋了？我说，你的眼窝真大，大得像牛铃！

玲玲咯咯笑了，眼睛眯成两道月牙儿。看着她的眼睛，我总想起虎头山侧牛角沟的那眼泉，长长弯弯的睫毛，就是泉边的蒲草了。

我们两家住在一摆子，相隔不过五户人家，门前的场院都是连在一起的。小孩子，谁不说自己家好。

玲玲说："我家房大，你家房小。"

我说："我家房高，你家房低。"

玲玲说："我家门前有梨树。"

我说："我家门前有乖枣树。"

没等玲玲再开口，我抢着说："我有哥，你没哥。"

玲玲咬了咬手指头，说："我家有白蒸馍，你家没有。"

我不再接话，甩下她找别的小伙伴去了。

玲玲家的光景比我家好。他们家就只两个女儿，十八爸读过高小，有知识，还偷偷做些生意；我家哥姊多，父母不识字，只知给生产队干活，挣工分。那时一个硬劳力干一天活，最高记一个工（十个工分）。风调雨顺的年成，一个工值两三毛钱；赶上坏年成，只有八九分钱，年底结算，我家总得给农业社提交口粮钱。日子紧巴，就在饭桌上精打细算，常年以粗粮为主，蒸馍时，母亲总要往麦面里加麸子、豆面或者玉米面，很少吃纯麦面的白蒸馍。

小孩子，门里吵仗门外和，第二天我们就又搅在一起了。

伙伴多的时候，就玩一种叫"跳马城"的游戏。手拉手相对站成两排，中间隔着几丈宽的距离。一方主守，一方主攻。攻的一方齐声喊：

"独独铃，跳马城；马城开，叫谁块？"

守的一方高声回应：

"就叫拴拴那狗奴才。"

拴拴甩开同伴，奋力向这边冲来。我们的手拉得紧紧的，他如果撞开了我们的人墙，就要领走我们一名主力队员；撞不开，他就被我们"俘虏"了，收编为我们的队员。

玲玲力气小，拴拴总是冲她和我之间而来。我索性用手攥住玲玲的手腕。拴拴像一截木头一样迎面撞过来，每每把玲玲撞个趔趄，但我们的手就是不松开。

被撞开总是难免的，有时就剩下我一个人了，只好单腿跪在地上向对方求援：

"老爷老爷要马呢。"

"要金马吗要银马？"

"金马银马都要呢。"

"要谁块？"

这时，对方允许我在他们的队伍里任意挑选两个人，当然是挑既能跑又经撞的人，以便收复河山。我则总少不了玲玲。

屋前屋后都是竹林,玩藏猫老虎(捉迷藏)时,总是找人的一方吃亏,跑进跑出,累得满头大汗,脸上被竹叶划出了红道道,还是找不着。玲玲就哭了。这时响起一声狗叫,是我学的。她又笑嘻嘻地跑过来。算她赢。

就我们两人时,有时会说故经(谜语)。

我说:"一个碗,撂过坎。你拾去,我嫌远。"

玲玲答:"月亮。"

我说:"一个绳,撂过城;城也转,绳也转。"

玲玲答:"纺线车。"

我说:"一个老牛没脖项,大的小的都驮上。"

玲玲答:"烧炕。"

我说:"窗子里,窗子外,窗子里头种白菜。"

玲玲答:"牙。"还故意咧开嘴,龇出两排石榴籽一样细密的白牙。

大约是秋天吧,月亮爬上虎头山顶,把大把大把的光撒下来,场院里就像铺了一层盐。狗进窝,鸡上架,只有风翻着头上白杨树的叶子,哗啦一下,又哗啦一下。间或有一片两片的叶子漫不经心地飘下来,嘎的一声坠地。我与玲玲坐在我家门前的碌碡上,手里拿着在灶膛里烤得焦黄的玉米棒子,或者是一块红芋(地瓜)。玲玲长长地看着月亮,不说话,忽然问我:

"哥,我妈说天凉了,让我多穿衣裳。你看月亮总是光光的,她冷不冷啊?"

我看一眼月亮,又看玲玲,她的眼里也浮着两个月亮。"月亮会发光呢,会发光的东西不会冷,比如说灯。"

有时就说口口——

口口口,打破斗,
斗没粮,盖新房,
新房嗲,住的谁?

住的狗娃他新娘。
新娘新娘弄啥恰？
吃白馍，奶娃恰。
奶个啥娃？
奶个石头娃。
撂到河，湿哇哇，
捞上来，冰哇哇，
给给土地爷，
土地爷，会挖土，
一下挖个大花狗；
大花狗，会咬人，
一下咬个铁匠人；
铁匠人，会打铁，
一下打个花大姐；
花大姐，会扎花，
一下扎个黑老鸹；
黑老鸹，会拾柴，
拾了一抱烂臭鞋，
谁嫌臭，谁甭来。

口口都是我妈教我的。妈虽然没读过书，却有一肚子的故经和口口，是我儿时最重要的精神滋养，也是我足傲伙伴的资本。我一说口口，玲玲总是静静听着，眼里满是欣羡。时间长了，她也能背上几首。就着月亮，我们最爱说的口口，是这一首了。

月亮爷，光——光，
赶明儿走到梁上。
梁上有个好富汉，
一斗麦，磨四遍。

白面搁到瓮瓮，
　　黑面搁到洞洞；
　　白面给婆婆吃，
　　黑面难爷爷吃。
　　爷爷吃了屙不下，
　　屙到门背后，
　　叫黄狗，没黄狗，
　　叫黑狗，没黑狗，
　　叫他姐夫来吞一口。
　　……

玲玲有时犯坏，就说："叫元林哥来吞一口。"我就要拧她的嘴。她就咯咯咯地笑着，跑回家去。

指甲花

七岁上下,我和十八爸家的玲玲都上学了。

那时放学回家不是做作业,而是帮家里人做事。

我们最早做的家务事大概就是弄草,即打猪草。下午放学回家,放下书包,我们便一人挎一个担笼,担笼里放着一把小铲子,奔向田间地头。

玲玲眼尖,手快,总是能在芜杂的野草中,分辨出哪些是猪爱吃的草,总是她的笼子先满,接着就帮我。有时眼看天黑了,看不清地上的草了,她就从她的笼子里抓上两把,放在我的笼子里。她知道我大的脾气不好,我弄的草少,回家要挨骂的。

星期天,我们会上山摘野菜。摘来的野菜用来窝(泡制)浆水菜。

山很大,只爬到半山腰,便能找到要摘的野菜了。笼子弄满了,就去摘酸枣。山上到处都是酸枣树,叶子落去,就剩下一嘟噜一嘟噜深红的果实,很是抢眼。我们小心地躲开酸枣刺,边摘边吃,边吃边摘,酸得稀稀溜溜的,牙都要酸倒了。衣裳口袋全部装满,沉甸甸地坠着。

站在山上,往上看,山连着山,一座比一座高,一眼看不透;往下看,一片开阔。村子就在山下,房子却像蚂蚱笼笼一样小了。伙伴们竞相指认,那是我家,那是你家,那是秀秀家,那是三毛家。这时玲玲就喊:"哥,汽车!"

坡嗲往北四五里地，千户村北头，是一条公路，像一条明亮的带子，像玲玲头上的发带，卡在那片刚收完庄稼的平川上。一个虫子一样的灰点儿从带子这头爬过来，大了，又小了，伴着一两声闪烁的汽笛。直到灰点儿从那头消失，我们才把目光收回来。

"汽车咋跑那么快呢？"

"汽车有四条腿。"

"蜈蚣那么多腿也跑不快。"

天气晴好的时候，我们还能看到更远处的渭河，一条白练似的，从平川的东飘到西。还有渭河北面的乾陵，像一个女人仰面躺着，两个土包包是胸前的奶袋袋。

玲玲说，土包包里，埋的是武则天的两个公主；武则天的坟在土包包后面。她跟她男人一起埋着。坟前有两个碑子，她男人碑子开始有字，后来没字了；武则天碑子开始没字，后来有字了……说起乾陵，玲玲总是滔滔不绝。十八娘是读过书的人，书上的知识，玲玲知道得比我多。

太阳下山时，我们也该下山了。夕阳在平川的西头煨起一笼炭火，把山上山下映得红彤彤的。村子里升起了一缕又一缕炊烟，白而软，像妈妈招呼我们的手。我们挎着满当当的菜笼子，像被人推着似的往山下走。那时，我已经会唱几句戏（秦腔），《三滴血》里的——

> 祖籍陕西韩城县，
> 杏花村中有家园。
> 姐弟姻缘生了变，
> 堂上滴血蒙屈冤……

玲玲有时会在后面接着唱——

未开言来珠泪落，
叫声相公小哥哥，
空山寂静少人过，
虎豹豺狼常出没……

玲玲总把"常出没"唱成"长虫（蛇）窝"，逗得大家笑成一片。她的戏唱得有曲没调。杏花说，快别唱了，狼真的来了。玲玲就不唱了。

那年夏天，村里来了一批下乡知青。男男女女七八个人，住在大队部的院子里。他们穿着洋布衣服，说着村里人不太明白的城里话，个个都长得那么好看，像画张（年画）上的人。那几天，大队部前总围着许多乡亲，像看戏似地看这些知青。知青一开始都与社员一起下地干活，但总弄笑话，锄地的时候，把麦苗锄掉，把燕麦苗留下了；赶牲口，坡嗲人有一套口令，知青分不清，一着急就"站住""站住"地喊，牛们不明就里，一个劲向前走，地就犁成了大花脸。地里的活累，他们大多吃不消。后来，大队革委会就对他们因材施用，有的在大队部当广播员，有的在生产队当会计、计工员；其中一位姓周的女知青，在村小学做老师，给我们教语文。周老师很喜欢玲玲，总是带玲玲去她们知青的宿舍。玲玲头上的发带就是周老师给的。

玲玲对我说："哥，你说城里人好不好？"

"城里人好个啥？"

"城里人干净。"

"周老师给你说的？"

"我想的。她们用洋胰子（香皂）洗手，每天都洗身上；不睡炕，睡床，床上铺单子，隔几天就洗；上厕所用卫生纸擦沟子（屁股）……"

"……"

"还有,他们不骂人!"

"城里人好,城里人好,叫你大将来把你给城里头(当媳妇)。"

玲玲哇的一声哭了:"你胡说!"

玲玲衣服比以前换得勤了,头发总是梳得整整齐齐,有时连辫子都不辫了,就那么散着,同学就笑她"大披毛"。有一天,我看到她的手指头都用桑树叶包着,问咋弄的,切菜时伤了手了?玲玲笑而不言。第二天,她把一双手往我面前一摊,手背朝上,"哥,你看。"

她的手指甲全是红的,连手指头都是红的。

她说,你知道指甲花吗?把花瓣摘下来,加点明矾,捣碎了包上,就能染红指甲。我大说,明年我家也种指甲花。

看我半天没反应,她把手收回去,十个指头弯在眼前,自己看了半天。

出 朝

二妈今年快八十了，身子骨还算硬朗。她有两儿一女，子孙满堂，儿孙们对她都很孝敬，但她常年住在虎头山庙上。虎头山庙是坡嗒人的心灵圣地，既供观音，也拜老君，还树着专司学生升学考试的文魁，儒释道诸神济济一堂，香火共享。若单以佛教论，二妈得算这庙上的"主持"了。

前年春节回家，我陪母亲上庙。二妈见到我，拉我坐在庙侧厦子的火炕上，盛上一大碗落花生，又拿出庙上接的献果。她说，这日子快的，一眨眼俺元林也有抬头纹了，还记得那一年你高考前，妈在这屋念经，你在那屋背书……走时，二妈送给我一条红布带子，上面烫着金色的字，她说这叫"平安带"，你在北京开车，系上，会保平安的。

二妈是一个心灵手巧的人，绣花、剪窗花、扎灯笼，样样都做得好。"文革"后，允许搞家庭副业。每到过年时节，二妈家里家外就摆满了各色各样的花灯，像灯展似的。不待二伯把这些灯笼带到集市上去，家就成了集市，四里八乡的人慕名来买。

随着家景好转，那些费神费力的副业，二妈都放弃了。她一生持守的爱好，就是念经礼神。我爷爷当年分家时，把前面的三间大瓦房分给中间的三个儿子，二伯、三伯和我大，一家一间，二伯家与我家连墙。我小时候，总能听到二妈念经的声音。二妈的声音清脆嘹亮，悦耳动听。有几年，并非过年时节，门前总是

27

响起鞭炮声。妈说，这是有人给你二妈还愿来了。你二妈是"顶神"，给人出朝看病。啥叫出朝？妈说，谁家有灾失，请你二妈去安爷。事主家跪在供桌前，神灵就附在你二妈身上，与病人有问有答，看病开方子。你二妈很灵验，四路八闲的人都来请，家里挂满了锦旗。

前不久电话里问妈，二妈现在还当"顶神"吗？妈说，你强林哥（二伯的儿子）有洪州那一年，你二妈侍候月子，平时她不进厦子，都是把饭菜从门外递进去，那天洪州他妈下炕摔了一跤，你二妈进去扶，走了暗房，冲了神气，从此就再没给人出过朝。

洪州今年已二十大几了。

我们十岁上下，暑假期间，十八爸家的玲玲病了。她病了十多天，我才知道，是我妈告诉我的。

妈说，你十八娘有文化，不信神，这回信了，叫顶神给玲玲禳治呢，你十八娘从头跪到尾。

得的啥病吗？

妈说，一个女娃娃家，梢轻地天天洗头发，凉着（感冒）了。大队医疗站的马大夫来看了几次，西药、中药都吃过，不见好。茶饭不思，整天昏睡着，身上火炭似的。

送医院啊？

你十八爸上陕南吆牛（贩牲口）去了，你十八娘一个女人家，身子又消薄（单薄），你看这天，天天下雨，医院又远，咋去呢？

妈，我想去看看玲玲。

你去干啥呢？顶神通穿的虎山头庙的药王，说玲玲在公坟弄草，冲撞你老爷了，让给你老爷烧一刀纸，叫上三天（魂），就好了。

我几次走到十八爸家门口，想进去，又收住脚步。门半掩着,屋里一丝响动也没有。

那几天,每天晚饭后,总能听到十八娘给玲玲叫魂的声音,由远及近。她是从公坟烧纸回来,一路上不住地唤着:

"玲玲娃,回——来!"

"玲玲娃,回——来!"

……

万籁俱寂,天黑得油瓷一样,只有十八娘拎着的马灯在门前的路上一闪一闪的。我一个人坐在场院的碌碡上,看天,天上什么都没有,除了黑,还是黑。

走近家门口,十八娘的声音已经嘶哑,像被碌碡碾过的一撮麦秸,有气无力:

"玲玲娃,回——来!"

"回来咧!"是我妈在玲玲家里应答。

十八爸终于从陕南回来了。

回来的当天,他就把玲玲用架子车拉到公社卫生院。那天下着大雨,玲玲躺在车厢里,被一床红花被子包得严严实实,被子上蒙着一张白塑料布。我看到,玲玲一只染了红指甲的手,露在塑料布下。

三天后,十八爸又把玲玲拉了回来。

玲玲死了。

当晚,玲玲就被送往公坟。妈说,玲玲跟你要得好,去送送她吧。

我几乎是对着妈的脸吼:不去不去不去!……

第二年夏至,去给先人上坟。老爷老婆的坟侧,有一座小坟,小坟上长着一棵桑树,桑叶青翠欲滴;桑树下面,是一簇红得像血的指甲花。

月亮娃儿

月亮娃儿,名词,婴儿。

二十年前,我在北京一所高校工作。寒假期间,眼看过年了,哥哥来电话,说四姨病重。我用站台票挤上当天的火车。第二天下午一出西安火车站,就登上了回老家的长途公交。汽车沿西安到宝鸡的公路行驶,在一个叫尚村的镇子下车时,天已经黑了。尚村距姨家还有十三四里地,不通车,只能走着去。

一条还算宽敞的乡村公路,似乎只有我一个人。邻近村子的灯光稀稀落落,偶尔传来一两声炮仗,预告着春节将临。黢黑的天空高远莫测,几只寒星在上面眨着眼。多希望那是神灵的眼,能看到我病中的姨。姨得的是肝癌,而且已到晚期。

舅婆(外婆)家也在坡嗲,与我家一东一西,相距不过七八里路。舅婆先一气儿生了五个女儿,名字都带着"花"字,四姨叫"够花"——意思是花够多了,五姨叫"花落"。也算天遂人愿,接着就生了三个儿子。我妈排行老大。舅爷去世的时候,我还没有出生。关于舅家和四姨早年的事,都是我妈告诉我的。

舅家世代耕读,日子算得殷实,土改时家里有三十多亩地,一头牛,一架水磨,被定为"上中农"成分。舅爷一表人才,识文断字,新中国成立后一直在村上当会计,是远近有名的能行人(有本事的人)。妈说,你舅爷性硬气勇,农业社搭挂玉米辫子的架子，面对碗口粗的横梁，没有人敢掮，这时生产队长说，谁掮上去给谁二斗麦。也是好强，也是稀罕那二斗麦，你舅爷便掮了上去，结果挣（出力过猛）着了，加上生了些闲气，一病不起，四十四岁就死了。当时，三姨、四姨、五姨还在家里长着，下面是十岁、七岁、四岁的三个弟弟。舅爷一去，家道中落。两年后"文革"开始，家里又被补定为"富农"成分，舅婆三天两头被揪斗。弟妹都在上学，与舅婆一起支撑危困的，主要是四姨了。

我到四姨家的时候已经晚上九点多了。姨头朝里躺在烧炕上，身上搭着一床薄被，面色晦暗，人瘦成了一把骨头，齐耳短发却纹丝不乱。我站在炕脚底叫"四姨"。四姨也认出了我，使着浑身的气力，一字一句："还没吃饭吧？西宁，"西宁是姨的女儿，"给你哥打几个鸡蛋。"

在坡嗲上下，客人来了，打几只荷包蛋，再加两勺白糖，是那个年代最隆重的招待了。姨家在大堡子，姨夫当兵转业后在一家林业站当工人，光景相对好一些。姨总是周济她的姊妹，对外甥也疼惜。记得我上小学时，一年儿童节，全乡的师生都在公社开会，会散时日头偏西了。和同学饥肠辘辘地往家走，路过姨的村子，姨见了我，就叫我到家里吃饭，饭前还是先给我打两个鸡蛋。

与表妹谈起姨的病因，西宁说是累着了，家里今年盖房，我大（爸）是个省手人，油瓶倒了都不扶，工地、灶上、请人帮忙、迎来送往，全靠我妈操心，多少日子都没有合过眼。房盖好了，我妈就病了，脸黄得像褙纸，劝她上医院，她总说小毛病，到医疗站弄些药吃就好了。等到疼得撑不住，咱五姨接到咸阳一查，肝癌晚期了。住院一段时间，医生说已经没有意义，就又回到了家。

曾经美丽干练的四姨，真的无药救治了吗？第二天，我找了坡嗲远近闻名的中医，向往奇迹发生。对自己的病，四姨心里明镜似的，但仍然很配合，一大碗又黑又苦的汤药，她坚持着一次喝下去。她多想活下去啊，一女两儿，都没有成人呢。

奇迹终究没有发生，过了年，还没有出正月，四姨就走了。

四姨生于一九四八年。还是月亮娃儿时，一天，一匹战马从村头跑过，马上的人一路喊着：乡亲快逃啊，中央军就要来了！妈那一年十岁，总忘不了全家出逃的那个下午。一挂牛车停在家门口，全家都上车了，外曾祖母却丢心不下家，不上车，说我这一把年纪了，还想活多久，"遭殃军"（中央军）再歪，能把我一个老婆连骨头吃了？没有工夫了，舅爷直接把自己的母亲抱上车，赶着车向耿峪沟里逃。进山沟不远就没有车走的路了，只有步行。全家老的老，小的小，包包蛋蛋，外曾祖母是小脚，爬山十分艰难。山上山下都是逃难的乡亲。山外的枪炮声一阵紧似一阵。舅婆脚下一滑，摔倒了，差点和怀里的四姨一起掉进深沟。舅爷对舅婆说：把四女子给我！舅婆刚要把四姨递出去，见舅爷脸色不对，就没有松手。舅爷一把拽过四姨，就要往沟里扔，说："大人都快没命了，还抬举她弄啥?!"舅婆扑上去抱住了舅爷，涕泪俱下："你要撂够花，把我一起推下去……"

妈说，你婆给了你姨两条命。你婆走了，你姨的魂就走了。

农村医院条件差，穷，农民没有定期体检，生了病也不舍得进大医院看，四姨是生生给耽搁了。但妈的话，也有道理。八个子女中，四姨跟舅婆一起遭的罪最多，心也最近。舅婆去世的第三年，四姨就去了，终年四十四岁。

舅　婆（1）

> 小板凳，咯噔噔，
> 我到舅家住一冬。
> 舅婆见我心喜欢，
> 妗子见我黑了脸。
> 妗子妗子你甭（bao）抠，
> 豌豆开花我就走。
> 阿个坑里没泥鳅，
> 阿达河里没石头，
> 谁家娃娃没舅舅。

　　这是坡嗲流传的口口（童谣）之一。关中八大怪，姑娘一般不嫁外。舅婆五个女子，我妈排行老大，除五姨出嫁较远，后来随姨夫进入城市外，其余都在离舅家六七里地的周边村镇。舅家，可以说是我们这些外甥们小时候的托儿所，一住十天半月，是常有的事。乃至后来，我长大了，舅舅们也先后成了家，分了家，我依然常去舅家，随吃随住，如同自家，从来没有生分过。
　　舅婆是一九九〇年七月过世的。那年，我闻讯从北京赶回舅家，舅婆已经入殓，未能见她老人家最后一面。我一个人趴在舅婆的棺木上哭着，甚至怨恨舅舅没有及时告知我。我曾经承诺舅婆，要接她到北京来逛一逛，却成了我终生的遗憾。二十一年来，常常想到她，她的音容笑貌一如坡嵝的山水，镂刻在我的记忆里。

民国初年，舅婆出生在离舅家一箭之地的集贤堡子，她的父亲是清末秀才。前文说过，我喜欢到舅家走亲戚，其中一个想头就是听书。说书的就是舅婆的五弟，我称五舅爷的。舅家每次待客，在喝汤和吃菜之间的三四个小时里，或者吃菜之后，客人们围坐在烧炕上，五舅爷一杯茶一支烟，就说开来。"你想听哪一出？"五舅爷摸着我的脑袋问。"卖油郎独占花魁，蒋兴哥重会珍珠衫。"听多了，我也能说几个书名。《三侠五义》《三言二拍》，他都说得有板有眼，有声有色，成为那个年月难得的精神食粮。

舅婆二十岁嫁给舅爷，舅爷当时只有十五岁。舅婆大家闺秀，勤谨贤惠，做一手好针线活，做一手好茶饭，但命运多舛。前边一气生了五个女娃，虽然五姨出生时，已经是新中国了，但人们的传统观念浓厚，舅爷不满意，外曾祖母不待见。直到一九五四年我大舅出生，舅婆在家里的地位才有所改观。后来相继生了二舅、三舅，眼看着日子好过起来，舅爷却一病不起，撒手人寰。当时舅婆面对的是怎样一个家？上面是年过七旬的外曾祖母，下面是未成年的三女三儿，小舅当时只有四岁，还有从部队复员归来的近乎失聪的二舅爷，老小九口的吃穿用度，就压在了年届五旬的舅婆一人肩上。

关于舅婆的往事，健在的长辈里，我的五姨知道得最多。

为给舅爷看病，家里花了个底朝天，还欠不少外债。舅爷去世的当年年底，要过年了，当时，舅婆身上只有五块钱。她带着大舅去上年集。这五块钱，她一分一分，算过来算过去，割了三斤猪肉（一九六四年一斤猪肉六毛钱），买了一棵大白菜、一斤粉条、一根胡萝卜、三根葱、几根蒜苗、一把菠菜、一把筷子、三个碗，给忌口的外曾祖母买了二斤豆腐，又为摆先人买了香火，用最后几分钱，买了一张写对子的白纸（在坡嵝，家里出了丧事，三年之内都是用白纸写春联）。没有鞭炮，没有新衣，一家人在凄苦冷清中度过了一九六五年春节。

那个年代生产队按工分分粮，舅爷去世后，家里没有硬劳力，工分少，分粮就少。一家九人的吃饭，成为舅婆最煎熬的事。每逢秋夏两忙，舅婆总是鸡不叫就起床，先做好一家人的早饭，自己胡乱吃两口，便提个篮子，顶着满天的星星，出门去找粮食。

夏忙出门，篮子里放一把小笤帚，在地头找放过拉麦车子的地方，车辙周围总有撒落的麦粒，舅婆就把零星的麦粒和沙土扫到一堆儿，装进篮子里。回到家后，她先用筛子把尘土筛去，再将剩下的麦粒沙石的混合物拿到门前的水渠里淘洗。舅婆坐在河边，一粒一粒的拣出石子，最后只落下大半碗麦子。就这样，她每天出门几趟，生产队几百亩地的地头，她都走遍了，一个夏忙，忙前忙后，也能从地头扫回二斗多麦子。

除了两忙，凡是能填肚子的东西，她都想法弄回来，挖野菜、捋榆钱、夹洋槐花……有一年冬天，下着大雪，在邻村收完白菜的地里，舅婆领着四姨、五姨挖回来一篮子白菜根，洗干净晾晒几天，每天煮包谷糁，就加一些进去……在五姨的回忆中，虽然那些年非常艰辛，但因了舅婆起早贪黑的辛劳，殚精竭虑的呵护，在家的子女基本没有挨冻受饿。一旦略有节余，她还不忘周济已经出嫁的几个女儿。

鲁迅在《〈呐喊〉自序》中说："有谁从小康人家而坠入困顿的么，我以为在这途路中，大概可以看见世人的真面目。"这话，也一定道出了舅婆当年的心声。五姨还讲了这样一件事——

舅爷过世当年的腊月二十三，一家人正在家里扫房子、刷墙，一位亲戚突然来到家里，问借她家的八十块钱准备好了没有？舅婆赔着笑脸说："姐，我实在没办法，你再容我一阵，眼看着过年了，我都没脸再给人张口借钱了。"亲戚脸一沉说："你家知道过年，我家难道不过年？你赶紧出去给我借！"听了亲戚的话，舅婆低着头走出了家门。过了大约一顿饭的工夫，回来了,递给亲戚一叠钱,说:"姐,我再也不欠你的账了!"

送走了亲戚,舅婆独自一人出了门。五姨那一年十五岁,随后邻居告诉她,你妈去了东河湾,一人坐在那儿哭了很久……

那年正月初五一过,舅婆就在家里支起三架纺车,三姨、四姨、五姨加上她四个人,轮换着纺线。舅婆说:"四个人可以换着歇,但纺车不能停。"原来,为给亲戚还钱,她向人家借了高利贷,答应三个月内还给人家。那时候纺一斤线才一块钱,三个纺车一天仅能纺七八两线。过了正月十五,生产队农活忙,只能晚上熬夜。除了纺线,还给人家纳鞋底、织土布、缝棉衣,一点一点挣钱,最后终于还完了欠债。

一大家人的吃穿用度,极度的物资贫困,已经让舅婆不堪重负,谁料想,"文化大革命"来了。

舅　婆（2）

　　五姨在母亲姊妹里最小，读书最多。姨夫当兵提干，姨随军到了咸阳。她身在都市，心系桑梓，多少年来，兄弟姊妹大小事情，姨没少操心帮扶。

　　我生也晚，关于舅婆早年的故事，所知不多。舅婆一九九〇年过世时，为写祭文，姨和舅舅们给我说过一些，那时大家都在悲痛中，所述零散有限。今年正月，我请五姨再作回忆。姨说，说那些伤心事干啥呢，都过去四五十年了。我说，回忆过去，不是要跟谁记仇，而是给后世给社会留一份记录，告诉来者，他们的先辈，曾经怎样活着、怎样活过。

　　姨同意了。她讲得耐心、细致。其中一些内容，我也是第一次听说。

　　一九六七年的秋天，家里没柴烧了，有一天晚上吃完饭，妈说："今晚早点睡，明天留孝武（小弟，时年七岁）在家看你婆（奶奶），三女四女去队里干活，五女和两个小子跟我上山割柴。"两个弟弟，老大十三岁，老二十岁。鸡叫头遍，妈就起床给我们做早饭，还烙了豆面饼，作为上山的干粮。一切准备停当，才叫醒实在不愿睁开眼的我们。月亮还在天上挂着，我们拿上镰刀、绳子，拉着架子车向山里走。走了十几里山路，太阳老高了，才走到有柴割的地方。面对满山的灌木丛，我们人小力气小，只能割下大拇指粗细的柴火。谁知，刚割了一小捆，就有人朝我们走来。来人凶巴巴地喊："谁让你们在这儿割柴？"妈小心给人家解释："我们孤儿寡母的，没啥烧，就上山割些茅草，你高抬贵手，我们以后再也不来了。"可是，来人根本听不进去，不顾我妈再三恳求，硬是把我们的架子车拉走了。母子四人垂头丧气，又渴又累，两手空空地回了家。

为了解决烧柴问题，妈夏天拔麦茬，秋天拿着小镢锄到地里挖玉米根，或者背着背篓去树林搂树叶，冬天在堆过棉花秆的地头扫棉花壳壳。我曾经悄悄问妈："你咋不知道困呢？"妈说："我就是苦死累死，也要给你们把生的做成熟的。你们都好好长大成人，我就不困了。"

一九六八年十月，上边来了政策，要求"清理阶级队伍"。工作队进驻到生产队，清理谁家没有具体标准，由贫下中农开会讨论。讨论结果，我家成了清理对象。新中国成立前，我家有三十亩地、一头牛、两间水磨、三间瓦房，土改时订的是"上中农"成分。由于一九四五年伯父被国民党拉去当壮丁，一去无音信，地里农活父亲一人干不过来，本队一个姓张的光棍经常吃住在我家，帮着父亲干点农活，这就算"雇长工"。生产队共二十七户人家，只有五家是老住户，其余的人都是从陕南商县、山阳等地逃荒要饭过来的，家境自然贫薄些。和这些人相比，我家就成了众矢之的，加上父亲在世时急公好义，爱打抱不平，得罪了一些人。贫下中农投票补订成分，我家被莫须有地选成了"富农"。在那个黑白颠倒的年代，浑身是嘴都没有说理的地方。

有了斗争对象，社员们也有了营生。白天干活，晚上开批斗会。数九寒天，人们都穿着厚厚的棉衣、棉鞋，包着头，坐在生产队冰冷的保管室里，批斗我妈。他们让我妈光脚站在板凳上，不许戴头巾，胸前挂个大木牌子，上写：富农分子龙月珍。

"老实交代，怎样剥削贫下中农？怎样压迫长工？"

我妈说："我没剥削过任何人，人给我家干活，每年都给工钱。我更没压迫谁,老张在我家那几年,赶都赶不回去,说回去没人给他做饭,没人给他缝衣裳。"

"说得好听,吸了别人的血汗还给自己表功劳,不老实交代问题,就把衣服也脱了,冻上几天看你交代不交代!"

更让妈想不到的是,因为自己早年连续生了几个女子,父亲便抱养了同宗一个男娃,供他读了书,还给盖了房成了家,而这时,养子两口子带头振臂高呼:"打倒龙月珍,砸烂龙月珍的狗头!"

那一夜,妈彻夜未眠。

第二天早上,看着妈红肿的双眼,我问:"谁打你了?"

妈长叹一口气说:"唉,天把眼瞎了,人把心瞎了……"

经过一个冬天的批斗折磨,妈的身体极度虚弱,好几次妈都说她不想活了。但为了我们几个没爸的孩子长大成人,妈还是坚强地撑了下来……

对舅婆往事的追忆,我只能依据五姨的回忆,作口述实录。那个荒诞的年代,曾经铸造了多少苦难的人生!在当时中国的大背景下,我舅婆的遭遇不是个例,甚至并不突出,但在我关于坡嗲的记述里,她的故事不可或缺!

最后,我把二十一年前写给舅婆的挽歌,略作修改,辑录于此,作为对她老人家的纪念——

  云蔽日兮狂风起,舅婆逝兮余心悲,
  一世坎坷多磨难,养成四子并五女。
  温良贤淑侍尊亲,勤劳节俭持家计,
  中年落寡坠危困,上老下小唯凭依。
  文革荒唐雪加霜,愚盲蜂起下井石,
  身疲心瘁志不屈,夙兴夜寐爱不移。
  春剜野菜备晨炊,夏拾遗穗充荒饥,

秋搂霜叶暖冷屋，冬绩棉线缀寒衣。
年届花甲攀南山，砍柴割草忙不息，
清风相识不相问，风雨簌簌为悲泣。
苍天不负苦心人，志气存处事竟立，
晚来儿孙满厅堂，竞相孝敬表心迹。
逝者既去不能留，生者存焉当勉力，
终南山高耿水长，舅婆功德在天地。

牛角泉

科学测定，人体百分之七十的成分是水。巧合的是，地球表面百分之七十的面积也是水。地球其实是水球，生命因水而生长。世界四大古老文明，都是河流的养育。坡嗲也算依山傍水。东头一条虎峪河，西头一条耿峪河，东西相距五里，从南山伸出，像两只胳膊。这胳膊曾经丰硕粗壮。我记得，虎峪河发洪水时，也曾横冲直撞，劫田掠地，让两岸为之惊恐。洪水过处，裹胁着从山里冲来的财物树木，惹得村民不避凶险争相打捞。平常的日子，河水并不算大，在出山口叫"涝眼"的地方一分为二，大部分走了河坝，只有一小部分，沿碗口粗的引水渠，伴着下山的小路，曲曲折折流向坡嗲的村子。

担水，曾是坡嗲人一日生活的第一件事。每家的锅灶旁，都立着一口粗大的水缸。家里有多少人吃饭，只看水缸就知道了。记得舅家的水缸，阔大足以容人。母亲说，新中国成立前土匪深夜来抢，外曾祖母无处可逃，匆忙间跳进水缸，头顶马勺（瓢），躲过一劫。水缸旁边蹲着两只木桶，墙上挂一条扁担。天蒙蒙亮，屋门吱呀一声打开，最先走出门的，一定是挑着水桶的人。坡嗲人黎明即起的习惯，是为担水养成的。起晚了，上游的人洗洗涮涮，水就不干净。

担水的人在引水渠的塘边排起长队。这是力气活，多由男人承担，也有女人、孩子来，通常只担半桶水。我十二三岁，当担起扁担，木桶不至蹭地时，就开始帮家里担水了。如果没有在水渠下游等待的耐心，就往上游走，每隔几百米就有一个接水的塘堰，走得越远，排队的人越少。每天早上，把家里的水缸担满，来回要跑四五趟。

大白天，村人在引水渠里洗菜洗衣，引水渠的水是不能吃的。家里的水若用完了，就去虎峪河里取水。河远离村子，河水相对干净一些。大哥讲究，他担水时，即便是清早，也总是去河边，宁可多走出几里地儿。

夏天，发洪水的日子，河里渠里的水都变成了浑汤，村人便要走两里路，到南山跟儿的牛角泉取水。这泉在牛角沟里。牛角沟是虎头山下状如牛角的一条小山沟，狭窄幽深，沟东的崖壁上有一洞，村人谓之牛魔王洞，可望而不可攀。读小学时，我与三毛逃学，多入此沟，外面三伏大热，沟里清凉无比，是一个天然冰箱，我们逮蚂蚱（蝈蝈），掏夹八（螃蟹），渴了，就趴在泉边，咕噜喝上几口。这泉碾盘大小，四周蒲草葱茏，清澈见底，任多人来担水，水位从来不减。

去牛角泉担水，需要爬上一道慢坡，再下到沟底。担一担水，往坡上爬，需要体力也需要能力，一不小心，水桶蹭着坡面，或者脚下打滑，就可能连人带桶摔下沟底。吃力且危险，母亲不让我去牛角沟担水。但我太馋牛角沟的泉水了，暑假里总会去那儿担水。来到泉边，先放下扁担，坐在泉边的青石上，披着浓郁的树荫，让自己清凉下来，或者用泉外的水洗洗脸和身子。桶侧入泉中，满当当地提起，再摘两片枸树叶子，放入桶里，免得行走时水往外衍。在酷热难耐的三伏天，牛角泉，这天然的冰镇矿泉，曾给了我许多慰藉。

坡嗲地势高，不惧涝，但怕旱。虎峪河的水，勉强供得生活用水，至于灌溉保苗，就杯水车薪了。旱季，河里那点水，成为河边村子竞相争夺的命根子，"涝眼"于是成为战场。河西的人希望河水入渠，河东的人则要求河水沿河而下。语言争执不下的时候，镢头、锨就招呼上了。你前脚修好堤坝，后脚离开就可能被偷偷挖开；晚上正浇地呢，水断了；打上手电沿渠查找，终于找着了溃烂，修复了堤坝，水还没有流到地里，却又断了。有限的水源就在这游击战中消耗着，莫名的仇恨也在这明争暗抢中积累着。那年那月，为了水，河东河西，一渠上下，没少打仗结仇。

我们村地处河西，引水渠下游，争水时完全处于劣势。于是便向地下要水。二十世纪七八十年代，十多年间，前后打过三眼井。第一眼打到近二百米，仍不见水，放弃了；第二眼打到一百米，遇到花岗岩层，打不下去了；第三眼终于成功，从这眼井开始，村民走出了吃河水的历史。但水量仍嫌不足，每天只能定时供应。也就是在前年，国家投资建设新农村，打了几眼深水井，整个行政村实行统一供水，吃水问题才算彻底解决。

现在，那条穿村而过的引水渠几近废弃；村东的虎峪河，也常年干涸，只留下一条残败的河沟。曾经养育我的水源，只有牛角泉可寻了吧？去年国庆回家，看到牛角沟侧正在建一个大型养殖场，几台推土机甲虫似地爬上爬下，正在移山造地，牛角泉的命运可想而知了。

土　壕

前面说了水,这回说说土吧。

乡土乡土,土不离乡,乡不离土,土无疑是乡村标志性的元素和符号了。城里人说一个人"土包子""土里土气",是指这个人来自乡村,或者有乡村人的做派。其实,无论城市乡村,只要生活在地球上,都离不开土。有段子说,养牛是农业,杀牛是工业,涮牛肉是服务业,吹牛皮是文化产业。看来产业的划分,取决于与土地的距离,农业作为第一产业,无非与土地的距离最近而已。中西神话,无论上帝还是女娲,都是用泥土造人。再干净的人,洗澡时都能从身上搓出泥来,这泥就是土。人死后,也都要化成土,归于土。若此,谁还能说自己跟土无关,一点都不"土"?

坡嗲在改革开放这些年来的发展,一个重要标志,就是土元素在慢慢淡出。

在我们村,三十年后的今天,有两样东西已经成为"古迹",一是水库,一是土壕。二十世纪七十年代,虎峪河的水还很旺,特别是雨季,洪水从山里冲出,吞噬着两岸的土地。为了防洪、灌溉,举全队劳力,奋战大半年,在虎峪河侧修了一座水库。水库比村小学的操场还大,深两丈有余。也曾蓄过水,我和同学还在里面打过扑腾呢。但因为防渗漏做得不好,蓄的水很快就渗没了,基本没有发挥过抗旱灌溉的作用。后来虎峪河的水一年比一年小，无水可蓄，水库就废弃了。上次回家，看到库底成了猕猴桃园，就想，如果在上面蒙一层薄膜，改种大棚菜，也许更实惠。

土壕虽然也已成为文物，但它的历史地位却非同寻常。

土壕就是挖土取土的地方。在坡嵝，每个村都有土壕。我们村的土壕在南山脚下。坡嵝在汉代作为京畿之地，曾是汉武帝终南山狩猎的上林苑的一部分，狼虫出没的荒滩。刘家老先人清末民初在此开荒，从千户村迁居于此，迄今不过百年。村里的地，少有百亩成片的，田亩之间，多有石坎相隔相错。小时候说的关于月亮的故经（谜语）"一个碗，撂过坎。你拾去，我嫌远"，回想起来，多么形象贴切。刚出来的满月，像坡嵝人吃饭的大老碗，它不是从山上升起的，而是从东边那座石坎背后爬上来的。这些石坎，是祖先开荒时，把漫滩遍野的石头，一块一块捡起来堆成的。由于土地被众多的石坎分隔，又高低错落不平，很长时间，牛马都是坡嵝的主要生产力，农业机械根本施展不开。近些年，家乡一个重大变化，就是石坎少了，土地平了，且大都连成了片，基本实现了耕作机械化。

历史上的荒滩成为今天的可耕地，土壕立功至伟。在过去，拉土是主要的家务活之一，我上初中后的寒暑假，经常拉土。装上镢头和铁锨，拉着架子车来到土壕。土壕就是一座土山。世代在这里取土，这山像一块豆腐被切去了一角，刀茬儿三四丈高，醒目地亮着。在壕底挖土，会引起塌方，有危险性，我一般会爬到壕顶挖土，一气挖够一天拉的土。土从坡顶哗哗地落下，一条瀑布似的，有时就直接落进了架子厢里。

这土是生土，不能直接拉到田地里。土如果是湿的，先要晾晒，谓之晒土，湿土垫圈，牲口会得病的。晒土时，要把大的土块打碎，用细碎的干土垫圈，牲口卧上去才舒服。这土在圈里要待不少日子，经过牲口的踩卧拉撒，再从圈里起出来时，就不叫土了，坡嵝俗称"粪"，学名谓之"农家肥"，就是田地的肥料了。

农民,就是"与土打交道的人"。从土到肥的劳作程序为:拉土——晒土——收土——垫圈——起圈——送粪——扬粪。坡嗲人就是通过这个程序,把土壕的生土变成庄稼的肥料,改良着土壤,供养着田地,从而取得自己的收成。

现在,特别是近些年来,这个程序已经中止了。

这是一个辛苦的程序,在小农经济时代,为了多打粮食,辛苦积肥,觉得一切都很自然。进入市场经济,当田地的出产有限,粮食并不值钱的时候,谁还会不辞辛苦地积攒农家肥呢?特别是机械化耕作普及后,几乎没有几家养牲口了,无需垫圈,也就无需拉土了。于是,土壕退出历史舞台。

上次回家,走在当年拉土的路上,路面长满了没膝高的蒿草,看得出,已经很久没有人拉过土了。土壕的退休,土肥程序的中止,确实减轻了农民的负担,但对于先天就瘠薄的田地,又意味着什么呢?

在坡嗲人的生活中,土不只是生产资料,也是生活资料。过去的房子,十之八九是土坯房。土坯,坡嗲叫"胡基"。盖房前都是先打胡基。找一处土质较湿润的地方,一块平展的青石上,放上木模,添土进去,用装有木柄的石锤夯实,便打出一块胡基。成垒的胡基晾干以后,才能砌墙。这年头都用砖、水泥、钢筋盖房,没有人打胡基了。土还用来刷房子。过年前各家打扫卫生,会弄些白土块,用水化开,拿一把笤帚,刷那些被烟熏黑了的墙面。身体被划破,也会找一些干面面土,捂在伤口上,用来止血。所有这些,都走进了历史。

背 枒

背枒，名词，坡嗲背柴背草用的器具。

人类和动物的一个基本区别，动物张口就吃，人类是要把生的做成熟的，才吃。开门七件事，柴米油盐酱醋茶，柴排第一，可见重要。我来城市三十年，自己生火做饭二十年，前十年用煤气罐，近十年用管道天然气。在城里"打柴"，和打酱油相似，就是去一趟银行。天然气一个字（一立方）两块钱，我一次买一百个字，三口之家，一年都用不了。在坡嗲，就不这么轻松了。

坡嗲实施新农村建设以来，村容村貌变化不小，道路、街道变成了水泥路面，各家门前，大多敞亮整洁。在过去，当柴火是村民家庭的唯一能源时，房前屋后，都少不了柴火垛子。要细分的话，有麦秸垛、玉米秆垛、茅柴垛、硬柴垛等。麦秸、玉米秆主要用于冬天烘炕，茅柴和硬柴则用来做饭了。

柴是要到山上去割的。大约上初中后，我就开始为家里割柴了。一般要早早起来，趁天凉好赶路，来不及吃饭时，就揣上两块干馍。虽然南行半里就是山，但浅山是没有柴可割的。浅山多耕地，间以集体的树林。沿沟底前行七八里，两面的山坡上，才能找到柴火。沟底上下，多茅柴，也叫蒿子柴，即草本植物，这种柴水分大，背起来沉，烧起来烟大，也不耐烧。做人要做活雷锋，割柴要割梢子柴。梢子柴就是指头粗细的木本植物，镰刀可以削得下来的。如果再粗一点，用砍刀砍的，就是硬柴了。

　　背柴的背枷一般放在沟底。爬到半山腰，一根根削下梢子，积少成多时，扯一根葛条，打成捆儿，顺着山坡往下放。感谢牛顿发现的万有引力，不用人推，柴捆儿会自个儿滚到背枷附近。有时坡度不够大，或者中间遇到小树卡上了，就比较啰嗦。后来读《老子》三十六章，"将欲歙之，必固张之；将欲弱之，必固强之"，不知怎么，我就联想到从山上放柴捆儿。有时为了让它一下子能滚到沟底，不得不把它往上扛一段儿，找一个更高更陡的位置，再往下放。这不就是"将欲去之，必固举之"吗？老子一定割过柴。

　　那时候，不觉得割柴是一件辛苦的事。总是招呼几个伙伴一起上山，一路有说有笑的。谁动作慢，其他人会帮一把。渴了，山高水高，山上到处有泉；热了，沟底的虎峪河，每隔一段就有瀑布冲出的深潭，是天然的游泳池。秋天在山上，有时还会碰上山葡萄、药吊吊（五味子）、八月炸什么的，就可以一饱口福。"八月炸"，顾名即知是一种阴历八月成熟的野果，形状像一个特大号的落花生，青皮，白瓤小黑籽，吃起来有些粘牙，甜中带酸，类似南方山竹的味道，但我觉得比山竹好吃，只是离家以后，就再没有吃过了。

　　割柴背柴是力气活，都是男孩子干的。男孩子也得长成半大小伙，才能上山背柴。背柴的背枷就有半人高，个子小力气小都是不行的。每次出门，母亲都要反复叮嘱，少背些，别挣着，但同伴之间难免有攀比的心理，谁也不甘少背。山路狭小崎岖，鸡肠子似的，背着百十多斤的柴火下山，就不那么轻松愉快了。每走三四百米，就要歇一会儿，通常借助一种叫"搭棍"的器物。搭棍是背枷的配套设施，形状像汉字"丫"字，上面的分叉一长一短。把背枷的底档放在岔口上，一手扶着搭棍的长叉，两肩协调着背枷的平衡，就可以站着稍事歇息。这需要点平衡能力，一不小心就摔倒了。

在坡嗒,一切植物的枝叶根茎,都可以作为柴火。坡嗒谚语:"出门不弯腰,进屋没柴烧。"那些年,村人下地干活,总是随手捡回一些枯树枝、庄稼秸秆什么的。伐树以后,树墩子不会放过,挖出来,用长把儿斧头破成小碎块,就是最好、最耐烧的硬柴。深秋,柿子树下,铺着一层金黄的叶子,女人、孩子便会去搂柴。把落叶用笆笆搂在一堆,装进背篓里。沟坎处不好使笆笆的地方,用竹扦子穿。竹扦子后面,系着一条长长的细麻绳,扦子扦满了,往麻绳上捋,不大工夫,身后就是一条树叶的长龙。

说到搂柴,想起了根据路遥作品改编的电影《人生》的主题曲:

上河里的鸭子下河里的鹅,
一对对毛眼眼照哥哥,
煮了那个钱钱下了那个米,
大路上搂柴了瞭一瞭你。

我出差陕北曾路过路遥的家乡延川县,那里沟壑纵横,满目精赤,生存环境比坡嗒还要差。"钱钱",就是榆钱,青嫩时捋下来,淘洗干净,和着麦面,可以蒸麦饭。再就是搂柴。关中陕北,相距六七百里,风情却自有相通之处。

二〇〇六年起实施新农村建设,政府推广使用沼气,坡嗒的能源结构发生了历史性变化。现在,农作物实行秸秆还田,增加了地力,农民也省去了挖秆拉秆之类的辛劳;山上的地退耕还林还草,也很少有人进山割柴,山便日益富态了起来。但我家的沼气好像并不稳定,时有时无的,除了买煤烧,还没有完全告别柴火。

猪娃儿

猪娃儿，名词，幼猪，猪崽。

儿化音，看来不只是北京话的专利，坡嗲话里儿化音也不少。"猪娃儿"是一例，还有："碎娃儿""碎崽儿"（孩童）"月亮娃儿"（婴儿）等。

汉民族对猪这种动物可谓爱恶交加。如果说文字是最古老的文化密码，那一个"家"字便传达出"猪"在小农经济的传统中国曾拥有的重要历史地位。屋下一"豕"（猪的古称）为"家"，不是一"犬"，不是一"羊"，可见猪几乎是一个"家"的标志性存在。坡嗲有句老话，叫"富不离书，穷不离猪"。再穷的人家也要养一头猪的。有猪，便要给猪弄草、打糠、喂食、垫圈、起肥，总有干不完的活，想懒也不得懒；有猪，孩子的剩饭、洗涮的汤水、庄稼的秸秆都可作为猪的营养而被充分利用。这一粥一饭的珍惜，日复一日的劳作，便从渐渐长大的猪的身上获得了慰藉。一头猪出栏了，便是一笔可观的收入。所以，猪是一个"家"的生产资料，是农民的"自助银行"，是坡嗲人的一种生存方式。

那么恶从何来呢？大概跟猪的生性特点有关。"懒得跟猪一样""笨得跟猪一样""生儿不孝如养猪"，坡嗲人现在还这样骂孩子。但这种骂，不是出于厌弃，而是恨铁不成钢。《西游记》里的猪八戒，就是人格化的"猪"，也是古人对"猪"的感情的一种投射。"悟能"尽管无能、贪吃、好色，但不失温柔敦厚，较之火眼金睛的"齐天大圣"，似乎更有"人情味"，在唐僧师徒里，是最有观众缘的。

坡嗲的孩子，最早认识的动物是猪，最早会干的家务活就是打猪草。约摸六七岁上，便会挎起竹笼，与小伙伴一起奔向地畔、滩头，给自家的猪弄草。我辨别植物是从打猪草开始的，什么刺金牙、花花裹兜、大碗花……我们都知道自家猪的口味，精心选择它们爱吃的草。鲜嫩的草提回家，后院圈里的猪似乎嗅到了气味，哼哼唧唧叫个不停，一张长嘴把栅栏门拱得哗哗啦啦地响。父母往往不让我把青草直接扔进猪圈，而是把青草淘洗干净，切成一寸长短的节儿，等到喂猪的时候，抓一把青草节儿放进猪槽，与谷糠充分搅拌以后，才让猪去享用。猪贪吃，纯吃青草，便厌吃谷糠了。

"文革"年代，所有的家庭副业作为"资本主义尾巴"都被割掉了，唯独猪可以养。虽然家家都养猪，却很少有多养的。猪的主食虽是谷糠，但要它快长，必须佐以麦麸、玉米、豆料之类，特别是长成"壳郎猪"，更要以粮食催膘。那时人的口粮都有限，就更难保证猪的用粮了，一头猪往往一年两年出不了栏。那时出栏的猪不能随意拉到市场去卖，只能交售给政府设的农副产品收购站。先要过秤，不够分量，收购站是不收的。够了分量，也要分出等级，一个等级一个价。收购员叼着烟，伸出两个指头，按一按猪的脊梁，喊："一级！"交猪的人就眉开眼笑；若喊"三级"，主人便心生郁闷，脸上还不能挂出来，努力地给收购员笑着："你再揣一下，你再揣一下。"收购员不耐烦："还揣啥呢，再揣就是四级。"主人小声地说："我是公社赵书记他二舅……"收购员徐徐吐出一缕烟，目光移到主人脸上："噢……

赵书记,那就一级吧。"

我曾跟父亲去交售猪。出发之前,给猪好吃好喝,让它吃到滚圆,上秤就可多些分量。几个大人把猪牵到架子车上,绑缚四蹄。猪知道大限将临,凄厉地嘶叫着。走上十里地,来到公社收购站。交猪的人排着长队,只有等,有时一等就是大半天。期间猪又拉又撒,让人看着心疼不已。终于等着了,一上秤,却不够分量,就得拉回家继续养;碰到好说话的收购员,就收了,但显然不能再争等级。交了猪,父亲会给我几毛钱,买画本(连环画)或者铅笔,作为平日打猪草的奖励;同时,会买两个猪蹄、一副猪下水,当晚家里就像过年了。

那时,养猪最大的投资便是买猪娃儿了。一头猪娃儿买回来,有的却养不活,这无疑是一个沉重的打击。想不清其中的原因,以为鬼魅作祟,便求神灵保佑,年节祭家宅六神,猪圈口也是少不了一炷香的。每次从集上逮猪娃儿回来,父亲并不急于把绑缚着的猪娃儿解开,而是招呼母亲,在家门口点燃一撮麦秸。他拎起猪娃儿在火上左绕三圈,右绕三圈,然后才提进屋里去,如同迎接神灵一般庄重。

这庄重的仪式并没有提高猪娃儿的存活率,早夭的还是夭了。我十岁上下,一个星期天,父母下地去了,临行前切切叮嘱我看管好猪娃儿。这猪娃儿脾气很怪,买回来半个多月了,在猪圈里整天叫个不停。父亲便把栅栏打开,让它拥有整个后院。它在后院里倒是不再乱叫,却又向往院外更大的世界,一俟家人打开堂屋后门,便见缝插针地往外突围。父母走后,我在后院趴在凳子上做作业,猪娃儿在不远处若无其事地散步,懒洋洋地躺在墙角晒太阳,我便放松了警惕。就在我推开屋门去喝水的一瞬间,猪娃儿突然从我两脚之间蹿过去,穿过堂屋,消失在外面白花花的太阳光里。

我愣在那里半天没有反应。当明白发生了什么的时候,我也跑出家门,躲在野地的破庵棚里不敢回家。母亲唤儿的呼唤一声声传过来,我却不敢应答,满心都是恐惧、悔恨和对那头猪娃儿的怨愤!

天黑了,瑟缩着身子回到家里,还是难免父亲一顿臭骂。

当天夜里,一家人打着手电,找遍全村沟沟坎坎、旮旮晃晃,找了大半夜,也没有发现那头猪娃儿的影踪。

割 麦

　　五一节，我在坡嗲的田野上踯躅，满眼是即将成熟的麦子。想起了白居易。唐元和年间，他在坡嗲所属的周至县当县尉时，也曾从这片麦田走过，留下了那首经久传唱的《观刈麦》。时间跨越一千二百年，但诗中描述的情景，竟与今天我的所见所感如此相近。

　　　　田家少闲月，五月人倍忙。
　　　　夜来南风起，小麦覆陇黄。

农民是在地里刨食吃的人，一年到头难得轻闲。
尤其到了五月，是他们一年中最忙碌的时节。
南风吹来，葱绿的田野，一夜便满眼金黄。
天气却像孩子，刚刚还艳阳高照，转瞬便风狂雨骤。
于是夏收，乡亲们称之为"龙口夺食"。

　　　　妇姑荷箪食，童稚携壶浆。
　　　　相随饷田去，丁壮在南冈。

望着成熟的麦子，心中充满喜悦。
与时辰赛跑，全家老少齐上阵。

精壮劳力忙收割，三餐便由女人孩子送至地头。
试问送来什么饭食？蒸馍、面皮、油泼辣子……
瓦罐里盛的浆水汤，可以解热驱暑。

　　足蒸暑土气，背灼炎天光。
　　力尽不知热，但惜夏日长。

腰弯如弓，一条毛巾搭在肩上，
手中的镰刀，如织布梭般飞动。
太阳像麦芒刺着背脊，大地像蒸笼烤着面庞。
虽然精疲力竭，唯愿太阳慢些落山，
眼前还有半垄麦子等待归仓。

　　复有贫妇人，抱子在其旁。
　　右手秉遗穗，左臂悬敝筐。
　　听其相顾言，闻者为悲伤。
　　家田输税尽，拾此充饥肠。

一位妇人，衣衫褴褛，抱着面有饥色的孩子，
她提着担笼，弯腰在收获后的麦田里捡拾麦穗。
这是……不是丰收了么？
——家里收获的麦子，全部交了"公粮"，
青黄仍然不接，丰年即是饥荒。

　　今我何功德，曾不事农桑。
　　吏禄三百石，岁晏有余粮。
　　念此私自愧，尽日不能忘。

我何德何能，不用种田却有丰厚收入；

父老乡亲们,终年劳碌却难得温饱,
我的心里,岂止只是"惭愧"——
这延续千年的不平,何时是一个尽头?

火盆儿

窗外正是严冬。此刻,我坐在暖气融融的房间里,写下"火盆儿"三个字,心中滋味良多。三十多年过去了,我不知道这种劳什子在北方农村是不是已经完全作古?

总感觉儿时的冬天比现在冷得多。那时,无论家里和学校都没有取暖设施。家里最温暖的所在,就是火炕。但我是学生,不能整天躺在炕上。学校在三四里地以外,母亲总是尽力让我穿得暖和,但对于我的一双手,她却似乎没有更多的办法。没有戴过从商店买来的手套,而母亲做的"筒袖",只对手腕和手背有些保护。风从用报纸糊的窗户钻进教室,像个贪婪的劫匪,搜刮着我单薄的体温。我的双脚发麻,小手僵硬得握不住笔杆。每到这时,我就俯下身去,把双手伸向座位底下。在土坯砌成的书桌下面,放着我的"火盆儿"。

那时,几乎每个同学的座位下都放着一个火盆儿。火盆是用废弃的搪瓷碗盆做的,在碗盆的边儿上钻几个孔,用铁丝穿起来,做成提子。每天上学之前,先从灶膛里取些草木灰铺在盆底,接着夹几块烧得正红的木柴放在灰上,再把木炭或干树枝加上去,便拎着上学了。每次出门前,父母总是千叮咛万嘱咐:当心别烤焦了衣裳!别让火子儿溅出来,烧了人家的麦秸垛!我们都百倍小心地侍弄着火盆儿,喜爱的份儿,相当于现在城里人对待宠物狗。书包里,和课本装在一起的,是木柴块、树皮等火盆儿的燃料；走在路上，总是把火盆儿放在避风的一侧，生怕风把它吹灭。

在那个年代，火盆儿对于我们，既是取暖用具，也是课余的玩具。于冰天雪地里，看一眼红堂堂的火盆儿，我们的心中就充满了温暖。老师说，火是一个叫燧人氏的老人发明的。我想这个燧爷爷太伟大了，没有他发明的火和火盆儿，我们不但没法读书写字，这寒冷的冬天还少了很多乐趣呢。

但接下来的遭遇让幼稚的我对火有了新的认识。火，不光像一位慈祥的老人，给我们爱和温暖，它还是一把刀，一把随时会出鞘的雪亮的刀，毫不留情地扼杀快乐和美丽。它有时是比寒冷更可怕的家伙！

课间休息时，我们所做的第一件事，就是把火盆儿提到桌面上来，看它灭了没有，给它添柴加炭。一旦灭了，就得向别的同学借火子儿。一节课下来，多数火盆儿已气息奄奄，往往没有多余的火子儿可供转让。这样的话，就得自己重新生火，通常是点燃一团废纸，再赶紧把干柴压上去。有三四个人在生火，整个教室就如同发生了火灾，浓烟呛得一个个鼻涕眼泪的。上课铃一响，烟若还未散尽，冒烟的火盆儿就有被老师摔出教室的危险。

那节算术课后我的火盆儿熄了火。看到前排的女生彩云身侧的火盆儿烧得正旺，心想如果能从她那里夹一块火子儿该多好。彩云正趴在桌子上写作业，一副专心致志的样子。她平日小气，我想若开口去借，她必是不肯的。我找来两根小木棍，像一双筷子一样悄悄地伸向她的火盆儿。就在我把核桃大的一块儿火子儿从她的火盆儿里夹起，刚刚举起来的瞬间，彩云发觉了。她转过身，一把扯住了我的"筷子"。

"筷子"断了，火子儿落在了彩云的头上……

一声凄厉的叫声，划过那个冬天寒冷的课堂，一直传至几十年后的这个冬夜。此刻，我心忏悔，向着那位长着一头秀发的同学彩云，也向着那可怀念可诅咒的火盆儿……

烧荒荒

儿时的记忆，关于冬天的似乎尤其深刻。

进入冬天，村子似乎也进入了冬眠。南面的山一顶上雪，路上行人的影踪就稀落了，唯村落上空的炊烟勾画着人类的生机。每一缕炊烟都连着屋子里的一面火炕。火炕几乎是每家唯一的取暖设施，其他季节只用来睡觉，冬天却派上了会客、聊天、吃饭等的用场，来了客人，最隆重的接待就是招呼"上炕"。火炕大多连着灶膛，从早到晚都是热的，为了保暖，晚上还要单独烘炕。门窗却不严密，坐在炕上，下半身烫乎乎，上半身冷飕飕——炕面以外的地方仍然是冬天。

"七岁八岁，猪狗见不得"的年岁，是不会安于坐炕的。放学归来，或者寒假期间，总是不着家，似乎天越冷，越喜欢往外跑。那是上世纪七十年代，孩子多，不愁没有玩伴。一玩起来，就不知道啥叫冷了。那时常玩的游戏有老鹰抓小鸡、跳马城、跳房子、单腿跳的"斗鸡"等。我印象最深的一种游戏，叫做"挤腋窝儿"。五六个孩子贴着一面墙，都使劲往里边挤去，目标都是成为靠着墙角的"老大"。谁被挤出去了，就自觉排在最后，再往里挤。为了当"老大"，所有参赛者都得使出浑身气力，除了不能用手拽，肩顶腿别，无所不用其极。费了牛劲挤到最里头，当上"老大"，精神并不能放松，因为一不留神就会被身边的人挤出去。这游戏很像时下的官场。但有两点不同：一是我们胜固可喜，败亦欣然，游戏始终充满欢声笑语；二是代价不同，我们没有身家性命之虞，顶多是磨破了棉衣，回家遭父母一顿臭骂。

在儿时冬天所玩的游戏中，最有乐趣也最危险的游戏莫过于"烧荒荒"。

我现在想，如果达尔文的进化论是科学的话，那么在人类从猿到人的演化过程中，火可算得上是最大的一个功臣，人类用火照明，用火御寒，用火把生的做成熟的。吃熟食的动物大概就只有人吧，如此说来，没有火简直就没有人。人类对火似乎有本能的亲近感，这一天性在天真未凿的孩子身上体现得最明显，几乎所有的儿童对火都喜爱、好奇，因此常常惹出麻烦。

"烧荒荒"，就是引烧田野坎畔上干枯的野草。如果当时刮些风，这游戏的娱乐效果则更好。几个小家伙蹲下来挡住风，先小心地把火点着，然后闪开。火借风势，像一桶泼在光石板上的水，一下子就蹿开来，噼噼啪啪，摧枯拉朽。风牵着火往哪儿跑，我们也跟着往哪儿跑；火在跳、在笑，我们也绕着火在跳、在笑，四周暖洋洋的，感觉火是天地间最可爱的伙伴了。一段坎畔烧完，我们再揪起一把草，把火引向别处。

乐极就会生悲，如果引燃了谁家秋收未移走的庄稼秸秆的话。秸秆被烧着的样子一点也不可爱，像一头巨大的吐着黑烟的怪兽，狰狞而恐怖。每到这时，我们就像受惊的兔子一样四下散去。秸秆的主人一旦追究出来，我们便会被父母训斥打骂。

那年冬天，我和成成居然把村子跟前的一条坎畔给点着了。草密风大，眨眼工夫火就从坎畔这头蹿到了那头，那头连着一片竹林，竹林前面便是一溜儿人家。火像一头贪吃的牲口一样嚼着竹林，发出噼噼啪啪的脆响，如放炮仗，如同过年。我俩又惊又喜，又喜又怕，不知如何是好。就在我发傻犯愣之际，看到父亲凶神恶煞地跑过来，一边跑一边脱掉身上的棉袄，一头钻进竹林，发疯般地左打右扑。这时我才感觉到自己闯了祸，拔腿就跑,但已经晚了。父亲打完了火就接着打我,但手里拿的不再是那件棉袄,而是他随手折下的一根竹竿。

我那次挨打成了母亲多年的心病。母亲后来多次念叨,说你大出手好重,你满头都是核桃蛋儿大的包,卧炕数日不起。今年春节,老两口儿在北京过年,看着可爱的小孙子都都,母亲说我小时候就跟都都一样气势,但自从你大打了你那一顿之后……父亲其时一句话也没说,只坐在一旁吸烟。我看到他手指间好白好长的一截儿烟灰,明灭欲坠。

长　虫

　　自从蛇引诱夏娃、亚当偷吃了伊甸园里智慧树上的果子,蛇在西方就成了邪恶的象征。中国文化则不然,对蛇似乎礼遇有加,造人的女娲是人首蛇身,西湖边上美丽多情的白娘子也是蛇精变的。因为集蛇身马面鹿角鹰爪于一体的龙在中国地位非凡,作为"近亲"的蛇是不是跟着沾光,也未可知。我的家乡称蛇为"长虫",奉之为神灵,很少有人伤害它。

　　随着化肥、农药的普遍使用,田野里的蛇很少见了。在我小时却不然,上山割柴,下地除草,不经意间就能看到蛇在附近出没。见多了,也就不再惊惧。我的体会,蛇既不邪也不恶,只要你不惊扰它,它是不会主动进攻人的,甚至胆子很小,听到响动就匆匆逃离。但我还是被蛇吓了一回。那是一年夏收时节,我们小学生被组织起来,在收割后的地里捡拾麦穗。每人每天所拾的麦子要过秤、登记,夏忙结束时要统一评比,除了把所拾麦子的分量折算成工分,记在各自家长的工分本上,还会奖励给我们平时难得一买的水果糖、铅笔之类。这种激励机制,让我们的拾麦看上去像劳动竞赛,大家争先恐后,都想成为当年拾麦最多的人。

　　顶着炎炎烈日,踩着新割出的麦茬,认真读着脚下,一支一支地拾起零星的麦穗。不胜盈握的时候,便分出几支麦秸,把手里的麦子扎成一个小把,放在地头自己的麦堆堆里。麦堆堆一般都设在树下荫凉处,这样可避免暴晒而失了分量。每人半天都会捡拾几十把麦子,收工的时候,要把这一把一把的麦子打成一个大捆,才好扛回生产队的打麦场。那天我拾的麦子很多,麦把把码成一座小山。就在我给它们打捆时,伸手去摸提前摆放在下面的用青麦子系成的"腰带",却抓到一条冰凉、柔软、滑腻的东西,吓得我连忙撒手。

是一条菜花蛇。蛇显然受了惊吓,从我的麦堆下面仓皇钻了出来,急急滑向旁边的草丛。

还有一次"与蛇共眠"的经历,也是发生在夏日。在那个普遍贫穷的年代,能填饱肚子就是万幸,根本谈不上什么营养均衡。我大约总是一副瘦筋筋的样子,脸色也不好看。其实就是营养不良,大人却说我有病,到医院去,说是贫血,便打维生素B12之类的针,也不见效果。一个民间偏方,叫我与一条蛇有了平生最亲密的一次接触。

我有一段时间总闹肚子,这偏方就是治肚子的,说是把蛇放在小孩的肚皮上,可以驱除肚子里的病害。现在想来,何其荒唐,但不荒唐能叫"偏方"吗?

那个夏日的午后,大哥正在院子的树荫下纳凉,西墙外大柿树上有几只喜鹊在叫,不是悠闲自在地叫,而是声嘶力竭地叫,叫得人心里发慌。大哥睡不着,便走过去驱赶喜鹊。弯腰捡石子的刹那,意外地发现树下摆着一条大蛇。这蛇长丈余,锨把粗细,通体乌黑,额头有一个清晰的"王"字图案,村人称之为"黑乌草",尊之为蛇中领袖。大哥是捉过蛇的,一手掐头,一手提尾,拎回了家。母亲惊恐万状,问你把这神请回家干啥?大哥说三弟不是闹肚子吗,七爷说过,用长虫暖肚子可以治病。母亲犹疑片刻,找出一个布口袋。大哥把蛇放入,用细麻绳扎口。蛇大概没有想到自己竟会被囚禁起来,愤怒异常,在口袋里疯狂挣扎,时而冲天而起,时而左冲右突,像笼中困兽,又像一个蒙面舞者。一锅烟的工夫,累了,它与口袋一起安静了下来。它更没有想到的是，在旁边的一张凉床上，一个七八岁的男孩坦着单薄的肚皮，等着它来"治病"。

乍一放上我的肚皮，蛇又有了惊恐，一仰头便带着袋子冲至床下，如是者三。大概它终于感觉到，在它的身下，是一个比它更弱小惊恐的身躯时，它放弃了抗争，安静下来，慢慢地盘成一团，像一张大饼一样，压在我瘦瘦的童年上。隔着布口袋，我仍然感觉到了它的沁凉。

后来我居然睡着了。当我醒来的时候，布口袋没有了。母亲说，把蛇从你身上拿下来，打开口袋，蛇都没有气力自己爬出来，身子乏得像一节麻绳。母亲给它煮了两个鸡蛋吃了，让大哥把它仍旧送回到西墙外大柿树下。

后来我到那棵大柿树下找过几回，终没有再见到它。

蛋 柿

舅舅从家乡来北京公出,捎来一箱手工挂面,一箱猕猴桃。家乡的"中华猕猴桃",一度全国闻名,现在到处都有种植了。打开猕猴桃箱子,上面还放着几颗红彤彤的柿子。

眼下,正是家乡柿子红熟的时节。

柿子或许是北方最普通也最普遍的水果了。在坡嗲,柿子树就像田间地头的农夫,随处可见。家乡的柿子树虽多,却很少成片成林,总是东一株、西一棵,自由而散漫,且大多长在坎畔、滩涂、地角旮旯。它不像苹果、猕猴桃,要施肥、灌溉、剪枝、防虫。平日,没有谁管它,甚至没有人多看它一眼,只有到了深秋,当玉米、棉花进了仓,苹果、葡萄上了市,肥大的叶子萎黄飘落,柿子树才露出了它谦逊而羞涩的果实。

柿子树身材高大,堪称果树之王。我家自留地旁曾长着一棵柿子树,树干两人都无法合抱,上面的枝杈宽大得可以躺着睡觉。当年高考前,我在家复习功课,时值炎夏,便经常拿着书爬到那棵柿子树上。浓荫如盖如屏,树上凉爽而又清静。

柿子在北京城里,今年卖到了三块多钱一斤,价格不让上好的红富士苹果。在我的家乡,柿子却是水果里最便宜的。村里来了收购柿子的,家家户户便把整筐整笼的柿子端出来。那时很少论斤,而是论个,最便宜时,十多个柿子才卖一毛钱。小时,最快乐的事就是听到"收柿子"的吆喝,把自己"撸"的柿子卖成钱，既体会到劳动转换成价值的成就感，又有了难得的零用钱。

春天，百花争艳时，没有谁会注意到柿子树。柿子花为鹅黄色，花朵只有指甲盖大小，而它的叶子却肥大如掌。远看，你只能看到一团绿，不仔细了，会以为柿子树不会开花呢。

到了秋天，总有一些柿子先熟了。这在树上早熟的柿子，家乡叫做"蛋柿"。蛋柿通体透亮，色如红灯，一眼就看得出。这时就要先把它摘下来，否则就会落到地上，摔成一摊果酱。它挂在高高的树梢，手臂是够不着的，人们就用一种叫"撸杆"的家伙对付它。撸杆就是一根长竹竿，一头接着用铁丝箍口的布口袋，看准了蛋柿的位置，小心地把撸杆伸上去，用布口袋的沿儿勾住蛋柿的蒂儿，用力往下一撸，蛋柿就落进了口袋。这算是一个技术活，经验不足的，蛋柿就不听招呼，霹里啪啦落下来，树下就七荤八素、一片狼藉了。辛苦一上午，脖子仰得酸疼，满满一笼子蛋柿，也就卖五毛八毛，心里却仍然是美滋滋的。

柿子挂上色，就该采摘了，虽然看上去红彤彤的，但不像苹果，不能生吃。如果不急，就放着，过些天就成了蛋柿。还有一种吃法，就是把生柿子泡进温水里，坡嗲叫"暖"柿子，约略一个晚上，涩去了，就可以吃了。还可以把生柿子去皮、切片，晾晒装缸，冬天里过过霜，就做成了柿饼、柿片。在那些缺吃短用的年代，柿子树在家乡充任着不可或缺的角色。这些年，水果不值钱时，有砸掉苹果园的，在砸掉猕猴桃园的，但很少有人砍倒柿子树，虽然它现在仍然没有多高的经济价值。这就像一头牛，耕作经年，就不再忍心杀了吃肉的。

当柿子摘尽、叶子落尽，柿子树才一身轻松，尽显本色。树皮黢黑粗粝，枝条坚硬如铁。在昏暗的暮冬，一棵棵柿子树挺立在田野上，或如狰狞的鬼怪，或如静寂的慈佛。树下如毡的落叶，也是乡亲不会放弃的燃料。姐姐用竹耙耙前面撸柴，弟妹们便用长竹签扎起散落沟渠里的叶子，竹签另一头系着一根长长的线，不大一会儿，身后就是一条柿叶叠起的长龙……

通 穿

前文说过"出朝",出朝是神灵附体。会出朝的人,坡嗲叫顶神。二妈早年曾是顶神。我隐约记得她出朝的情景。供桌上点着香烛,求她看病的人跪拜在供桌前。二妈端坐在椅子上,眯着双眼,时说时唱,神情怪异,高远莫测。二妈后来不当顶神了,据说是因为给儿媳侍候月子,走了暗房,冲了神气。

"通穿",即鬼魂附体。从小到大,我听说过不少,但一直没有亲见。最近的一次,居然是七爷通穿我二哥。

七爷与我爷爷是叔伯兄弟,即他们都是我的老老爷刘大亨的孙子。在祖辈里行七,故称七爷。他辈分高,出生却比我大伯还晚。我记事时,爷爷辈大都不在人世了,唯有七爷。早年的七爷是个喜拉人,爱开玩笑,走哪儿都把长孙朋林带着,也喜欢其他孩子,每次上集逛会回来,买满口袋的水果糖,一街走过,见孩子就发。他身体微胖,深红脸膛,串脸胡,掂一支长柄烟锅,走路不紧不慢。他的周围,总是少不了孩子和笑声。

七爷豪爽大气。亲戚邻里,谁家有困难,他都热情相助。我妈不止一次说过,你爷把咱分开那会儿,一间房,要啥没啥,借家具、借钱,你七爷从来没打过绊子。七爷对邻里都好,在村里一度享有很高威信。

但晚来的七爷却并不幸福。他有三个儿子,老大是工农兵大学生,后来当了教师。老二、老三都是农民。分家时,他想跟老大，七婆却主张跟老三，于是便跟了老三。老三我叫成爸，与我小学初中一直是同学，人老实，但脾气倔，时不时与七爷吵嘴、打架。七爷发起火来，地动山摇，一时要点（燃）房，一时要在家挖墓。一年春节我回老家，还帮助调解过他们的家庭纠纷。

清官难断家务事。两厢听过，各有其理。在成爸看来，刘家世代流传的勤劳、节俭的传统，你七爷一样都没有。人家七十岁的人还在给儿抱拉，他六十出头，就啥都不干了，整天泡在麻将场上。手还大，别人玩一毛两毛，他玩一块两块。手又臭，牌技从来不长劲，几乎每次都是他输钱，被人戏称为"优秀饲养员"。家里有两个钱，都让他修了"长城"。

七爷极不认同：我干了一辈辈活，让我把活干到阴司？我就不能有点爱好？花钱不花钱，我没花你成成的钱，都是我看果园挣的，孙子给的。清鼻涕给眼窝流，儿子管教老子，世事瞎了！

与三儿子没法相处，七婆过世后，他改随大儿子过。喜欢打麻将这一点，几个儿子都不喜欢，于是仍然处得不好。他索性很少家里住，在这家果园房子里住几天，又往那家庵棚里住几天，像个无家可归的流浪汉，也弄得几个儿子脸上都没有光彩。

他早年并不信神，晚年却经常上庙，最后几年长住观音山庙，俨然成了出家人。

七爷终年八十，盖棺不能论定，身后评价不一。

说起他通穿的事，虽然过去五年了，我二哥，还有七爷的长孙朋林都觉得不可思议。

婚丧嫁娶，坡嗲人一生所忙之大事。尤其是老人去世，不管老人生前如何，一旦倒头，儿孙们都不敢怠慢，会倾全力为老人送终。棺材一般多少年前就置办好了；入殓以后，要在家里放十天半月，接受亲戚乡邻的吊唁；下葬当日，会请乐人，大待客。七爷出殡的先天晚上，亲友执事几十人，前场后院，正忙着，忽然狂风大作，刮倒了彩门，掀翻了帐篷。后院一股邪风，推倒了二楼晾台上的花墙，砖头块哗啦啦落下，把过事用的锅碗瓢盆桌椅板凳砸成一嗦。人们恐慌莫名：南有围墙，北有高房，这风从何来？好在没有伤人。不大工夫，风停雨歇，一片星月。

最不可思议的事发生在第二天。我二哥是泥水匠，牵头负责给七爷修墓。当天中午，他修墓回来，午饭时喝了两小盅酒，总量不到一两。二哥能喝点酒，通常半斤不醉。那天吃完饭以后就喊头疼。马上就起灵了，大家让他到邻近我大哥家去休息。

大嫂后来对我说，你二哥一进门，神色就不对劲，开口就说，"我是你七爷，你们给我过的啥事？！"说话的口气、神态完全是七爷生前的样子。在场的人都不知所措。

那边，七爷的棺椁已经送到了公坟，就要入土为安；这边，"七爷"却大吵不已，说是你们知道吗，昨儿晚那风，是我要的。我交代了，不许伤人。而我的心愿，你们却不满足……

问他有什么心愿？"七爷"说，观音山庙送来一个红（一丈红布，对孝子贤孙嘉奖之用），我交代过，我下世时给朋林披上，我把朋林从小稀欠大，娃对我也好。你们为啥不给朋林披红？

大嫂不敢怠慢，叫人到坟上把正在往墓堂里填土的朋林叫回来。朋林一进门，"七爷"就抱住朋林，大哭。朋林解释说：爷，我对你不算孝敬。你晚来四处飘荡，都是我不好。我披那个红，怕邻家笑话，所以就没有披。

"七爷"则坚持：你配，一定要披上！

这时已经有人把红拿来，披在了朋林身上。"七爷"眯缝着眼，上下摸了又摸，终于不说话了。

二哥这时才倒在炕上睡去，一觉睡到第二天天亮。

第二天，问二哥先天发生的事，他说只记得喝了点酒，头疼，以后的事就什么也想不起来了。

洋槐林

村子后面是虎头山,河从山侧走出来,绕村子画一条弧线,然后蜿蜒北去。河的两岸,生长着茂密的洋槐林,上下绵延数里。从山上望去,林带就像大山伸出的一只臂膀,村子就安静地躺在臂弯里。

这便是我对坡嗲早年的记忆。"洋槐"又叫"刺槐",顾名即知是舶来的树种,但它似乎很适合"国情",在我国北方广有种植。沿河两岸沟沟洼洼,沙砾遍地,不便耕作,也无出产,而洋槐树似乎并不嫌弃,一样生长得丰满茂盛,蓬蓬勃勃。

河与林子就像一对情侣,它们相依相偎,亲密无间。林子是河的一件外套,有了林子,河有了遮掩,也有了色彩;而河是林子灵动的眉眼,有了河,林子有了表情,也有了声韵。但他们之间也有"冲突",特别是到了多雨的八月。洪水像一头饿兽,猛地从山里蹿出来,贪婪地啃噬着两岸瘠薄的土地。第一时间冲上去迎战洪魔的,就是那密密匝匝的洋槐树了。无论是高大粗壮的,还是矮小瘦削的,都一样无所畏惧,一样忠于职守。它们披散着如发的枝条,俯仰着柔韧的腰身,发达的根系变成了一只只顽强有力的手,死死抠住脚下的每一块泥土。而村子像一个胆怯的孩子,远远地躲在她的身后。

仲春时节,洋槐花开了,三里外就能闻到槐花的香味。这香味是一只温情的手,叩响了村里的每一扇门。老人拄着拐杖来了，说这槐花养目，槐香养心，能益寿呢。媳妇、娃儿提着竹笼来了，却是来摘花。花繁叶茂，枝条似乎不堪重负，都垂弯了。小心地把枝条扯过来，躲开刺，掐下一穗一穗的花儿。搬回家的槐花，用清水淘过，拌上白面，便可蒸成香喷喷的"麦饭"。在那缺粮短吃的年代，青黄不接的季节，洋槐林，不啻是村里的一个粮仓呢。

花事既残，沿河上下便是一团团河水泡不开的绿，林子便成了我们的秘密城堡。不愿上学了，就躲进去，打扑克，捉迷藏，任谁也找不着我们。西瓜熟了，太阳正大，看瓜的人在庵棚中酣睡，我们从林子出发，像蛤蟆似地爬进瓜田，被发现了，又像兔子似地逃进林子。累了，就下到河里，用沙石筑成堤坝，任河水在我们的身边汇集，汇集成汪汪洋洋的一潭，然后捏着鼻子撅起屁股往水里扎，有槐叶似的小鱼在身边乱窜……

而这一切都距我越来越远。离开故乡的日子，洋槐林每每浮现在梦中；再回故乡，洋槐林已不见了影踪。

村里人说，分田到户以后，集体财产基本都分掉了，洋槐林便成了没娘的孩子，几年之间就被盗伐滥砍得不成样子。后来就索性也分了，每家按人头数树，一家一小片。洋槐树生长慢，出产少，加上当时县上要求建设"万亩杂果林"，便都把洋槐树砍了，改栽苹果树。待苹果园取代了洋槐林，市场上的苹果又过剩了，就又纷纷砍掉苹果树。从此，沿河上下，一片空空荡荡。

村里人说，洋槐林没有了，河似乎有感应，水一年比一年小，以至断流。你看，现在河里有啥，除了乱石头，就剩挖沙后留下的一个个大坑了……

羽子园

往南一里是高山,往北三里是平川。这山不山川不川的坡嗲,属于干旱缺水的旱塬。但在我的记忆中,曾有一片十亩左右的湿地——羽子园。

前文说过,虎峪河的水,在出山处叫"涝眼"的地方一分为二,大部分走了河坝,只有一小部分,沿碗口粗的引水渠,伴着一条下山的小路,曲曲折折流向坡嗲的村子。这条水渠的终点,就是村北的羽子园。

羽子学名就叫芦苇吧。当我在河北的白洋淀,看到阵势浩大的芦苇荡时,感觉与我家乡的羽子不太一样。家乡的羽子似乎更高,叶子也好像更宽大一些。那条水渠上下流经几个村子,百十户人家洗洗涮涮之后,水质极富营养,羽子园得享地利之厚,便总是那么生机勃勃。尤其到了夏天,羽子没过了大人的头,密密匝匝的,像一堵不透风的墙。吃罢晚饭,村人在场院上纳凉。这时,位于下方的羽子园,便准时开演了它的露天音乐会。唱主角的当然是青蛙。先是零星短促的一两声,像是校音,又像是领唱,接着,一蛙吠形,百蛙吠声,声势便如今日的万人合唱红歌。但青蛙的鸣唱,显然要比红歌好听,因为它一不歌颂权贵,二不赞美暴力。这时,若有风吹来,墨锭似的羽子园就起了波澜,像月光下一片悸动的海,哗拉拉,哗拉拉,为青蛙的大合唱提供着打击乐伴奏。

今日坡嗲，房高了大了，路宽了平了，却少了当年的生机野趣。那时，屋后竹子园，村前羽子园，都是我们玩耍游戏的好去处。羽子园里还生长各种野菜，最多是水芹菜，葱绿鲜嫩，无论用来炒下锅菜，还是窝浆水，都非常好吃。只是进园摘菜并不是一件容易的事。园底是涝池，常年汪着水，穿鞋是不行的，光脚进去，却可能被羽子的旧茬儿扎着。羽子叶也凌厉，从园子里钻出来，脸、脖子、胳膊会火辣辣地蜇疼。

每到端午前，村人就会来到羽子园里打粽子叶。一杆羽子，最多可以打十几张叶片，就只剩上面的新叶了，但似乎并不影响它的生长。因了这片羽子园，那些年过端午，村里家家户户都是自己包粽子。包粽子前，母亲总是把羽子叶放在清水盆里泡一夜，说这样可以去掉叶子的土腥味。清水盆里的羽子叶，洁净像翠玉，又活泛得像会游动的鱼。不知道这有没有科学道理，但进城这些年，年年端午吃粽子，却很少吃出故乡的味道。

秋天羽叶萎黄后，村人就割羽子了。一捆捆丈许高的羽子扛进场院，去皮，再用刀片划成篾片，就是编织炕席的原材料。这篾片并不能直接用来编席，而是先用碌碡反复碾轧，当篾片变得柔软光润时，才可使用。炕席是坡嗲人的生活必需品，有炕必有席。那时候穷，炕上没有那么多铺的盖的，往往就是光着身子贴着炕席睡觉，一不小心，会扎了篾签子在肉里。这时，母亲就会披衣而起，拨亮油灯，把针头在灯芯上烧一烧，为我挑签子。

编席，坡嗲又叫打席，像女人织布，是一个技术工种，不是谁都会干的。我记得我家的席都是请我四姨夫来打，他打席快，而且耐用，经年不坏。四姨夫当过兵，复员后做林业工人，语迟、性缓，油瓶子倒了不扶，不招我四姨待见。但所谓尺短寸长，他有两样手艺，我是很敬佩的。一是做饭，他可以一边看电视一边切菜，切出的土豆丝，比用钢擦子擦出来的还规整；二就是打席。我见过他打席，十指在篾片中行走之间，篾片上下翻飞，如水浪喷溅，如雪花狂舞，如公孙大娘舞剑，如王羲之笔走龙蛇，半天工夫，就能织就一张大席。

大　场

场，坡嗲读二声，指开阔平坦的空地。大场，就专指当年村上的打麦场了。

分田到户以后，当年集体化的产物都消失了，比如说饲养室，又比如大场。

现在，每到收获季节，全国各地都有在公路上打场晒粮的现象，这既影响道路交通安全，也影响粮食质量安全。农业集体化时，这种现象不多，那时每个生产队都有大场。

就像城里人生孩子先得准备婴儿床一样，农民夏收之前，先得准备大场。就是村子中间的那块平地，有七八亩大，好像从来不种庄稼，最多种植一季油菜子。小麦黄熟之先，油菜子就收割了。把地里收拾净尽，深耕，用钉耙把土敲得粉一般细，然后用碌碡碾压，一遍，又一遍，直至平坦、光洁、坚硬如水磨石时，这大场才算成了。

"夜来南风起，小麦覆陇黄。"全村数百亩麦子，从四面八方汇集到大场里。麦子成捆运来，为防雨淋，便搭成麦捆垛儿。那时脱粒机尚不普及，村人要把一捆捆麦子摊开晾晒，再用牲口拖着碌碡碾压，是谓"碾场"。碾压后的麦秆成了麦秸，被挑向一边；麦粒和秕糠的混合物堆向另一边。近晚风来，村人一圈儿排开，手持木锨，将麦糠混合物一锨锨扬起，甩向半空，麦粒、秕糠各落其处，是谓"扬场"。这麦粒并不能马上归仓，还要再经过一两天的晾晒，待咬上去嘎嘣脆的时候，才算是真正的劳动果实了。

经过前后十多天的辛劳，当大场上高大的麦捆垛儿变成了同样高大的麦秸垛儿，大场作为粮食加工厂的功能，就可暂告段落。而自始至终；大场都是我们孩子的游乐场。

村里女人和面，讲究"三光"，盆光、手光、面光；村里男人打场，也讲究"三光"，秸光、麦光、场光。不管白天里大场上多么热闹狼藉，到傍晚时分，秸秆、麦粒各归其位，大场一派敞亮整洁。大人收工了，孩子们便鸟儿似地飞来，在大场上恣意地奔跑、鸣叫。有的顺顺跑，有的邪邪跑，或者双手着地打车轮子，或者干脆在地上石碾似地滚来滚去。也做斗鸡、抓小鸡、跳马城等游戏。百玩不厌的，还是藏猫老虎。都愿意做"猫"，大场上到处是掩体，最好的当数还没有摞成垛儿的麦秸，松软像棉花，钻进去，云遮雾罩，任谁也找不到的。

夜幕降临时，大场愈显白净，像一面硕大无比的肚皮。孩子们在这肚皮上跳跃着、嬉戏着，乐而忘归。这时，场边就响起了一声两声的呼唤："哎——×娃，吃饭咧！"

天气沤热，各家便把饭桌移到了场院里。一如白宫的晚宴有朗朗钢琴伴奏，村人晚餐的背景音乐，就是村北羽子园的蛙鸣。"稻香国里说丰年，听取蛙声一片。"换稻作麦，就是坡嵕当年的情景了。那时没有空调，连电风扇也稀罕，村人降温的器具，就是蒲扇。二哥刚练毛笔字没几天，就在家里的纸扇上题了联："有风不动无风动，不动无风动有风。"家里无风，又多蚊子，很多人家干脆把竹床搬到院子，在露天过夜了。

年轻人就不安于家里的床，却看上了"大场"这张大床。每晚，总有十几个小伙儿，夹着铺盖来到大场上。在大场开阔通风的所在，扯一抱麦秸铺在下面，摊开被子，就是一床席梦思了。大人一般不让小孩子上大场睡觉，说夜里狼来，是专吃碎娃的；

坎下的长虫爬上大场，也总喜欢往碎娃嘴里钻。胆小的就退却了。我因为有哥哥壮胆，便总能享受到大场睡觉的待遇。

一群光棍和青春少年聚在一起，夏夜的大场就有点像冬天的饲养室，每晚睡前，儿话是少不了的。对那些儿话，我已经毫无记忆了，印象最深的，是那一片星空。好大一棵柿子树啊，比坡嗲任何一棵都高都大，像深秋落尽了叶子，满树都是繁密的果实。大的像磨盘柿子，小的像火晶柿子，亮的像黄蛋柿子，暗的像青柿子。忽然，一颗熟透了的蛋柿从树上掉下来，疾速地向马壳郎方向坠去……这树到底有多高、多大？结了多少果子？它的根又在哪里？当大场一片安静、鼾声四起之时，我曾睁着一双幼稚的眼睛，问。近四十年后，依然不得其解。只是，再也没有见过那么浩大繁茂的星空了。

公　路

　　德全一夜之间头发全白了。那条环山旅游公路，离村子只有四五百米的距离，他却很久没有再走上去。

　　他是坡嗲的能行人，高大英武，一身好手艺，木工、泥水工样样精通，日子也过得宽泛。大儿子成家立业分门另住，他随小儿子良良过。良良技校毕业后，留在西安城里工作，谈了一个城郊的对象。女娃不但人长得稀欠（漂亮），性格也好，没过门的媳妇，回到坡嗲，脱鞋上炕，下灶烧火，爹长妈短地叫着，让德全两口子心里像灌了蜜。秋忙后，他把三间平房拉倒，盖成了三间两层楼房，准备年前给良良把婚完了。

　　在结婚形式上，德全和儿子有分歧。良良已经是城市人了，不主张再按农村的规矩大操大办，说我在城里已经请同事朋友吃过喜宴了，在家里也同样，把知己亲戚请一下就行了。德全不同意，说你哥也成家了，咱房也盖了，除了你结婚，就再没有什么大事了。你又在城里工作，结婚悄悄灭灭的，当爹的脸上无光啊，咱家不缺那个钱。孝顺孝顺，不顺哪来的孝啊，这事你就听爹的。

　　在坡嗲，谁家过事，都是全村共同的节日，男男女女都会前来帮忙。德全人缘好，四里八乡的人都来搭礼，筵席从屋前的场院一直摆到了百米开外的村道上。德全备了一百席，还担心憋槽（坐不下）。这些年农村结婚，既保留了古老风俗，又吸收了城市的热闹排场，伴郎伴娘、迎亲车队、摄影录像一应俱全。因为新娘家远，那天一早，迎亲车队就出发了。这边一通忙活，酒筵停当，万事俱备，只等中午时分新娘进门、千杯共举了。

日头眼看到了中天，德全站在村道上往北看了三回，仍不见迎亲车队的影子，他心里就有些打鼓：来回百公里路程，四个小时了，咋还不见回来呢，莫非女子"上轿"前又提什么新要求？他看到过事的张总管在不远处与几个执事客小声嘀咕着什么，就走过去问。张总管神情有些慌乱，说娃正往回走呢，再等等。

德全盯着村道北头看，只见环山公路上的汽车像织布梭子一样，刷刷穿过，却没有一辆掉头进村的；又见几个执事客不声不响地把已经摆上桌的酒菜往下扯。他的心一下悬上了半空。他冲过去，扯住张总管，厉声问：到底出了什么事？张总管迟迟疑疑地说：娃……在路上……出事了。

德全大叫一声，掀翻了身边的一张桌，人便瘫软在了地上。

此时，新郎良良已经躺在医院的太平间里，七窍还渗着血；新娘躺在急救室里，命悬一线。

已经是两年以后了，因为要写一篇报道，我才了解到这起事故的来龙去脉。那天，良良的婚车从西安出发，驶上新开通不久的环山旅游公路，在通过一个交叉路口时，车速过快，刹车不及，与一辆南北向行驶的公共汽车相撞，良良当场毙命，新娘受了重伤，伴郎伴娘和驾驶员受了轻伤。

自从村北那条双向四车道的高等级环山旅游公路开通后，坡嗲东去西安的距离，由原来的两个多小时车程，缩短为一小时左右。交通便捷了，凶险也来了。两年之间，坡嗲东西二十公里范围内，死于交通事故者多达二十五人。"便民路"变成了"死亡之路"，村人一度谈路色变。

"环山旅游路"，顾名思义，就是为旅游而修的路，对过境农村、农民的交通需求和适应性考虑不周。因为强调"环山"，所以公路基本是架在了秦岭山脉向渭河平原过渡的半山区，车行路上，南山雄姿、平原秀色一览无余，但却苦了与之南北交叉的村道上的车辆行人。农村尚不富裕，农民出行的工具主要是摩托车、农用车、拖拉机，要穿行这条公路，车辆下坡时携带惯性，上坡时必须加油，如此一来，驶向路口时的速度都不免过快。而公路上，路面宽敞，车辆稀少，没有经验的司机稍不留神，车速就过了百。道路设施尚不完备时，就急着"献礼"开通了，一段时间，全路没有路口标志、限速标志，没有设置减速带……血的教训，加上管理措施的逐渐跟进，近年来，这条道路的交通事故开始减少了。

坡嗲经济发展长期落后，一个重要的原因是交通不便。过去都是土路，路面狭窄，凹凸不平，晴天一路土，雨天一路泥。村人盼公路，一盼几十年，这路终于来了，同来的还有凶猛的交通事故。一条新公路，像一匹出山的虎，吞噬了几十条村民的生命，也成为德全一家无法平复的创痛。

儿子出事后，德全一下子衰老了，深居简出。儿媳经过抢救，捡回一条命，但脸上落下一个碗大的疤痕。这女儿性情，说生不能为君家妇，死要为君家鬼，出院后就"嫁"到了德全家。德全感动于女子一片真情，就收她做了干女儿。三年后，他为这个干女儿招了上门女婿，一家人就这样开始了新的生活。

瓜儿坡

坡嗲背依秦岭，瓜儿坡是最浅近的山。

坡因形而名。它的东头是虎峪，西头是牛角沟，坡面浑圆，坡顶平敞，从坡下看上去，像一只硕大的西瓜。坡是土坡，坡度也缓，遍布树林和田地。坡上的田地，为坡嗲几个村子所共有。从坡顶到坡底，田地像横幅一样展开，中间隔着几道长满藤蔓的坎。

坡嗲的田地多瘠薄，土层似乎都被风吹上了瓜儿坡。坡上的地，像蒸馍前发好的面，踩上去扑扑的。这瓜儿坡就是坡嗲孩子的花果山，我们撅着屁股爬到坡上，又张开双臂往坡下跑，喊叫追逐，不亦乐乎。即便不小心从坎上摔到坎下，最多蹭了面皮，却不会伤及筋骨。

后来每次回老家，只要有空，我就会爬爬这面坡。半小时工夫，就爬到了坡顶。坡顶是一方足球场大小的平地。南面，挺拔高耸的鹰嘴峰触手可及；北望，八百里秦川一览无余，铺展的是生动的现实，也是数千年的传说。有鹰在头顶作滑翔演练。近旁的虎峪河，虽已不闻河水喧哗，但曲线玲珑依旧。天风浩荡，衫裾飘飘，想那东鲁舞雩之乐，也不过如此了。

今日的瓜儿坡，已退耕多年，一派草木葱茏，连山间的小径，都要淹没了。想那些夏天，麦子黄熟，大人在前面一字排开，弯腰挥镰，我们小学生由老师带着，在收割后的田地里捡拾麦穗。渴了，一起下到东侧的牛角沟，像牛犊一样围定那眼泉。劳动间隙，我们来到旁边树林里，或躺或卧，听老师给我们朗读浩然的《幼苗集》。近晚，大人用背枷背起如小山般的麦捆，一字蜿蜒而下，尾随其后的，是我们，背上也都有一捆自己亲手捡拾的麦子。

记得瓜儿坡上很少种玉米，概因玉米喜湿，而坡地无从灌溉，只能由天了。但确实种过玉米，有一年雨水足，玉米长得很好。快收成时，却闹山猪。我在坡嗲没见过山猪的影儿，却见过被山猪糟践的玉米，玉米横七竖八被捺倒一地，橛儿大多被啃过，只是啃得极不认真，像城里一些人用过的自助餐。于是晚上，生产队就派人看守玉米。

那晚轮到二哥值班，我说二哥我陪你吧，二哥应允。我那时大约已经上初中了。庵棚在玉米地上方的坎上，就着一棵柿子树。时已初秋，依旧炎热，二哥索性把竹箔子撤下来，搭在露天的坎畔上。

夏天在大场过夜，有无数次，但以坡为床，只此一遭。天很黑，南面的鹰嘴峰，只现出一个模糊的轮廓。坡嗲的灯火闪闪烁烁，越来越少；天上的星星闪闪烁烁，越来越密。风掠过不远处的白杨树，哗哗啦啦的，让人误以为山猪闯进了玉米地。二哥起身，抓起土坷垃，漫无目的地向下甩去，再"噢噢"吼上两声。

临近子夜，二哥被人叫走了，整个坡上就剩下我一个人。于是有了惊惧，摸一摸身边的谷叉，端坐在箔子上。想起先年冬天，下午放学的路上，看到一匹灰狼，耷拉着一乍长的舌头，踩着薄雪，从瓜儿坡跑上山去；又想起那年夏天，在这片地里拾麦时，从麦把儿堆下蹿出一条锨把粗细的菜绿色的蛇……我不停地起身，学着二哥的样子，甩土坷垃，一阵吼叫。

天上南北向的银河，慢慢地向西南游走。不知过了多久，我昏昏而睡。醒来时，发现天地一片明亮，脚下的玉米地，坡嗲的住家、道路，清晰可辨。莫非天已大亮？

一举头,"咣"的一声,我的头碰上了一轮月亮。月亮正从坡脑儿走过。我浑身一激灵,睡意全无。

　　月亮是属猫的,脚步轻柔,从坡那边爬上来,没有弄一点儿响动;又是属猴的,有些调皮,像一只皮球在坡脑儿上弹来弹去,忽高忽低。我想她如果是一只锅盔,咬一口,一定带着椒盐芝麻的香味;又想她若是一面银锣,敲一槌,一定会发出清越的音响。她在我的头顶逡巡着,久久不去,像我的护兵,像野狐崖下的那朵杏花……

马壳郎

坡嵝的每处田野、山川似乎都有名字，这名字多因形貌而起，比如"瓜坡"，就是状如西瓜的一面坡；比如"牛角沟"，就是状如牛角的一条山沟；又比如"框框"，就是像门窗一样规整的一大片田地。但有些地名似乎起得没有来由，比如"马壳郎"。

名字所指，只是一个大致的方位和范畴，没有明确的边界。马壳郎就是村西的一片田野。说起马壳郎，首先映入我脑海的就是高大的石坎和高大的柿子树。柿子树紧挨石坎长着，树身几乎与坎同高，枝叶就恋人般地覆盖了石坎。儿时爬树，或者上树摘柿子，人走在坎上，一跷脚就上了树。柿子花如纽扣般小，叶片却肥大如掌。炎夏，骄阳似火，绿阴如盖，石坎上便是村人纳凉休憩的好去处。

石坎之侧，就是邻村的一片苜蓿地。那时，农业机械尚不普及，主要依靠牲口耕田，牲口由生产队集中饲养。前面说过，生产队的饲养室，是牲口的集体宿舍，也是本村的光棍俱乐部。牲口的饲料，除了庄稼秸秆，就是青草和苜蓿。苜蓿形状像三叶草，能长半人高，开小花，既可青饲，也可干贮，牲畜均喜食，故有"牧草之王"之称。其实，喜食苜蓿的岂止牲畜，人亦喜之。北京方庄有一家叫"秦门"的陕西风味餐厅，其中有一道凉菜叫"巧拌苜蓿"，每食之，我就想起早年在马壳郎偷苜蓿的情景。

关中风情中的"四香",我是后来知道的,所谓"头茬子苜蓿二淋子醋,大姐家的舌头辣汁肉。"可见苜蓿受欢迎的程度。人食之苜蓿,难得一个鲜嫩,也就是贴着地皮长着的时候;苜蓿抽身长高了,就不宜人食用了。但苜蓿可爱的地方在于,它性如韭菜,割一茬,又新长一茬,一年之间,会鲜嫩好几茬呢。

马壳郎的那片苜蓿地,是个马鞍形。看苜蓿的庵棚位于马鞍一角,马老汉不出来溜达,就看不到另一侧。一般是在正午,或者黄昏,我与成成、栓牢等提着竹笼,先由一人爬上石坎的柿子树,扫描一下苜蓿地四周的状况,特别是马老汉的行踪。待树上传来一声口哨,我们就像电影里的侦察兵,悄无声息地爬上石砍,在树荫的掩护下,匍匐前进,潜入苜蓿地一角。如果这时从树上往下看,几个孩子在苜蓿地的表现,可能像饿疯了的兔子,区别在于我们不是把苜蓿塞进肚子里,而是塞进笼子里。饥不择食,慌不择菜,就这样一把把地薅去,哪顾得填进笼子里的是苜蓿还是野草呢。

难免有被发现的时候,我们跑得就真比兔子还快了。所以,偷苜蓿这事一般不带女娃,就是因为她们跑不快,还胆小。马老汉并不真追,只是站在石砍上,对着我们逃跑的方向,骂几句而已。写下这些时候,我发现自己曾经公开表白过的"历史清白",看来值得推敲。严格讲,这也算是盗窃集体财产,在我十岁上下。

马老汉没有管住我们,但马老汉的女儿,却让我们再也没敢踏入那片苜蓿地半步。

马老汉膝下无儿,生两女,大女儿招了上门女婿。虽然新社会主张男女平等,但男到女家,在坡喽并不多见。那年月,做上门女婿的,多是家中弟兄多家境贫寒无力婚配的。父亲那时催逼我好好读书,常说的一句话就是:不好好念书,将来就上伢门去。上门女婿通常被人瞧不起,似乎成了"二等农民"。因为这种偏见和歧视,上门女婿多精神压抑,鲜有处理好与家人、邻里关系的。

　　马老汉的女婿与家人的关系大约就很僵，不在一个村子，详情无从知晓。只知道他爆发的方式可谓地动山摇，震动了方圆百里，影响了坡嗲几十年。一天深夜，他手持杀猪刀，先刺杀了同炕熟睡的妻子，又奔老人和小姨子而来。正值小姨子起夜，狭路相逢，一刀不能毙命，小姨子惨叫不已，惊动了老人和四邻。他便仓皇逃窜。这女婿并没有逃远，而是跳进该村的一口深井里。

　　马家女婿被打捞上来，尸体就停放在马壳郎的石坎上。大约四五月间，一地的苜蓿正好，但苜蓿地却变成了戏台。周边几个村庄的人都赶来围观，孩子们纷纷爬上柿子树。女婿的本家人从远处赶过来。一位满头白发的妇人抚尸痛哭："儿啊，娘不该生了你……"在给死者换新衣时，他的一只手宣誓似地固执地举着，以致上衣的扣子无法扣齐。

　　马老汉把女儿葬在了那片苜蓿地的一角。马壳郎，从此成为阴森恐怖之地，我们就很少再走近它。

楼观台

一九九〇年,我二十四岁。那一年,我在北京一所高校工作,工作、恋爱都很不顺利,时常陷入苦闷之中。记得那时,我经常在晚饭后,独自散步到校外的果园深处,把随身携带的报纸往地上一铺,仰躺下去,透过果树稀疏的枝叶,对着飘忽的晚云和鬼魅的星星出神。寒假一到,我就匆匆赶回了老家。

回头想来,我那时大概患上了抑郁症,对什么都提不起精神,在家里也是吃了睡,睡了吃,大门不出,二门不入。父母有些心疼,劝我出去转转。我说有什么好转的,在家乡长了十八年,周围的地方都去过了。母亲说你去楼观台看看,那里新修了庙宇。

楼观台我是熟悉的,它与我家同处秦岭北麓,东西相距不过二十多里,是一处著名的道教圣地。传说周康王时的大夫尹喜,最早在这里结草为楼,观星易象,于是而有"楼观"的名号。一天,他观紫气东来,便知圣贤将至。翌日,大哲老子骑青牛自东而来,入函谷关。尹喜执弟子礼殷勤问道。老子盛情难却,便写了《道德经》五千言。五千言既出,无人穷解,于是尹喜又请老子于楼观台上讲经,楼观台因之有"说经台""老子墓"等景点流传。传说归传说,但楼观台两千多年来被奉为道家圣地,受到上至帝王将相下至平民百姓的追崇,却是不争的事实。这里殿宇巍峨,林茂竹密,一年四季游客不断,香火旺盛。

我是那年春节前的一天来到楼观台。临近年节，楼观台上游人稀少。天气出奇的冷，四面山上草木凋敝，竹叶萎黄，一片新近修葺的屋宇突兀在山崖上，显出几分寂清。沿着一条竹林相掩的坡道走上来，便到了楼观台的南门。进门拾级而上，转弯处有一长檐小阁，廊柱上挂着一副对联，是我一直喜欢的——

存心邪僻，任尔烧香无点益；
持身正大，见吾不拜有何妨。

再往上，便来到了楼观台的制高点——说经台。凭栏而立，八方无碍，目空千里。我在台上盘桓良久，心情似乎也为之开阔，觉得自己的那点遭遇，置放在这大块河山和浩荡历史中，实在不足挂齿。祠内立有老子的巨幅塑像，因了十多年的无神论教育，因了对上面那副名联的高度认同，我没有叩拜。

从说经台往北，依山而下筑有几处院落。院内古木参天，左右厢房各供神祇。我信步来到中间院落的左厢房，这里供奉的是"送子娘娘"，仪态娴静的塑像两侧，挂满了"功德无量""有求必应"之类的锦旗。几位女香客正在这里上香，她们每叩一个头，站在供桌后的那位道士就用木槌敲击一下桌上的磬。这道士中短身材，面目俊朗，尤其是一双眼睛，像孩童一样清亮有神。上完香之后，一位女香客看到供桌上的签筒，喊着"这儿还能抽签呢"，伸手就抽出一根。道士微笑着说这样不可，抽签贵在心诚，要身跪蒲团，心存祝愿，双手持签筒摇动，摇出哪根就是哪根了。女香客按着道士的导引，摇了半天，终于有一根签落在地上。道士看清那签的编号，便从供桌下拿出一张手掌大小的黄纸来，上面是一首七言绝句式的解签词。道士逐字逐句地予以解说，耐心得像一位小学老师。

女香客往"功德箱"投进两元钱，有说有笑地走了。房间里就剩下我和道士。无聊又无事，我便与道士攀谈起来。这道士心地敞亮，有问必答。他姓徐，黑龙江人，时年三十有六，正好大我一轮，出家修行已近十载。问他为什么要出家，他说一非厌倦人生，二非生活所迫，而是基于对道教文化的兴趣。他介绍说，道教不像其他宗教，注重师徒相传，如果不深入其中，就很难了解它的真谛。

我看到桌上放着一本线装的毛笔小楷的诗抄，翻了翻，都是五言七言的律诗绝句，很见意境和功力。其中有一首题为《观塑料制花而遐想》，感觉好，便随手抄了下来——

　　伪花巧模仿，栩栩如生相。
　　虽有假色美，但无实味香。
　　幻颜引蝶吻，虚貌逗蜂酿。
　　迷中求恋趣，品后必悔伤。

我问这是谁的诗，他说都是他平日无事写着玩的。

三三两两的香客来了又去了。我就一直坐在他的旁边，一面翻看他的诗集，一面乘没人的时候说上几句。自以为熟悉了，便问了些"敏感问题"。我问签筒里的签是不是都是"大吉""上吉"，有没有不好的签。他说当然有，便从签筒里拣出两根签。我一看，"大凶""大难"什么的，心想千万别让我抽到。

我几乎整个下午都与他在一起。看看天色不早，便起身告辞。就在我原路返至南门下，我看到徐道士从他的那个小院抄近道斜插过来："刘兄弟请留步，请再到房里叙几句。"这多少出乎我的意料，但基于对他的好感，我便随他而来。

这次，他领我来到他的寝室，一床一桌而已，小而整洁。进门前，他在门外的泥土里捡起一个脏兮兮的汽水瓶盖。走进屋来，他关上门，拉亮灯。这是要干什么？只见他将瓶盖的内侧用手指蹭了蹭，露出玉米粒大小的一块干净胶皮，用钢笔在胶皮上写了一个"午"字，然后把瓶盖攥在左手心，似乎是吹了一口气。等他展开左手时，手中已空空如也。太像变魔术了！这瓶盖上哪儿去了？看我一脸茫然，他说，就在这屋里的一块地砖下面。我浏览了脚下一席之大的砖墁地，每一块砖都四方齐整、严丝合缝。他指了其中的一块。我费了很大劲把这块砖抠起来，砖下果然有一瓶盖，捡起来定睛细看，盖里胶皮垫上的"午"字的墨汁还没有干呢。

我目瞪口呆，无言以对。

徐道士接着又将这枚瓶盖放在手心，按在一个方凳的面上，另一只手从凳面下伸过去，"眨眼"之间，瓶盖落在了凳面下的那只手上。其实我根本就没有眨眼，还有意观察了一下他的手臂：袖口在手腕以上，绝不可能是玩魔术。

他对我说，这就是道家的"搬运术"，师徒相传，并无书载。他说他修炼的时间短，功力很浅，功夫到家时，陕西华山的道士和北京白云观的道士，虽然相隔两千里，只要动个意念，彼此就可以交换手中的记事板！

分别时，我们彼此留了通讯地址。回到北京，我给他写过一封信，没有接到他的回信。第二年寒假，我又一次上楼观台去找他，他没有在。问别的道士，有的说不认识，有的说好像去西岳华山了。

之后的十几年间，我还上过几次楼观台，但再没有他的音信。我百思不得其解的是：他为什么要把我单独叫到房间，给我这个凡夫俗子演示那些功夫？他需要从我这里得到对他学习成果的认可吗？还是为了引发我的好奇心，进而追随他一起研习道家文化？关键是，他表演的那些"搬运术"是真的吗？一个下午的相处，直觉告诉我：他绝不是一个作假的人！如果是真的，这，又怎么解释？

都说眼见为实，我亲眼所见，却不敢相信那是真的，但又不能说服自己那是假的。一晃十七年了，我仍然没有答案。

最后再说一句。那天下午，我在徐道士那儿抽了平生唯一的一次签，后来证明应验了。从那以后，我再没有抽过签。

祭 灶

腊八粥，喝几天，
转眼就是二十三。
二十三，糖瓜粘；
二十四，扫房子；
二十五，磨豆腐；
二十六，割猪肉；
二十七，宰只鸡；
二十八，把面发；
二十九，蒸馒头；
三十晚上守一宿，
大年初一扭一扭。

这是北方农村的传统年俗，各地大同小异。坡嗲与此不同的，就是二十三。"二十三，祭灶官。"坡嗲不这么说。坡嗲说，"张王李赵，二十三黑里（晚上）祭灶。"祭灶就是祭灶王爷。

坡嗲人有没有信仰？很难做非此即彼的回答。说有吧，你问信的是谁，有什么教义，平日履行什么仪式，恐怕没有人说得清；说没有吧，他们逢年过节，红白喜事，都要安神。安什么神，因事而异，各取所需。盖房立木祭土地爷，求子拜送子观音，娃考学就拿着香表上村后的虎头山庙求"文魁"。虎头山庙，上下两殿,上殿供的是太上老君,下殿供的是释迦牟尼,儒释道诸神杂处,倒也相安无事。坡嗲人不关心神的来处,关心的是神是否灵验。灵验的神,身后挂满锦旗,座前香火不绝。

过年,各家祭拜的是家宅六神。"家宅六神"是哪六个神?小时候我问过妈,妈说:灶王、土地、门神、牛马王……她也说不清。六路神仙中,灶王相当于"支部书记",分外引人重视。土地爷的神龛设在大门外房檐台上,牛马王的神龛设在后院牛圈房里,只有灶王爷被安放在堂屋内灶台边的墙上,高过大人头顶。大年三十,贴春联挂年画之前,先要把灶王爷灶王婆的"夫妻合影"(画像)请进神龛里,为过年所蒸的第一笼馍,也是供奉灶君的花卷馍。爱有差等,灶王爷管的就是锅碗瓢盆油盐酱醋,而民以食为天,所以就礼遇有加了。

灶王最大的特殊待遇,就是要被祭两次。除了大年初一大早与诸神一起享受祭祀外,腊月二十三,还要单独被祭祀一次。春节书写春联,都要先写灶王爷祭台上的"上天言好事,回宫降吉祥",这一副被用得最多。这副对联,反映了一家对灶王爷的期盼,也说明了腊月二十三祭灶的因由。这天晚上祭灶,是为了欢送灶君"上天言好事",七天之后的大年初一,就是迎接他老人家"回宫降吉祥"了。为什么是七天,猜想当年一无飞机二无火箭,人们怕灶王爷累着,所以把时间打得宽裕。再说,灶王爷要把各家一年的事挨个儿向玉皇大帝汇报清楚,也需要些时间。

既为送别,就得给灶王备些干粮。坡嗲给灶王爷的干粮就是砣砣馍,即其他地方所说的烧饼。二十三晚上,各家各户一项重要的工作就是烙馍。在粮短的年代,家里很少吃纯麦面的馍,蒸馍和面时,总是在麦面里掺些玉米面或豆面,这样蒸出的馍与纯麦面馍比起来,色泽口感都差不少。给灶王爷备干粮,家家都不含糊,用的都是纯粹的麦面。和面时,不忘加点食盐和花椒粉,充分地发酵,充分地糅合。锅底擦上菜油,把馍棋子似地码匀。灶膛里烧的是麦秸,火力柔和均匀。出锅的馍,泛着油光,焦黄酥松,吃起来筋道爽口。馍烙好了,装入碟子,平年十二个,闰年十三个,双手捧上灶王爷台儿上。妈反复叮嘱灶王爷"甭嫌瞎(不好),都带上"。

供奉半小时,这馍放得正好不那么烫嘴了,就进了我们的口腹。

坡嗲烙馍你别笑,北京城里也"祭灶"。十多年来,北京城里一直堵车,堵得最凶的时节,是每年的中秋节前和春节前。二〇一〇年那个举世瞩目的大堵车,就发生在中秋节前的最后一个周末。分析原因,外地进京车辆集中是重要因素。赶这两个节日前进京,无非也是"祭灶",不过供奉的不是砣砣馍而已。

杀 猪

过个冬至，长个枣刺；
过个腊八，长个杈把；
过个年，长个椽。

这是坡嗲的一首民谣。冬至，太阳直射南回归线，北半球白天最短。过了冬至，白天一天天长了；过了腊八，年节一天天近了。

"富不离书，穷不离猪。"在计划经济年代，坡嗲虽然家家户户养猪，但杀猪的人家却少。养猪都是为了出售，维持家用，很少有自家杀了吃的。只有遇到红白喜事时，为了置办筵席，才杀猪。年关时节，杀猪的人家就多起来了。

谁家杀猪，就是村里的一件大事。主人家先得跟屠户预约，还得请几个硬劳力帮忙。杀猪是手艺活，不是谁都能干的。村里的毛蛋，那时大概就二十出头，却是远近闻名的"刽子手"，双手沾满了猪的鲜血。他长得并不高大，一条腿还有点瘸。主人笑脸把他迎进屋，烟茶递上。毛蛋手持长钩，腰间类似子弹袋的装置上，挂着薄厚利钝各不相同的几把刀。毛蛋问，人都来了吗？来了。那咱迭活（开始干活）。

帮工往圈外一站，圈里的猪似乎就有了预感，慌乱地走来走去，低一声高一声地叫着。毛蛋手持长钩进入圈内，猪们更慌了，奔跑速度加快，忽东忽西，忽南忽北，叫声也渐近凄厉。毛蛋站在一角不动，瞅准主人家指定的那头，一杆过去，铁钩精确地挂住了那猪的下颌。帮工们一拥而上，揪耳提尾推臀，全力将惨叫的猪押赴刑场。

　　补充说明一下，猪在大难临头时，虽然也贪生怕死，但决不残害同类。听说笼内的猴子在面临宰杀时，所有的猴子都怕成为第一，除了尽力往里躲，还把弱小的猴子使劲往外推。人类也大抵如此。在我的印象中，猪却不这样，生死关头，它们似乎还很团结，总是成群结队地跑来跑去，集体地悲鸣不已。当同伴被拖走之时，剩下的几头就紧紧地依偎在一起，不声不响，神情哀伤。

　　行刑台是一张矮方桌。猪被合力抬上桌，脑袋搭在桌外。毛蛋从腰间抽出最尖最长的一把刀，在皮围裙上来回篦两下，一手揪住猪的耳朵，一腿后撤，铆足劲儿，把刀从猪的颈下斜刺进去，似乎连刀把都要推入。一声尖利的惨叫响起，胆小的女人多背过脸去。猪血如涌泉般哗哗而下，冒着热气和腥臊，流入主人家早已备好的面盆。

　　一刀毙命，这是屠夫的看家本事。赶上二把刀的屠夫就很麻烦。挨刀而不死，猪就会疯狂挣扎，脑袋剧烈摇晃，把一腔热血洒得到处都是；力气大的甚至会挣脱人的按捺，从桌案上跳下来，红着脖子跟人拼命，那局面就不堪收拾。毛蛋这一刀，不但成全了猪，主人家还收了全血，猪的体内也没有淤血，肉会特别鲜亮干净。

　　这边猪一呜呼，女人们就把旁边大木梢（槽）里的沸水加满了。猪一生污浊，死后却会被彻底地洗一回澡。其实就是去毛，坡嗲叫"锤猪"。于满梢的热气蒸腾中，帮工们人手一块"搓澡石"，不大一会儿，就把一头"乌云秀士"搓成了"白面书生"。猪干净了，搓猪的人却溅了满头满身的梢水。

　　接下来就是上架，刮洗，开膛破肚。开膛之前，为将猪身刮洗干净，要"吹猪"。吹牛容易吹猪难。只见毛蛋在猪肚子上划一小口，伸入一根铁棍，沿皮肉之间打通猪的全身和四蹄。接着他把嘴贴上去，双臂抱住白净的猪身，鼓起腮帮子使劲地吹，边上帮工手持梢棒，上上下下抽打着猪身。毛蛋的身体起伏之间，猪渐渐鼓了起来，像后来卡通猪的样子。叫嫂子的这时就跟他开玩笑，说怪道毛蛋不急着成家，原来天天有"新媳妇"抱呢。毛蛋憋得通红的脸就更红了。

猪的浑身都是宝，开膛就是打开百宝箱。女人和碎娃儿都围上来了，其实各有所图。女人想要猪胰子，碎娃儿想要猪尿泡。猪胰子，书上叫猪胰脏，既是洗涤品又是护肤品。那年月工业品短缺，洋胰子（香皂）、洗衣粉并不普及，坡嗲人用皂角洗衣服，用猪胰子洗手。猪胰子在去污的同时，能光滑皮肤，还能防治皴裂。

猪胰子扁平形，色粉红。毛蛋小心地把它从猪的胸腔里撕下来，像拎着一根布条，上面挂着点点白油。给谁不给谁，除非主人家特别声明，一般毛蛋说了算。这时他就有了报复那些拿他开心的嫂子的机会。"想要？亲一口。"毛蛋一脸得意的笑。

猪尿泡（猪膀胱）则是娃娃的乐事。洗净，充上气，就是我们争来抢去的皮球了。

杀猪是个苦累活。帮工们最后要享用主人家用猪下水、猪血、粉条、白菜炖的一大锅杀猪菜。对毛蛋，则要付一两块工钱、三斤肉，外加一副猪肝或者猪肚。

毛蛋给我讲过一件事。他说他捉刀十多年来，过五关斩六将，只走过一回麦城。有一年他给一户人家杀猪，前面进展得都很顺当，就在四五个小伙把已经"锤"得白白净净的猪从大木梢里抬出来时，这猪却活过来了，一骨碌跳到地上。满地人都吓傻了，眼睁睁看着这猪掠过人群，穿过堂屋，往野地里跑去。等人们醒过神来，去追，猪已经跑得无影无踪了。

"还有这样不服命的猪？"我不敢相信。

"我经过的。"毛蛋一脸认真。

"主人没怪你吗?"

"没有。"毛蛋说,"主人家说,早知这猪命不该绝,该给它披件衣裳,这大冷的天,它一丝不挂去哪儿呢?"

蒸 馍

蒸馍：当馍读三声，"蒸馍"是名词；读一声，"蒸馍"是动宾词组。

坡嗲过年的禁忌不少。年里（正月十五以前），不剃头理发，女人不动针线，男人不下田……还有，就是不蒸馍。犹太教有安息日，春节就是坡嗲人的"安息月"。节日里，男女老少新衣新鞋，好吃好喝，东游西逛，无所事事。

就烹饪而言，蒸馍得算一件苦累活儿。平日，坡嗲人家蒸一锅馍，要吃上十天半月。蒸出来的馍，在案板上晾凉后，放进馍笼里。为防猫和老鼠，馍笼一般会挂在半空。早晚做饭时，把馍再回锅熥一下即可。坡嗲为旱原，不种水稻，很少吃米，餐桌上的主食就是馍和面条。

年内不蒸馍，年前就把吃的、"用"的馍都要蒸出来。"二十八，把面发；二十九，蒸馒头"，是坡嗲年俗的准确概括。

何为"用"的馍？原来坡嗲人蒸馍，除了自家吃，还用于祭祀和送礼。腊月二十九蒸的第一锅馍，是供奉灶王爷的。十几个花卷拼在一起蒸，每个花卷中心嵌一颗红枣，出锅后一座小山似的供在神龛里。家人还要把正月走亲戚送礼用的馍也蒸出来。现在的孩子可能不理解，在短缺经济的年代，坡嗲人走亲戚的礼物往往就是一布袋子馍。所以每家都是十笼八笼地蒸，得从早到晚忙乎一天。每一笼馍的形状都不重样儿,有方块状的"墙头馍",有一条龙似的"扛子馍",有在面层之间涂上香油、芝麻的"卷卷馍",还有各种馅儿的"包子馍"。各式各样,不一而足,决非"馒头"一词所能涵盖。

"宁忙一年,不忙一节""宁穷一年,不穷一节",这是坡嗲人的口头禅。酒肉菜蔬丰俭由人,馍却是家家都不会少蒸的。吃过用过,年后往往有余,气温尚低,也不会发霉变馊。吃出正月若还有剩,就不新鲜了。我们不爱吃,母亲就会掰成小块,晾干,用油炒"干豆儿馍"。这么一加工,就成为我们喜欢的零食了。

出门近三十年,乡音无改,饮食习惯亦无大改,每饭主食,还是吃面食,很少吃米,曾自嘲"经的事比吃的米多"。蒸馍费工费火,馍都是从市场买。市场上的馍,中看不中吃。老家蒸馍,先一天就把面和好,揉到,和面时按比例添加食用碱,放多了馍会发黄,放少了馍会发死,口感都不好。把和好的面放在较暖和的地方,比如烧炕上,醒——也就是发,发好了,才开始做馒头。现在市面上一些无良业主,为了面发得快,就在面中加入工业制剂的发酵粉;为了让出锅的馒头看上去更白更暄净,就在蒸笼中置放硫黄等有毒物质。在市场上,对于那些过于"漂亮"的馒头,我一般不闻不问,因为经验告诉我,那里面可能存在不安全因素。

年前,朋友送我一箱手工馒头,打开一数,只有六个,每个都海碗般大,算得上"馍霸"了。蒸透,切片,抹上油泼辣子,咬一口,欣欣然有故乡的感觉。

守先人

守先人，指大年三十晚上祭祖、守岁。

我爷去世时，我三岁，对他老人家没有任何记忆。爷有五个儿，我大行四。坡嗲有句话："爱大的，护碎（小）的，中间夹着受罪的"，是说在孩子多的情况下，父母的爱并不均等，两头受重视，中间受冷落。这话用来解释我爷，大体是适用的。曾经，爷的日子还算不错，有四十多亩薄地，几头牲口，土改时定的是"上中农"成分，据说多亏家里没有雇过长工，否则就是富农了。爷只供两头的大伯和五爸读了书。三伯当兵落脚新疆。二伯与我父亲，一天书也没有读过。父亲后来勉强能读报纸，得助于上世纪五十年代的扫盲夜校。

大伯师范毕业成了公家人，属于"一头沉"干部，大妈和儿女都在农村。他退休后回到家乡，除了像农民一样辛勤劳作以外，最用心的一件事，就是寻根问祖，重修刘氏家谱。那些年，总见他骑着自行车，奔走于周边村镇，寻访老者，查考资料。他离世时，留下来一本刘氏家谱的初稿。

据大伯查证，坡嗲刘家，发源于山西洪洞县大槐树底下，宋元之际先祖迁徙陕西关中。与坡嗲相距十五里地的集贤镇刘家堡，是附近刘氏的大本营。明朝，刘家堡出了个刘文通，外号"马瓜子"，官至镇殿将军，大伯说那是刘家的老先人。刘家堡里关于马瓜子的传说很多,说他力大无穷,母亲做饭要个烧火棍,他把门外一口树拦腰折断拿回家;晚上去看戏,别人带个小板凳,他却夹着一个碌碡。大伯为了佐证这些传说,专门买了一套《明史》,详细读过,却没有发现有关刘文通的记载。

明末清初,刘家堡刘氏一脉迁至坡嗲北面的大堡子千户村。我上初中三年,天天出入千户村,村口有一座庙,依稀可见雕梁画栋,但已残败不堪。老人说,这就是刘家祠堂,"文革"时作为"四旧"被破坏了,祖传刘氏家谱也不知去向。千户刘家为拓展生存空间,我的老老爷(祖父的祖父)刘大亨上世纪初带着家眷来到相距三里地的坡嗲开荒,并安家于此。一百多年间,坡嗲刘家已绵延六代,二十四户,一百三十二人,是村里的第一大姓。

坡嗲的年俗中,除了祭神,另一个重要的礼仪就是祭祖。大年三十,大伯家一项重要的工作就是"摆先人"。一张八仙桌安放在堂屋正中,桌后的影壁上挂起家谱,供桌上摆放着蒸碗子、水果,还有核桃、大枣、花生等各种干果。暮色初降,大伯夹着烧纸,来到村上的官坟(墓地),请各位祖先回家过年。大伯回到家门口,鞭炮响起,既是欢迎先人回家,也是召唤各门子孙。大人带着孩子手捧纸钱香烛,纷纷向大伯家汇聚。焚一炷香插入香炉,再跪地叩四个头,算是给祖先报了道;给各位长辈打声招呼,就可以自由活动、各取所乐了。

那时还没有电视,大家是聊天守岁。我爷爷一门,就有二十多个男丁,加上同宗的子弟,大伯家的烧炕虽大,也坐不下,炕脚底也坐满了人。主讲的,一是有知识的读书人;二是见识广的公家人。十爸爱说三国,八哥擅讲红楼,大伯则说些他五六十年代在淳化、三原当公安局局长时破案的故事。对我而言,都新鲜新奇。就是在除夕,我听过"文革"中以手抄本流传的《虹桥公墓》《梅花党》等谍战故事,故事里的美国特务藏身于公墓里,

> 坡嗒 活在秦腔里的记忆

游走于阴阳两界，悬念迭出，惊险刺激，以至二十多年后，我第一次到上海，一出虹桥机场就问朋友：虹桥公墓在哪儿？问得朋友一头雾水。夜深了，孩子若撑不住，就可以回家睡觉，我却从未早睡过。现在想来，支持我守岁的动力，除了喜欢听故事，还有一种诱惑，就是供桌上的献果。

零时许，大伯说，该送先人了吧。大家纷纷下炕，供桌前的扑克牌也就撤了。所有的子孙环绕供桌跪成一圈，把之前带来的纸钱就地焚烧。长辈口中念叨着，"先人都来拾钱""都带上，想花就花"……火光映红了一张张虔诚的脸。焚纸毕，集体叩首，门外的鞭炮又一次响过，算是把先人送走了。这时，大伯就会把供桌上的核桃、红枣抓起来，赏给我们这些孩子。

后来有了电视，一九八四年以后又有了春节晚会，刘家的"除夕故事会"就变成了"电视电话会"。刘家人再会侃，也侃不过赵本山；刘家人说得再好听，也比不上宋祖英。于是没有人讲了，整个除夕夜，大家都听"中央"的。这样一来，看似守着刘家的先人，其实是和全国人民一道儿，守着中国的"大先人"。

臊子面

坡喽位于陕西关中一隅。关中主产小麦，小麦种植的历史有多久，不得而知，若自白居易算起，也有一千二百多年了。唐元和年间（公元八百零六年），白先生来到坡喽所在的周至县当县尉，在这里写下了两首著名的诗篇，一首是《长恨歌》，另一首是《观刈麦》。后者的前四句是这样的：

> 田家少闲月，五月人倍忙。
> 夜来南风起，小麦覆陇黄。

关中于是以面食名世。著名的面食小吃有羊肉泡馍、肉夹馍、锅盔、石子馍、面皮等等，其中臊子面是最具代表性的一种。说到臊子面，最有名的当数岐山臊子面。在西安、北京不止一次吃过这种面，感觉油大而腻，味道不及坡喽的臊子面。爱人和儿子回坡喽，饮食多有不惯，但对于臊子面，都宠爱有加。关中旧传统深厚，男人很少下厨，有孩子以后，我偶尔也做做饭，水平相当可观，可以把挂面煮熟，把黄瓜拍扁，但最拿手的，还是做臊子面。

臊子面在坡喽人心中的位置，无可替代。大年初一第一顿饭，就是臊子面；红白喜事，待客都吃臊子面。但在我小时候，臊子面却是奢侈品，只有逢年过节才能吃上。臊子面较之其他面食，做起来费工费料，大人终日劳碌，难得有闲情认真做顿吃的。小时候爱走亲戚，一大诱因就是能吃臊子面。

下面说说我做臊子面的心得。

臊子面，顾名思义，就是臊子加面。这两种材料是基础。

面最好是手擀面。把面和好，揉到，蒙上湿布醒三四个小时，再擀，这样擀出来的面，柔韧，耐煮，出锅有光泽，口感劲道滑润。饭馆里的所谓手擀面，多徒有其名。北京方庄有一家"平娃面馆"，吧台旁支着一张大案板，一位大婶专司擀面，一把擀杖耍得有板有眼，虽然擀出的面远供不上客人食用，就这一着，吸引了不少回头客。坡嗲人家过事，客多为省事，就用机器压面。讲究的人家，也会多雇几个女人擀面。

做臊子也有讲究。选用稍肥一点带皮的猪肉，将肉切成小拇指头大小的方块。入热锅，不断翻搅，锅不可太热，火不可过急。三成熟时，加入姜末或料酒去腥。不停翻炒，直至锅底水去油清，方加入陈醋、酱油、五香粉等调味品，稍炖一会儿，即可出锅。

臊子面不可少了臊子，但坡嗲人做臊子，可不只是为了吃臊子面。过年时割十几斤肉，大部分都做成臊子，用大瓷罐盛着，供平日不时之需。这臊子上面结一层板油，所以常年不坏。用的时候，一锅铲下去，可调各种面食，可炒各种菜肴。臊子罐罐、浆水菜缸子、馍笼子，这三样，在坡嗲是家家必不可少的。

做臊子面，材料是基础，做汤是关键。如果臊子刚出锅，给锅中留出适量的臊子，炒胡萝卜丁至半熟，加开水做汤；也可在凉锅中先用适量臊子热锅，再加高汤。入汤的菜点有讲究，一般包括：

黑木耳，温水泡开后，切碎；

豆腐，切成小方块，入热油，煎至蛋黄色；

鸡蛋，煎成蛋皮，切成小碎片；

黄花菜，温水泡开，切成小节；

韭菜和蒜苗，洗净，晾干，切成碎末。

前四样都可以先下锅，同时加入食盐、陈醋、酱油等佐料。当汤要起锅时，再放入韭菜和蒜苗碎末。汤做好了，另一口锅里煮的面条最好同时出锅。汤早于面，面上的青菜末会发乌；面早于汤，面会泡泥。吃臊子面，面要少，汤要旺。汤不必每次都喝完，味道淡了，只需适量添加即可。想当年，十七八岁上，我一次能吃七八碗。

在北京家里，我做过几回臊子面，臊子自己做，但我不会擀面，只能以市场上买来的机压面充之。自觉味道与老家差甚，但妻儿还是吃得满口流香。妻是四川人，据说还有一位四川人也喜欢吃关中的臊子面，此人即宋代美食家苏东坡。公元一千零六十二年，他在距周至百余里的凤翔府任签书判官时，写过这样的诗句："剩欲去为汤饼客，却愁错写弄獐书。"这"汤饼"，就是臊子面。

搅 团

    坡嗲虽处南山角角，平原边边，地理上也属关中一隅。关中"八大怪"，坡嗲曾一样不少：

    擀的面条像腰带，
    烙的锅盔像锅盖，
    油泼辣子一道菜，
    碗盆大多分不开，
    房子经常一边盖，
    有凳不坐蹲起来，
    婆婆帕帕头上戴，
    姑娘一般不嫁外。

    对此，我曾经有过这样的解析——

    都说关中有八怪，
    可笑可叹也可哀。
    日子紧巴娃娃多，
    房子只好一边盖；
    饭食顶饥好干活，
    面条烙饼厚呆呆；

> 没菜没汤没排场，
> 端碗黏面蹲起来；
> 一个女婿半个儿，
> 姑娘于是不嫁外；
> 八怪其实都不怪，
> 一个"穷"字解得开。

"关中八怪"当是短缺经济时代的民俗了。这些年，随着经济社会的发展，这些民俗大多已经淡出。关中农村，坡嵝算是发展相对滞后的，现在也看不到一边盖的房子，沿村上下，几乎都是两层楼房了。一边盖的房子，坡嵝叫"厦子"。当年盖厦子，多因财力不足所致。现在，也很难看到头顶帕帕的婆婆。过去是土路，八百里秦川尘土飞扬，婆婆头上一方手帕，主要是为了遮尘。现在从公路到村道，都是柏油水泥路面，尘土少了，帕帕也就没有了用场。姑娘不嫁外的传统也在冰消。那时姑娘不远嫁，是生产生活的需要，一个女婿半个儿，两亲家相近，彼此好有个照应。当商品经济强出农业生产，交通又日益发达，地理距离就不再是结亲的障碍了。

但"面条像腰带""锅盔像锅盖""油泼辣子一道菜"等饮食习惯，好像没有什么大的转变。

关中主产小麦，饮食以面食为主。坡嵝吃饭，早中晚三顿都离不开面食。通常早晚是馍和糁子稀饭，中午吃面条。馍有墙头馍、扛子馍、卷卷馍、包子馍等形状花样。细粮短缺时，还用玉米面蒸"黄黄馍"，类似于现在城里说的"发糕"，但两者形似而质不同。发糕是用白面、玉米面各半，又添加了鸡蛋、白糖、酵母等，所以就如面包般松酥爽口了。黄黄馍则不然，纯粹用玉米面蒸就，咬一口，嘴里是涩的，渣儿满地落。粮食粗细，瞒不过舌头，我们孩子都不爱吃。我现在不爱吃发糕、窝窝头之类，跟小时候吃过太多的黄黄馍有关。

但有些粗粮食品我喜欢，比如搅团，尤喜吃鱼鱼儿。

这年头把吃粗粮当成了保健养生，那些年月则属迫不得已。粗粮能吃饱，就得三呼"万岁"了。那年月，坡嗲人三天两头吃搅团，盖因搅团实惠，一碗玉米面能做出半锅搅团，足够一家老小吃的。搅团为村人度过饥馑，立功至伟。现在坡嗲还吃搅团，则多出于习惯爱好。

搅团的做法，其实很简单。为了让搅团劲道，先用小麦面和一碗面水，倒入开水锅中，再向锅里撒玉米面，一手撒面，一手搅动，让面粉充分融合于水，不能起团结块。火要适中，火大则易粘锅。不停地撒面搅动，直至搅权或勺子可直立锅中。"搅团要得好，三百六十搅"。这是一个力气活。在家时，每当母亲做搅团，我总是帮着搅动，顺时针搅一会儿，再逆时针搅一会儿，满锅的蒸气扑面，一会儿就出汗了。母亲接过搅权，斜插入锅内，再提起，一条蛇线蜿蜒而下。稀稠合适了，盖上锅盖，中火再烧一会儿，捂一会儿，搅团就做成了。

和臊子面一个道理，搅团要好吃，关键在"水水儿"，也就是汤汁儿。水水儿可用醋调，也可用浆水调，坡嗲人钟情后者。讲究些的，将浆水菜用少许热油翻炒两下，冲汤，再加入食盐、姜末、蒜末、蒜苗末、葱花、油泼辣子等。搅团有两种吃法，一是直接用勺挖一团放入水水儿中，是为"水围城"；还有一种吃法就是漏鱼鱼。这多少有些麻烦，得先备一盆凉白开，把出锅的搅团盛入有着小指粗细漏眼的器具，搅团便雨线般滴进水盆中，是为"鱼鱼"，坡嗲又叫"胡麻骨斗"。用笊篱把鱼鱼捞到碗里，浇入水水儿。鱼鱼吃起来顺滑爽口，但容易胀肚子。

搅团除了就汤热吃，还可凉调冷拌。把热搅团摊晾于案板，待冷却定型，用刀切成条，像拌凉粉一样。凉拌搅团，是饭，也可以充菜。中午吃搅团，晚上饭桌上就会有一盘凉拌搅团，玉米糁子就喝得有滋有味了。

十年前，我曾经写过几首咏唱陕西的歌词，其中有一首《家乡饭》，附录于此。

月是故乡明
水是家乡甜
走遍江南和塞北
最惦家乡的面
像铜钱一样厚
像腰带一样宽
劲劲道道扯不断
一根一大碗

月是故乡明
水是家乡甜
吃过各样家乡的饭
最念是搅团
像母爱一样稠
像乡情一样黏
油泼辣子酸菜汤
汤汤水水心舒坦
每回端起这碗饭
就想起家乡的容颜
每回端起这碗饭
就听到了回家的呼唤

浆水菜

中国正在经历亘古未有的历史变革。从经济形态上讲，是从传统农业文明向工商业文明过渡；从文化形态上讲，是从集权专制的子民社会向民主法治的公民社会过渡。这就是所谓世界潮流，任谁也拦不住的。这个过渡期不是三五代人的事。按著名旅美学者唐德刚的观点，自夏以来有记录可查的中国历史，凡四千余年，基本可以划分为三大阶段：封建时代、帝制时代和民治时代。从封建转帝制，发生于商鞅与秦皇汉武之间，历时约三百年；从帝制转民治则发生于鸦片战争之后。依唐先生的看法，"此一转型至少亦非二百年以上难见肤功也"（见唐德刚著作《晚清七十年》）。换句话说，最快要到二十一世纪中叶，中国才能真正步入民治时代。

若按唐先生的这个分析，接下来的三四十年，是中国第二个过渡期的"冲刺阶段"。这个阶段一个突出的特点就是开发和发展。改革开放三十多年来，说中国就是一个大工地，恐怕不为过分。坡嗲也不例外，随着一条高等级环山旅游路的开通，东去西安的距离由原来的两三个小时缩短为一个小时，开发、发展的步子也进入了快车道。目前，村里有了美国人援建的全国一流的乡村小学，有了村村相连、街街相通的水泥公路，有了为全村统一供水的自来水厂，农业基本实现机械化耕作，八成家庭都住上了两层楼房。现在的坡嗲，养猪的人家少了，养"机"（农业机械和机动车）的人家多了；烧柴禾的人家少了，烧煤、烧沼气的人家多了；拉土起圈施农家肥的人家少了，使用化肥农药的人家多了；种地的人家少了，外出打工做买卖的人家多了。

坡嗲是工商业资源匮乏的地区，首先是缺水。水不但是农业的命脉，也是工商业的命门。虎峪里流出来的水，过去勉强供坡嗲的几个村子人吃马饮，这些年水量越来越小，几近干涸。国家先后打了几眼饮水井，吃水已不成问题，但农业灌溉用水，目前还没有保障。坡嗲曾是一片狼虫出没的荒野，传说隶属汉武帝当年终南山狩猎的上林苑。经过数百年开垦，虽然大部分变成可耕地，但基础差底子薄，半尺薄土下面，硌硌尽是沙石。客观地讲，坡嗲这些年的发展变化，面子不小，里子不大，自给有余，接近小康，要说富裕文明，还很遥远。

县乡政府不甘落后，积极探讨发展的路子。一度，县里提出发展种植农业的思路，在沿山地带兴建万亩杂果林。那些年，几乎家家的责任田都改栽果树，以苹果为多，间见猕猴桃、梨、李子、杏、桃等。一度风靡全国的"中华猕猴桃"，就有从这儿出产的。但市场就像天气一样风云不定，没有几年，果多而贱，果贱伤农，种植业就丧失了优势。这些年，特别是与西安的高等级公路通车以后，发展旅游，又成为一个新的导向。

有道是，"山不在高，有仙则名"。旅游方面，坡嗲还是有相当优势的。没有工矿企业，环境纯净天然。背负终南山，山高林深，四季自有风光。坡嗲之上的鹰嘴峰、观音山，都是远近闻名的旅游胜地。近年来，有关部门又在坡嗲上下发掘出两处名胜，一处是汉武帝当年狩猎的行宫五柞宫遗址，一处是商末周初伯夷、叔齐采薇而食的首阳山。前者的故址小有争论，但差之不远；围绕首阳山的争论就大了。史学界一说在河北迁安，一说在山西永济，一说在陕西周至，莫衷一是。家乡文史学家拿出各种史料，认定就是在坡嗲之上的首阳山。

伯夷、叔齐是商代诸侯孤竹君的两个儿子，两人都不愿子承父位,双双跑到关中来,正赶上周文王准备东伐商纣,兄弟俩拦马劝谏,希望文王以仁义取天下,不要搞"革命"。文王不听,挥师东进,竟取天下。兄弟俩于是逃隐秦岭深处的首阳山,不食周粟,采薇而食。后来听说率土之内莫非周产,他俩索性连周朝的野菜都不吃了,绝食而亡。三千多年来,这哥俩的故事影响巨大,引起的争论也巨大,孔子、司马迁等对他们都称颂有加,鲁迅等却不以为然。近些年,当"告别革命"成为席卷全球的新思潮,他俩又有被重新发现的趋向,乃至有学者认为,伯夷、叔齐是中国最早的拉·甘地——非暴力不合作主义者。

于是,首阳山的名声日隆。

在伯夷、叔齐的故事中,有人提出疑问,不吃粮食,只吃野菜能活命吗?答案是肯定的。我甚至觉得,坡嗲人今天吃浆水菜的风俗,大概可以追溯到三千年前的首阳山。

前文说过,坡嗲人家,居家过日子,三样东西不可缺,馍笼子,肉臊子罐罐,还有就是浆水菜缸子。我小时候从事的家务劳动,其中一项就是挖野菜,为此走遍了坡嗲的沟沟坎坎,山上山下。我们摘回来的野菜,母亲要再挑选一遍,同为绿色植物,人可食者谓之菜,人不可食者谓之草。母亲把精心挑选的野菜淘洗干净,放在锅里用清水煮熟,撒上一些面芡,再浇上一碗浆水引子,盛入一个大瓷缸里,放一两天,一缸浆水菜就"窝"成了。

能窝浆水的野菜很多,我约略还记得如下的菜名:荠儿菜、花花裹兜、鸡肠子、麦萍儿、白蒿蒿、红杆蒿、艾蒿、水芹菜、仁汉菜、大碗花、刺金牙等。刺金牙是一种带刺的野菜,摘起来扎手,吃起来扎嘴,只要鲜嫩,别有味道。最好的野菜要数荠儿菜和千里光。坡嗲谚语有云:"要吃浆水菜,最好荠儿菜;要得浆水香,揪把千里光。"摘野菜是很费工夫的,也不是总能摘到,有时就用辣子秧、红苕秧的嫩叶、苜蓿等窝浆水。不少蔬菜也可做浆水菜,如芹菜、莴苣、白菜、萝卜缨、豆芽等等,但似乎没有野菜窝成的浆水菜好吃。

过去,坡塄人吃饭,早晚的佐餐菜品,往往就是一碗浆水菜。每次吃饭时,从浆水缸里捞两筷子菜,如果过酸,就用开水绽一下,放上盐和辣子;讲究时,再放些蒜末,泼上烧煎的菜油,或滴几滴香油。把馍泡在糁子碗里,夹上一柱子浆水菜,吃了,就是一顿饭。现在生活改善了,都煎煎炒炒的,但不管做多少菜,浆水菜还是"老大",饭桌上不可少的。

在短缺经济年代,浆水菜为帮助人们度过饥荒,功不可没。再难吃的粗茶淡饭,有了浆水菜的佐助,一如有了开胃的药。"有了浆水菜,给肉都不爱。"坡塄人现在还这么说。

浆水菜在坡塄,不光是佐餐菜品,还是调味品、饮品乃至药品。浆水汤可代替醋,调配其他饭食,如浆水面、浆水搅团、浆水鱼鱼儿等。在北京城里,陕西风味的餐馆里,浆水菜都颇受欢迎。浆水汤还有生津止渴、解暑去热的功效。三夏大忙,田地归来,从浆水缸里舀一碗浆水汤,仰脖喝下,就是坡塄人的"冰镇啤酒"了。男人酒喝多了,女人多盛上一碗浆水汤来,帮男人解酒。女人坐月子,吃浆水打鸡蛋,据说可以下奶。

伯夷、叔齐当年在坡塄之上的首阳山采薇而食,怎么个食法?纯粹生吃,恐怕不妥;整天煎炒,也无可能。我想多半是窝浆水。薇,一说是艾蒿,一直是坡塄人窝浆水的主要野菜之一。只有窝成浆水,野菜才能放得长久。

在坡塄所属的周至县做过县尉的唐代诗人白居易,曾以伯夷叔齐为题,做过一首《续古诗》——

> 朝采山上薇,暮采山上薇。
> 岁晏薇亦尽,饥来何所为。
> 坐饮白泉水,手把青松枝。
> 击节独长歌,其声清且悲。

> 枥马非不肥，所苦常縶维。
> 豢豕非不饱，所忧竟为牺。
> 行行歌此曲，以慰常苦饥。

当专制统治者垄断了所有社会资源，不愿为"枥马""豢豕"的伯夷、叔齐、陶渊明们，就只能归隐南山，嚼根咽菜了。什么时候，那些非暴力不合作主义者、追求精神独立自由者，不再被封杀、被逼进南山，大概就是唐德刚先生所谓的民治时代了吧。

"浆水"一词，坡嗲人也用作形容词，意同啰嗦。如此说来，我这篇关于浆水菜的博文，真够"浆水"的了。打住。

走亲戚

在坡嗲,过年的喜庆很像摊煎饼,和好的面水倒向锅底,是一圈一圈往外扩大的。如果把过年比作一出戏的话,循着家庭——家族——亲戚——社会的次序,剧情是这样展开的:

序幕:腊月二十三,祭灶;

第一幕:大年三十,各家各户,蒸馍毕,吃团圆饭;

第二幕:除夕夜,各个家族,祭祖守岁;

第三幕:初二到初七八,亲朋之间,彼此待客,互走亲戚;

第四幕:十五前后,进入社会狂欢,耍社火,唱大戏。

从正月初二到初七八,是坡嗲人家过年的重头戏——走亲戚。作为主人家,叫"待客"。每家待客的日子是相对固定的,各个村子各家待客的日子是相对统一的。我记得,千户堡子是初五待客,坡嗲则多在初六。初五早饭后,八九点钟,在坡嗲通向千户的南北路上,走亲戚的人三三两两络绎不绝。男男女女,不管平日多邋遢不讲究,这时都焕然一新,都是洁净的眉目,簇新的衣裤。那时自行车尚不普及,多为步行,肩挎手提的,是大包小包的礼品。礼品的主要种类,就是馍。

作为主人家,自然不敢怠慢,年前上集就采买了待客用的一切物资。早早地起床,洒扫庭院,整理桌凳,燃旺火炉,备好茶烟瓜子。远远见客人来了,快步上前迎接,口呼"三姑来了",

便伸手接过对方手中的礼品袋子，相陪相扶至家。客人进门，先来到摆先人的所在，对着亲戚先祖遗像或牌位，作揖磕头。如果是晚辈，还要给主人家的长辈逐一磕头拜年。长辈这时大多匆忙阻拦，"对了对了，磕啥头呢，看脏了俺娃的裤儿。"礼数已到，晚辈也不强磕。磕与不磕，长辈都会撩起衣襟，摸出一毛、两毛的压岁钱。

行礼毕，主人便招呼脱鞋上炕。烧炕在坡嗲上下，是一家的多功能厅。农村没有取暖设备，家里门窗也不严实，室内室外的温度相差无多，唯一温暖的所在，就是连着灶膛的烧炕。只要家里动着烟火，烧炕总是热乎的。所以，在冬天，烧炕就不只是休息睡觉的场所，聊天在炕上，吃饭在炕上，待客也在炕上。不大工夫，烧炕上就坐满一圈客人，客人之间也都熟悉，吃烟、喝茶、谝（pian，四声）闲传。

小时，我最爱去舅家走亲戚。舅家的亲戚特别多，妈姊妹五个，仅我们这些外甥，加起来就有十多个。舅家村上，每年春节都要搭两丈多高的秋千架。打秋（荡秋千），是最激动人心的事。小时被大人抱着，吓得不敢睁眼；大一些，就自己踩秋了。三摇两晃之间，秋千越荡越高，感觉自己像长了翅膀，在天上飞。后来在城里，玩过山车什么的，从来没有怕过，也算训练有素。舅家的老屋，一条叫磨河渠的小河从屋后绕过，河水总是满满当当的。冬天河冻住了，在河面溜冰，掰胡萝卜一样的冰柱子。河边是一片繁茂的竹林，地势忽高忽低，是藏猫老虎的好去处。沿水渠往南百米，立着一座水磨，原是舅家的私产，后来归了集体，参军时耳朵被震聋的二舅爷常年在那儿驻守；他早年被国民党抓了壮丁，被俘后又当了解放军，复员回家，带回一肚子的军歌、快板和战斗故事……

客人到齐，主人就招呼"喝汤"，其实是吃面。待客都是吃臊子面。一盘凉菜上桌，客人夹两筷子，喝两口酒，就换桌吃面。主人家把盛着臊子汤汤的碗递上来，由客人自己挑面；面一盆一盆地上，主人一勺一勺地向客人碗里添加着汤汤。满桌子热气腾腾，满屋都是吃面条的唏唏溜溜的声响。

喝完汤，主人就开始准备下午的"吃菜"了。喝汤是序曲，吃菜是主戏。这期间的三四个小时，客人就自便了，打牌聊天，打盹睡觉，或者到街上野外转转。这是孩子们最快乐的一段时光，可以三五成群地到处疯跑。与舅家相距二里地的耿峪河滩上，有一座军营，那里停着很多大卡车。军营的篮球场上，还经常举行军民友谊赛。一次看篮球比赛的间隙，我见有人在不远处翻单杠，闪转腾挪，威风潇洒，便生了一试身手的愿望。不到十岁的我，怎么跳也够不着单杠，就发挥平日爬树的本领，顺着拉索攀爬上去，刚把身体挂上杠，还没有来得及翻转，就一根棍似地跌下来，所幸下面是沙坑，落了一嘴鲜血沙子。

坡嗲上下，平日都俭省，待客却大方，桌上一般都有七八个菜，虽然各个菜的做法和味道相差无几，但样数是不能少的；白酒红酒醪糟酒各取所需；主食一般都是馍。酒足饭饱，一根烟抽过，客人就该各自回家了。主人一般会挽留，但多为客套。彼此都知道，待客是一件很累人的事，客走主人安。但我在舅家走亲戚，却是很少当天就回家的，总是要住上一两天才回家。

社 火

社,古指土地神,也是地域区划单位。"方六里,为社。"(《管子》)以社为单位,"击器而歌,围火而舞",故称社火。

央视二〇一一年春节期间搞了个"走进唐人街"系列报道。各国唐人街庆祝春节多有华车出行的热闹景象,有人感觉新鲜,认为这是受了西洋文化的浸染,因为中国本土过春节似乎是很家庭化的。其实不然,本土春节也有很社会化的场景。在我的故乡,正月十五前后,这种社会化狂欢达到高潮,晚上唱大戏,白天耍社火。

坡嗲是小村子,偶尔也请过大戏,但没有耍过社火。耍社火的都是位于平川的集贤、蒋村等大堡子,其中离坡嗲最近的是连畔种地、北去不过三里地的千户村。上回说过,坡嗲刘家就是从千户村分出来的,迄今仅百余年。

千户,名如其村。一是大,所谓四千户,即由南千户、北千户、寇家堡、余家村四个相毗连的村落组成,上世纪七八十年代,居民已不至千户。二是久。"千户"原为官名,始设于金朝,为世袭军职,元、明两代沿用此名,又称"千夫长"。南千户村内有座道观,后改作中学,是我初中三年的母校,学校的中心建筑叫"老君殿",五大开间,四个壮硕无比的担子(栋梁),据说两边的为一雌一雄,每至夜半,这两条担子相互靠拢,合二为一。据家乡当地的文史学者考证，这老君殿，就是汉武帝当年终南山狩猎时的行宫五柞宫。其中一条理由，就是四千户之一的"余家村"，几百户人家，却并没有一家姓余的，实乃"御驾村"的谐音。这年头，既然有地方连西门庆都要争上一争，以上这些考证，也就见怪不怪了。

就像后来的除夕夜，通过一台晚会，北京引领全国人民的节日气氛一样，那时的春节狂欢，坡嗲及其周边，是随千户村的大戏和社火起舞的。

那些天，整个千户村就是一座大戏台，每条街道都拥满了人。男男女女穿戴一新，喜气洋洋，既是看热闹的，也是被热闹看的；既是观众，也是盛装出场的演员。男人相见，高声地招呼，互道祝福，接着便递纸烟。拿出来的烟，都是平日不舍得吃的"钟楼""延安"。姑娘娃喜欢扎堆，红红绿绿一片，叽叽喳喳半天，呼哗向东，呼哗向西，牵引着街道的目光。卖吃货的、捏面人的、耍把式的、相面的，穿梭往来，如鱼得水。一阵锣鼓自街那头传来，街面瞬间安静了许多，人们纷纷向街道两边靠拢，选择有利的地势和位置。街边站不下，碎娃个儿小，就纷纷爬上街边的树，或者坐在邻街人家的院墙上。

千户村的社火是按街道组织的，一条街一支表演队，每年有六七支队伍，各队暗自较着劲，都希望一路喝彩。各表演队汇齐后，就绕着全村主要街道巡游。走在前面的，是威风锣鼓。一辆车上支着一面巨大的鼓，既为开道，又是总指挥。随后的锣鼓手，少则几十人，多则上百人，唯首鼓是瞻，一锣一铙都有路数。铙上系着长穗的缨子，几十对铙一起拍响的瞬间，路边的树木似乎都随之摇动。忽然，铙手同时扬起双手，红缨蓬勃，成就一片盛开的礼花。

锣鼓队是社火出场的前奏和仪仗。接着，一支支社火队走了过来。先是马社火，各种扮相和装束的演员骑在马背上，一人一马，有的倒骑着马，有的手里拿着兵器，做着砍杀或射箭的姿势。一个马队就是一个谜语,谜底是一本戏,观众只能从演员的扮相来判断。"五典坡""断桥""三娘教子"……大家在高声抢答着,争辩着。只看了前面一两匹马就能说出戏名的,会招来不少敬佩的目光。

更多的是杆社火,顾名思义就是在焊接的铁杆上装社火。按承载器具不同,有桌台、车台之别。我最早看到的杆社火就是桌台,底下一张四方桌,桌面上"长"着一棵树或一座山,一名戏装儿童站在树上,摆着各种造型和动作,七八个大人抬轿似的抬着方桌,走走歇歇。后几年就都改用车台了,先是马车,后来是手扶拖拉机、四轮车、汽车。车的载重大,车上的场面就越来越奇巧,一个演员"立"在另一个演员的手心上,或者一条马鞭上"站"着好几个演员,像惊险的杂技,观众仰头观赏着,一面啧啧称奇,一面不免为这些孩子揪着心。因为装载高,就难免挂上树枝、电线,车子左右,总少不了持有长杆扶手的人。这样的车台,有的能装下一部有十多个演员的大戏。

杆社火上的演员,一般都是五六岁的儿童。不难想象,一场社火表演,前后四五个小时,小孩被绑缚在高杆上,不能吃喝拉撒,滋味一定不好受。但我儿时一个很大的愿望,就是自己能装扮一回社火,想那高高在上、万众瞩目的感觉,一定很爽。

大　戏

　　春节七天假，初七上班，同事之间互相招呼，"这年就算过了？""算过了——又少一年。"城里如此，在农村则不然，没过正月十五，就还在年里边呢。在关中地区，只有到了元宵节前后，村村搭彩门，户户挂红灯，秧歌上路，社火上街，春节才真正进入社会性的集体狂欢。其中唱大戏，是乡村年庆活动的压轴戏。大戏落幕了，这年才算过了。

　　戏即秦腔。大戏是区别于小戏而言的。秦腔据说起源于秦代的参军戏，有两千多年的历史。如果你第一次到西安，扑面而来的，除了飞扬的灰尘、浓厚的羊肉汤味和嘈杂的闹市声，就是满大街浩荡流淌的秦腔。尤其在乡下，秦腔的群众基础，比北面的黄土高原还要深厚。老人、孩子都能唱几段戏文，几乎村村都有吹拉弹唱的自乐班。但大戏却不常演。所谓大戏，就是由专业剧团在专门剧场演出的整本戏。那时，不是哪个村都能演得起大戏的，虽然一场戏只需要五六百块钱。只有逢年过节，一些相对富裕的村子，才会请一台大戏。十二三岁的我，总是随大人一起，去相邻的千户、集贤、蒋村等村镇去看戏。

　　千户、集贤、蒋村都是几千人的大村子，有专门的露天剧场——戏楼。戏楼是我家乡最大的建筑了。雕梁画栋的戏楼下面，是几十亩地大的广场。我那时想，天安门城楼和广场，大概就是这样的了。再大的广场，一唱大戏都显小了。必须早早地出发，否则只能站在远离戏台的边边角角，整晚提着脖子跂着脚，也看不清舞台上演员的面目。但去得早也未必就安生。早早提着板凳坐在台下中央的，多是老汉、女人和孩子，年轻力壮的小伙子是不屑于提前进场的。当锣鼓家伙敲响，大幕拉上，观众便潮水般向戏台聚拢。戏台下像一个硕大无比的马蜂窝，又像是人脑袋码成的巨盆，盆底是台前中央坐着的观众，盆帮是密密匝匝站着的观众，而外围的墙头、树、草垛，包括屋顶构成的盆沿上，也爬满了人。

剧场的四周，挑着马灯推着小车的，是流动的货郎，有卖麻糖的、卖花生瓜子的，他们低一声高一声地叫卖，一分两分地讨价还价。后来的观众往往不甘于靠边站的位置，都想离台子近一些，好看清他们平日只能从戏匣子里听唱腔的演员。如果是一群青壮劳力，往往就会兴风作浪。三五成群往里一挤，风生水起，立刻像电流似地传导一大片。他们呼叫着，掀起一波又一波冲击，相挨坐着的人就有了惊恐，生怕把自己踩在脚下，纷纷拾起身来，把板凳举过头顶。动荡不断扩大，盆底越来越小，台上的锣鼓咚咚锵锵，似乎是专为台下的集体表演而敲的。这时，维持秩序的民兵就会走进场，他们手持胳膊粗丈余长的竹竿，对着拥挤的人群一竿竿敲下去。坐下！坐下！几乎整场子都在喊，但未见就能立时坐下。民兵口喊干了，竹竿打成了篾片。迎接这竹竿的，是人们手中仓皇举起的板凳，哗，哗，此起彼伏，是锣鼓之外的另一种打击乐器。未来得及举板凳的，只好猫下腰；直接以头迎接，没有不头破血流的。

秦腔在"文革"中是"封资修"，它的复兴当在一九七七年以后。路途遥远，剧场充满凶险，父亲通常是不让我去看戏的，奈何我玩心太重，总是混在哥哥身后溜出家门。这就加重了哥哥们的负担，每当剧场大战开始，他们既要保护自己，又要照顾我。一次躲闪不及，一竹竿下来，哥的额角流血了。我说哥咱回吧，他不作声，一只手紧紧地按着额头，血从指头缝渗出来，爬过手腕，流进了他的袖口里。他就那么按着，硬是把一场戏看完了。

　　戏台下的混战，有时会持续个把小时。待台下消停下来，台上的大幕拉开，真正的演出才开始。三十年后，台上唱的戏大多印象模糊了，台下逢戏必挤的大戏，却于我印象独深。为什么会是这样？我想，除了村民规则意识差，唯一的解释就是他们太爱看戏了，看大戏就是他们的华车出行，他们的奔牛节，而这样的机会又实在不多。在那些年月，他们只在过年时才吃肉，也只在过年时才能看一回大戏。平日像土豆一样分散的村民，难得一场大戏把他们装在一个口袋里。他们聚在一起的这种折腾，既是看戏，也是演戏。他们用拥挤传递着欢乐，用恶作剧表达和表现着自己。

秦 腔

是一碟油泼的辣子
是一袋新烤的旱烟
是一壶陈年的西凤
是一座祖传的家园

《五典坡》长满千年的怨
《六月雪》诉说世代的冤
《生死牌》写满人间的情
《铡美案》长着好人的胆

老汉们谈论着忠和奸
娘儿们领量着孝与贤
姑娘娃见识了负心汉
小伙子嘛,惦上了女狐仙

有多少恨就有多少爱
有多少缺就有多少盼
黄土地是鼓黄河是弦
戏里戏外无非是生丑和净旦

——摘自旧作《陕西六唱·秦腔谣》

五一节，法定假连着年休假，我在坡嗲老家待了整整十天。除了陪父母亲说说话，出门转转，一有空，我就在家里看秦腔，看的是DVD。在西安下了火车，我就直奔音像商店，买了一堆秦腔碟子，任哲中的《周仁回府》，刘茹慧的《辕门斩子》，郭明霞的《五典坡》，马友仙的《白蛇传》……凡是早年我看过的戏，都买了。每天听着秦腔，吃着母亲亲手做的油泼辣子浆水面，间或喝几杯浓烈的西凤酒，我像一条在河沟里干涸太久的鱼，终于回到早年的湖泊里。

在陕西关中，周秦汉唐的盛世辉煌，都埋在了土里；唯一活在地面上的秦风古韵，大概就只有秦腔了。一种流传了数千年的艺术，像贯穿秦川东西奔腾不已的渭河，灌溉着这里的一草一木。如果关中的草木会唱歌，唱的也一定是秦腔。一个在田野上扶犁的老汉，于吆牛喝马的间歇，吼的是"为王的打坐在长安地面，盼的是天心顺国泰民安"；一个坐在家门口拐线（理线）的妇人，面对绕膝的儿女，吟的是"老了老了真老了，十八年老了王宝钏"。关中三面环山，一面向东敞开，宛若中国的一座大戏台。千百年来，先人和乡亲在这座戏台上，观看、传说也上演着一幕幕或豪迈悲壮、或哀婉凄凉的人间悲喜剧。土生土长的我，秦腔就成为早年别无选择的精神浇铸。

那天，看完一折戏，我对母亲说，我想去看看我二姨夫。母亲说，是该去，你姨夫总念叨你呢。你姨夫七十多了，如今没人叫唱戏了，还闲不下，整天给儿在地里刨呢。

姨夫住在离我家十里地儿的集贤堡子。集贤是紧挨公路的一个大村子，曾有一个秦腔剧团，姨夫是这个剧团管场合的，文雅点说就是剧务。剧务是我后来知道的名词，当时我只看到，戏一开场，他就台前幕后地跑，一会儿把大幕拉合，一会儿把二幕拉开，一会儿放烟火，一会儿摆布景，整个戏台上就数他最忙。他不拉大幕，戏就不开演，我觉得他权力很大，对他充满尊敬。

那时，无论哪个村子唱大戏，都是十里八乡共同的节日。家家落锁,十村九空,都去赶赴这难得一遇的精神大餐。仅有几个大村子有现成的戏楼,其他村子唱大戏,都是在田野上临时搭建戏台。再开阔的地方,也盛装不下四面拥来的观众。那些青壮劳力喜欢在人堆里撒欢儿,每次开演前,台下都要上演一出拥挤大戏。剧场转眼间成了波涛汹涌的海洋,充满刺激也充满凶险。每到这时,不及大人肩膀的我,就一步步向戏台口游走。看到戏台上的姨夫,我就像看到了灯塔,高喊着"姨夫姨夫"。姨夫转过身,蹲下来,从戏台边上伸下两只长长的胳膊,像一个救生圈。他把我抱上戏台,放在锣鼓乐队的一角。坐在台上,台下一览无余,我神气十足。

姨夫家在集贤堡子东头,普通的三间瓦房。正是午后,我推门进来,偌大的烧炕沿上侧躺着一个老汉,身体嶙峋如山,我想就是姨夫。姨夫掀开黑兮兮的被子,缓缓起身,定睛看我半天,嘴唇翕动着,却说不出话。我说我是元林。姨夫揉揉眼睛,就张开了两臂抱住我:"我娃回来了!"两行泪水从粘着眼屎的眼角流了下来。

我不再是那个他一下就能抱上戏台的毛头小子,姨夫也不再是当年那个浓眉大眼、英俊干练的剧务。他的头发已经全白,脸上沟壑纵横,像他常年侍弄的土地;两只青筋暴涨的手,在抓住我手的那一刻,感觉像柿树皮一般粗糙。

我没有看过姨夫演戏,父亲说他看过,在现代戏《朝阳沟》演个苦大仇深的翻身农民。一场病后,嗓子打(哑)了,才开始管场合。管场合事无巨细,都得用心,那时舞台没有那么丰富的灯光,全靠幕布维持场面,三四道幕,什么时候拉那一道,都要紧随剧情,拉错了就出笑话。演《智取威虎山》,演员开枪时,他在后台甩炮仗。前台的杨子荣抬手举枪叩动了扳机,他的炮仗却没有甩响。演员随机应变,临时改了台词:"怎么,子弹受潮了吗?"演员刚把枪口拉回眼前欲看个究竟,他的炮仗响了。台上台下爆笑不已。他却因工作失误差点被开除了。

说起当年唱戏，姨夫有说不完的故事。我问他这些年还唱么？他说剧团十多年前就解散了，只维持着一个江湖班子，给乡邻红白喜事应个景。他说秦腔就像辣子，爱它的人爱得要死，怕它的人怕得要命。听说在西安市坐公交车逃票，不罚款，售票员把你拉到终点站，集中在一个屋里，放秦腔作为惩罚。就是在农村，这些年唱大戏的也越来越少了，戏台下坐的多是老汉、老婆，年轻人都唱歌跳舞、上网去了。我知道，江湖班子只能唱小戏，小戏是不需要剧务的。一生钟爱舞台，晚年无事可做，姨夫一定很落寞。

我忽然想起一个人，问：那秋棠现在呢？姨夫眼角掠过一丝笑意：你还记得秋棠？

怎么不记得。秋棠曾是集贤剧团的当家红旦。这家剧团当年很红火，经常到外县外省演出，很难说是剧团火了秋棠，还是秋棠火了剧团。我那时想，《天仙配》一定是真的，秋棠就是天女下凡吧。她每到一地演出，只要一落脚，身边就围一大群人。一些媳妇挺着大肚子，盯着秋棠看个不够，说这样生的娃就能像秋棠一样漂亮。秋棠上个厕所，后面都能跟上一串人。村民们看戏，先打听是不是秋棠的戏。秋棠的戏，台下的观众就分外多；她出场前，台下也挤得分外凶。但她一出场，全场一下就鸦雀无声了。她不只扮相好，唱腔、演技都很出色。她最擅长苦音戏，一出《三娘教子》，一出《生死牌》，她唱得风云变色，满场抽泣，心软的妇女不忍卒看，堂堂须眉也会泪落满襟。那时流行一个说法，看秋棠的戏，得提前带上毛巾。

秋棠是大众偶像，年轻小伙的梦中情人。她有没有婆家，许给了谁，是村民讨论不休的话题，有说她许给了县长的公子，有说他的未婚夫是清华大学的学生，都说得有鼻子有眼，彼此争得面红耳赤。又说秋棠坐公交车不用买票，连她的亲戚都跟着沾光。有人去粮站交公粮，收购员说你这麦没晒干，只能验二级。交麦的说干着呢，你再摸一下——我是秋棠她大舅。收购员却不再摸,说你既然是秋棠她舅,那就一级吧。

我那时虽然未尽谙人事,但大约已懂得了爱慕,爱看秋棠演戏,爱跑到后台看她涂唇描眉,喜欢听人们谈论她。或许还向姨夫打听过她,只是记不清了。

秋棠后来呢?姨夫说,剧团散了,秋棠去甘肃一个剧团唱了两年戏。后来结了婚,又离了婚,再结婚,前后拉扯了三个娃,就不再唱戏了。

姨夫佝偻着身子,坚持要送我走到街口。街口有一条尺许宽的水渠,水还清亮,哗哗地流着。一个妇女在洗衣服,垂落的头帘遮挡了她的半边脸。女人蹲在河边,用棒槌一下一下地砸着衣服,水星四溅。棒槌起落之间,背后一片肥硕的腰身忽隐忽现。

走过后,姨夫对我说:"那洗衣服的,就是秋棠。"

啊?但我没有再回头。

年

序

看着电视上各大火车站澎湃汹涌的人潮,从广东出发的浩浩荡荡的归乡摩托车队,我问:当代中国,还有什么事能形成如此规模的步调一致?当今世界,还有什么事能形成如此规模的人员流动?我只想到了中东地区的麦加朝圣。是的,中国春运的人潮多像朝圣的人潮啊!

单位百十号人,几乎没有谁回家的火车票是从正规渠道买来的;春节归来,几乎没有谁旅途的观感是愉快的、正面的。年复一年,年年相似,历尽苦难痴心不改,游子归乡不言愁。每到春节将临时,跳动在游子心头最活跃的两个字仍然是:回家。

谁说中国人没有信仰?家,就是中国人心中的神,父母先祖就是游子心中的上帝。为了一年一度的团聚和参拜,可以不惜钱财,可以忍受一切艰难困苦。走进家门,一声"妈",一年的重担落地了,一路的劳顿消散了,心中溢满了如鱼得水的轻松和欢乐。

"凡劳苦担重担者,可以到我这里来,我会让你们得安息。"这话在西方,是从天国发出来的;在中国,是从老家的窗口发出来的。

春运

在春节来临之际,学生潮、民工潮、探亲潮,一潮高过一潮,一起拍打着车站、码头、机场,一个月前后,先后有二十亿人次上路,相当于整个欧洲搬一回家。欧洲有春运吗?二〇一〇年圣诞节,因为恶劣天气原因,欧洲的交通也吃了一回紧,但并没有形成中国春运的景观。

大清帝国不会有春运,改革开放以前的中国不会有春运,再过五十年,想必也不再有春运。春运是市场经济与传统文化的冲突,是现代化初期的产物。春运属疑难杂症,表层病因是运力短期无法满足运量需求;中层病因是城乡、地区经济发展不平衡导致人口单向、集中流动;深层病因是整个民族的"春节崇拜"——要有一半人不回家过春节,情况就大不一样。有人问:中国能办好奥运,能办好亚运,能办好春运吗?这真是世纪之问。春运,其实是中国人的命运。

祛邪

我记得上中学的时候,老师曾经讲过"年"的来历,说"年"原本是一种凶猛的野兽,冬天在山里待久了,就要下山到村里找食吃,这就难免伤害人畜。村民怕它,又不敢得罪它。"年"怕红、怕响,所以要贴春联、放鞭炮;"年"又贪吃,就为它准备了很多好吃的,祈求它不要伤害生灵。这是不是春节的真实来历,无从考证。但这个传说却透露了过年的两种价值内涵,一是祛邪,二是祈福。

我是禁放派,但拗不过八岁儿子的请求,年前还是买了百十块钱的鞭炮,都是些"大黄蜂""小坦克"等小型烟花。除夕夜零时下楼一看,真是大开眼界,整个小区如同被日军偷袭的珍珠港,销烟刺鼻,火光冲天,枪炮之声震耳欲聋。行李箱大小的烟花残骸布满了小区草坪。有人还把汽车开了过来,后备箱里全是烟花,据说花了上万块。这哪是祛邪?传统民俗演化成恶意宣泄和炫富的方式,恐怕连"年"都没有想到。

祈福

在坡嗲的年俗中,"敬鬼神"是其中重要的内容。鬼者,故去的先祖也;神者,"主宰"一个家庭的各路神仙也。门口有土地爷,灶膛有灶王爷,牛棚里还要供奉牛马王爷,等等,都是要设龛、焚香、上供的。其中灶王爷的地位要高一些,似乎是各路神仙的"支部书记",小年(腊月二十三)就要祭灶;到了大年三十,贴春联挂年画之前,先要把灶王爷灶王婆的夫妻"合影"请进神龛里;为过年所蒸的第一笼馍,也是供奉灶君的。爱有差等,灶王爷管的就是油盐酱醋茶,而民以食为天,所以就礼遇有加了。

除了祭神,另一个重要的礼仪就是祭祖。大年三十,在长房长孙的堂屋正中,挂上家谱和祖宗相片,供桌上摆有各色美味和时鲜水果。暮色初降,一阵鞭炮响过,算是把先人请回了家;各路子孙捧着香烛纸钱络绎而来,认真地焚香、叩首,之后便团结在供桌四周自娱自乐。至子夜,又一阵鞭炮响过,纸钱焚过,算是把先人送走了。

孔子说:"敬鬼神,而远之。"这真是中国人信仰状态的准确描述。中国人过年或遇事时是有神论者,平日是无神论者;过节"敬鬼神",节后"而远之"。

祝福

这些年的除夕夜,最紧张的是消防部门,最兴奋的是电信部门。这一夜的手机短信如果长着翅膀,一定比蝗虫还要密集;这一夜的手机短信如果是一场雨,那中国所有的江河都会泛滥。"快乐""平安""健康""吉祥",成为人们接收和发送最多的语汇。现在的手机功能强大,短信可以转发,也可以批发。萝卜快了不洗泥,你或许也收到了这样的短信,李四发来,署名却是"张三祝",而且是"敬祝"。

坡嵝人也用手机,但不算普及,他们还保留着以"走亲戚"和"待客"来表达祝福的传统方式。这种祝福的方式是慢节奏的、辛苦的,但也是诚挚的、充满喜悦的。

从腊月二十七八开始,北京城的交通迎来了一年内最轻松畅通的时期,大概会持续到正月十五前后。这些天开车,我才意识到,原来北京的路真是很宽啊。这与小年前后形成了鲜明的对比。小年前后,北京满大街都是外地牌照的车辆,车辆无一不满载"祝福"。春节,以祝福的名义,人间的灶王爷们也迎来了一年一度大收供奉的机会。

享福

在坡嵝,有"宁穷一年,不穷一节""宁忙一年,不忙一节"的讲究。平常的日子过得再紧巴,过春节也是要吃肉喝酒的;而且春节期间不动针线不下田,人们整天好吃好喝,游手好闲。众所周知的是,纵然贫苦如杨白劳者,也要在春节来临之际,为家里买上二斤白面,为女儿扯回二尺红头绳。春节是长年"立正"之间的"稍息",是劳苦大众的自我慰藉。人们所以觉得现在的

"年味"淡了，是经济的发展、物质的丰富稀释了我们对于过年的企望，天天过年就无所谓过年。这是"年"的不幸，却是中国人的大幸。

节前，儿子嚷嚷着要去滑雪。妻子在网上搜罗着周边的滑雪场，反复比对条件、价格。问我的意见，我说，就选条件最好的吧。妻说，门票很贵，是平日的好几倍。我说，贵就贵吧，"宁穷一年，不穷一节"。

春晚

每到除夕，我就怀恋小时候过年。除夕守岁，一个家族的老老少少围坐在火炕上，听有知识、有见识的人讲书上的故事外面的世界，都是我不曾见闻的，便感觉饶有趣味。后来有了电视，有了春节晚会，刘家的"除夕故事会"于是变成了中央的"电视电话会"。记得刘家的"除夕故事会"绝不是一个人独讲，而是你讲我也讲，像比赛似的，很吸引人。但春晚却几十年如一夜，又总少不了那些从来不见老的熟脸。

早年的春晚，如果还能从中体会一点情意、享受一些娱乐的话，后来的春晚，就越来越像"新闻联播娱乐版"。难怪有关方面会那么重视，又是审查，又是视察。重视的结果呢，相声没相，歌舞俗艳，小品臭品。某些小品，虽然年年风头健旺，但一直没有脱开"拿穷人取乐，以弱势开心"的窠臼，迎合着世俗的偏见，充满了对权贵的谄媚。这种小品的长盛不衰，凸显的是这个时代教养的缺乏和文化的荒芜。

跋

传统中国，先祖在地里刨食吃，一把种子撒下去，几多汗水流出来，会不会收成，能不能温饱，由不得自己，得看老天爷的脸色；传统中国，当战乱和动乱不断，当天灾和人祸频仍，个人的命运如风中的落叶，浪里的孤舟，而家庭不失为一方港湾，一条可供攀援的缆绳。渴望富足，向往团圆，于是，过年就成了中国人的行为艺术。人们用一年来兑换一节，用一节来盛装梦想。

年，是生长在乡土中国的落叶乔木，是一首流传久远的乡村民谣。

中国在变，年在变，会变得更加贴近人性，接近"年"最朴素的本意。

家　谱

这是为《刘氏家谱》所作的序。

一

我爷去世时，我三岁，对他老人家没有任何记忆。爷有五个儿，只有我大伯通过读书走出了农门。大伯退休后回到坡嗲，除了像农民一样辛勤劳作以外，最用心的一件事，就是寻根问祖，重修刘氏家谱。那些年，总见他骑着自行车，奔走于周边村镇，寻访老者，查考资料。他离世时，留下来一本刘氏家谱的初稿。

据大伯查证，坡嗲刘家，发源于山西洪洞县大槐树底下，宋元之际先祖迁徙陕西关中。与坡嗲相距十五里地的集贤镇刘家堡，是附近刘氏的大本营。明末清初，刘家堡刘氏一脉迁至坡嗲北面的大堡子千户村。我上初中三年，天天出入千户村。村口有一座庙，依稀可见雕梁画栋，但已残败不堪。老人说，这就是刘家祠堂，"文革"时作为"四旧"被破坏了，祖传刘氏家谱也不知去向。千户刘家为拓展生存空间，我的老老爷（祖父的祖父）刘大亨上世纪初带着家眷来到相距三里地的坡嗲开荒，并安家于此。一百多年间，坡嗲刘家已绵延六代，二十四户，一百三十二人，是村里的第一大姓。

大伯弥留之际，给其子刘树生（在我老爷刘安家一支行三，我叫三哥）留话，让他把修家谱的工作接着做下去。三哥退休后，不负父命，进一步调查、求证，上起五代高祖，下及黄口小儿，人人过关，无一遗漏。他还动员、组织了对五代高祖以下刘氏各系的查考工作。现在，一本体系完整、考证严密、资料翔实的《刘氏家谱》即将付梓面世。刘氏家族像一棵树，根深叶茂，果实累累。刘氏子孙，打开这本家谱，就能找到属于自己的根系和枝叶，明白自己的身世由来。在此，我们衷心感谢我大伯、三哥以及为这本家谱付出辛劳的其他同宗亲友。

二

这几年，三哥每与我谈及修谱事宜，也曾有过困惑。因为有人不理解，认为家族是封建的东西，家谱是陈芝麻烂谷子；分田到户几十年了，各过各的日子，没有家谱，也不缺吃少穿的，还重修它干啥？我想这也正常。时代发展了，思想多元了，做一件事，不可能所有的人都理解叫好。我对修谱的事，是表示了理解、支持的。借此，我说说我的想法。

国家国家，无家不国。追溯人类的文明进化史，肯定是先有家，后有国；国是从原始氏族部落演化而来，而氏族就是有血亲关系的一家人。几千年来，国家分分合合，兴衰变迁，但无论古今中外，唯一没有变化的人类组织形式，就是家庭。每一个家，都像一粒麦种子，都会分化生成一个家族；而每一个家族，不管现在多么庞大，当初都是一个小家。在家族的演进史上，每一个人，无论男女，都既是果子，又是种子。家谱，就是以最简捷的方式，为我们提供了生命的坐标系和线路图。

在长达几千年的传统中国，以儒家伦理支持的家族制度，曾经是封建专制的社会基础。大家族小国家，大国家小家族。在旧家族制度里，就像巴金所写的小说《家》，族长就是"准皇帝"，一言九鼎，生杀予夺，人与人之间没有平等，人的权利没有保障。新中国成立后,破除封建的家族制度,有其时代的合理性和必然性。但过犹不及,真理向前再跨一步就是谬误。家族是个瓶子,看你往里边装些什么。如果连瓶子都摔了,像"文革"那些年,不让祭祀祖先,不让走亲戚,就又走向了人性的反面。寻根问祖,人性使然也;同宗相亲,人情使然也。孟子有言:"老吾老以及人之老,幼吾幼以及人之幼。"是说人的爱往往是由近及远、由亲人而他人的。一个人如果连自己的亲人、子女都不爱,说他爱祖国、爱人民,多半是大言欺世。家庭是社会的细胞,家族是细胞组织。如今党和政府召号建设和谐社会,那么建设和谐家庭、和谐家族,就是对这一目标的分解和落实了。

苹果长在苹果树上,李子落在李子树周围。从人类遗传学的角度讲,每一个人都无可避免地携带着从父母、家族而来的遗传基因,包括体质的、性格的、文化的。坡嵝刘家一支,男人晚年多患高血压,恐怕就有遗传的因素。人人都希望一代比一代强,怎么个强法?首先需要正确认识自己。认识自己的一个重要途径就是认识先祖。一个人的成长,与家庭环境、家族熏染密不可分。只有认识先辈,才能扬长避短;只有知道来处,才能清楚去处。

三

重修家谱,就是从荒草堆里重拾那只瓶子。瓶子既有,装些什么,是最重要的。再简单重复旧社会的做法,比如修祠堂、三纲五常、族长专制,显然已大不合时宜。重修家谱的目的,除了"慎终追远",缅怀先祖,更重要的是以此为契机,加强同宗同族各家各户之间的联系,建立平等、团结、互助、友爱的人际关系。为此,我们需要借鉴、吸收人类先进的理念和制度,建设具有时代特色的新型家族文化。

新的家族,需要强调人人平等、男女平等、尊重法律、尊重人权的理念。人人生而平等，无论男女老幼，首先都是国家公民，享有宪法赋予的一切权利。在新时代，"家法"不能超越国法，"族长"不能自比法官。反思坡嗲刘家，有很多优秀传统，比如勤劳、节俭、自强不息、遵纪守法，但也有一些不好的风气，比如打骂妻子，打骂子女，不尊重妇女、儿童权利。"棍棒底下出孝子"，现在还颇为流行；"糟糠之妻不下堂"，还是常见的情景。如果我们通过家族的交流互动，普及新观念，去除旧习俗，善莫大焉。

新的家族，需要采取民主议事的制度。三哥曾提议，以重修家谱为契机，建立家族联谊会，我觉得这是一个好主意。负责人不叫"族长"叫"会长"。会长人选，似不必拘泥于传统的"嫡长制"，通过民主评议，把确实有精力、有能力，既热心、又公道的人选出来，同时推选委员若干。对于日常的家族事务，联谊会实行民主协商、民主决策，不搞"一言堂"。

新的家族，需要倡导有益身心的交往方式。农民平日各自讨生活，分散如土豆，生活单调，信息闭塞，渴望交往交流、学习提高，家族联谊会在这一方面，可以做许多工作。这些年春节里，坡嗲刘家开展的轮流坐庄的酒会，对于增进了解，增强团结，起了很好的作用。但我觉得内容还是单调了些，吃喝唱了主角，精神享受不足。我很怀恋早年大年夜守先人时的故事会，由刘家的文化人、能行人说书上的故事，讲外面的见闻，让人增知识，开眼界。后来，大家都围看中央电视台的春晚，哈哈一笑，啥都没有，很是浪费。我觉得刘家除夕夜的故事会可以恢复，与央视唱唱对台戏，让子孙们各取所需。农闲时节，也可以搞些说唱会、故事会之类的活动。

我是刘家子孙，出门求学工作近三十年，虽无事功，也算领略了外面的世界。回首自己的来处，先辈给了我很多财富，比如健康的体魄、自强的精神、做人应有的正直善良。无需讳言，我的身上也有源自家庭、家族的诸多缺陷。但在感情层面上，我对于家庭、家族，唯有感恩。通过这次重修家谱，大家群策群力，倡导新的家族文化，形成良好人际交往，让刘家的下一代，生活在平等、和谐、友爱的家庭和邻里环境中，帮助他们健康成长，以期各有作为，这不只是家族荣誉之所在，也是公民责任之所系。故此，我不揣浅陋，奉上个人意见，以就教于各位尊长。

是为序。

小　学

　　多年没有回坡嵝过春节了，今年回去，四处走走，感觉家乡的变化不小。首先是路。一条双向四车道的高等级公路纵贯坡嵝东西，开车去西安只需四十分钟；各自然村之间，有水泥公路相连；村子里的街道，也都是清一色的水泥路面。其次是吃水。我是吃河水长大的，那时坡嵝人家每天的第一件事，就是去河边担水。天还蒙蒙亮，担水的人就在河边排起了长队。去晚了，上游的人洗洗涮涮，水就不会干净。胳膊粗的一股水，要供上下几百人用，来回担几担水，一个早上就过去了。现在好了，国家打了深水井，全村统一供水，自来水管接到了各家后院、厨房。还有，就是与全国农村一样，种地不但不再纳粮，国家还有补贴；娃上小学、初中，都不用交学费；实行合作医疗以来，农民看病的负担也减轻了许多，等等。

　　这些变化，是改革开放三十年逐步积累的。二〇〇六年胡温政府实行新农村建设政策以来，变化最快。在坡嵝的诸多变化中，最大的，莫过村里的小学。说它是全县乃至全市最好的农村小学，也不为过。

　　大年初一，我的堂兄、这所小学的现任校长、也是我的小学老师刘强，带我参观了这所重建不久的新学校。

　　学校位于虎头山庙底下，还是当年的校址，但已经面目全新了。两栋黄墙红顶的教学楼旁边，是光平如镜的水泥面操场。教学楼内,除了各年级教室,还有电脑教室、音乐教室、图书室等。每个教室都布有暖气设施。在音乐教室,除了一架钢琴和其他乐器,还放置着羽毛球拍、跳绳等体育器材。刘校长指着一个大纸箱说,这里边有二十多个篮球呢。

　　学校处于各自然村的中间,是坡嗲的"花心心"。站在教学楼三层的阳台上,四周一览无余,麦苗青青,屋舍俨然,校门前的水泥马路贯通全村东西。但东侧一条通往坡上第六村民组的泥泞小路,面目依旧,把我带回到近四十年前。

　　那时的学校就是几间土坯平房。教室少,学生多,高年级就得给低年级让教室。各个生产队闲置的保管室、饲养室,都可能成为我们的临时教室。

　　低年级的教室是没有桌子的,都是用土坯砌成的泥台子,小板凳是各自从家里带来的。窗户没有玻璃,冬天就用报纸糊上,室内室外一个温度。教室里取暖的设施,就是每人座位底下自备的"火盆儿"。每到冬天,几乎所有的孩子手上都要生冻疮。

　　操场是用碌碡碾出的一块平地。记得也是栽有篮球杆的,只是各个年级的学生合玩一个篮球,个儿小的,争抢半天,也难得摸到篮球一次。每到旱天,操场上的尘土就扑哄扑哄的。每次上体育课,都要提前洒洒水。

　　操场还有一个功用,就是用来"画字"。自习课时,一排孩子蹲在操场上,一手拿着课本,一手捏着粉笔或干树枝,在地面上划生字。

　　我曾经写过一首《小幻想家》的小诗,就是基于这段经历——

　　　　我多想多想在天上飞
　　　　用白粉笔在蓝天上画生字
　　　　趁老师不注意画一只小羊
　　　　末了还要写上:

土蛋，六岁，一年级

我多想多想在天上飞
看星星白天藏在哪里
给他们开一个小小的会议
相约在黑黑黑黑的夜里
去看看窗棂里数星星的孩子

我多想多想在天上飞
问白云飘呀飘向哪里
月亮为什么侧过脸去
叫风不要哭
雨不要滴湿了小操场
要不我们没有地方画生字

  学校的老师都是民办的，挣工分，每月可能有几块钱的补助，责任心却极强。我是比较淘的，经常逃学、迟到，写检讨、被罚站便成了家常便饭。还挨过老师打。记得一次是上算术课，陈老师吐痰，他吐痰前有一个很庄重的前奏，鼻腔、口腔同时向内抽动，发出惊天动地的音响，然后再把一口痰吐出两丈外。我当时坐在陈老师眼皮底下，只模仿了一下他的前奏音响，并没有真吐。陈老师一扬手，把手中的课本当成了板子，直接拍向我的脑袋。我现在坚决反对老师、家长体罚学生，但对于当年的小学老师，却唯有感激了。

  坡嗲经济发展滞后，小学面貌也可想而知。十多年前，当时的宫安斌校长给我打电话，说学校的教室已成危房，看可否找人帮助改造一下。我问了在地方上管事的同学，回答说按照集中教育资源的要求，你们村的小学在裁撤的范围，不可能再增加投入了。

但天上真的会掉馅饼,这饼有时还是"比萨饼"。谁也没有想到,一个"美国鬼子"盯上了我们村的小学。

这人叫罗伯特·利普(Robert I. Lipp),是美国摩根银行的高级顾问。他提着整箱的美元,在地方教育官员的陪同下,绕八百里秦川走了一圈,走到我们村,他不走了,说,就这吧。一下子丢下二十六万六千美元。他不是给钱了事,从设计到施工,他全程过问、监督。刘强校长说,建校前后,"萝卜头"(对罗伯特先生的爱称)经常来村里,快成咱村人了。

除了校舍和相关教学设备,罗伯特先生每年还资助两名外教到我们村小学支教。

很多乡亲想不通:一个美国人,跟咱们村不沾亲不带故的,为啥要花那么多钱给咱们建学校?

我记得,清华大学也是美国人创建的。

乡亲更惊奇了:世上哪有无缘无故的爱啊?这美国人到底要干什么?

高 考

早上一上班，邻座的同事提示我，这两天少开车。为啥？高考呗，到处都在交通管制。这我才意识到，中国一年一度的高考又来了。高考，高考，又有多少学子为之拼命，又有多少家长为之揪心！

我此刻能坐在城市的一间开着空调的办公室里敲电脑，而不是如我的父兄在炎炎烈日下忙于夏收夏种，有一个转折点，就是高考。父亲虽为一介农夫，却喜欢思考、谈论一些他根本想不清的问题，他看不惯这些年的腐败成风、道德败坏，总是感叹："在毛主席时代……"每到这时，母亲总是接过话茬："没有邓小平，老三能上大学吗？"父亲于是便不再说话。

改革开放的一个巨大成果，就是把城市和乡村的距离拉近了。现在在苏南等一些发达地区，放眼望去，已不太能分清哪是乡村、哪是城市。总体而言，城乡一体化虽然还是中国的远景，但这个进程无疑已经启动了。改革开放前则不然，那时城市和乡村，是境界分明的二元对照，中间隔着比古代护城河还要宽还要深的距离。吃"商品粮"、挣工资，几乎是所有农村人梦寐以求的人生理想。那时候，农家子弟跳出"农门"的途径有二：一是当兵，可以通过复员转业进入城市；二是上大学。但机会并不均等。那是一个"政治挂帅"的年代，当兵除了年龄和身体条件，还要看你的家庭出身；"文革"取消了高考制度，上大学不是通过文化考试，而是推荐，"根正苗红"更是先决条件。因为弟兄多，家庭负担重，我的大哥读完初中就回村劳动了。大哥是我们弟兄里最帅最英武的，又多才多艺，有一年征兵，部队接兵的同志点名要我大哥参军，即将成行的时候，有乡村干部提出：他舅家（外婆家）是富农。就这样，大哥的参军梦成了泡影。二哥也是因为所谓出身，未能被推荐上县办高中，在乡里的高中读了两年，就回家了。

多亏我比二哥小了八岁，一九七七年我小学四年级的时候，高考制度就恢复了。三亩地里就剩我这一棵苗了，全家人就把希望寄托在我的身上。我小学贪玩，升初中时仅比录取分数线高出两分。上初中后，才开始懂一点事。父亲说，现在政策好了，是骡子是马就看你了。不好好读书，你就回来，脚尖朝南背上背枷给我到南山背柴去！

大凡农家子弟，从小都会帮父母做事。我在故乡生长的十八年间，读书之余，寒暑假期间，除了没有正经吆喝牲口耕过地，所有的农活家务活都干过。喂猪、放羊、挑水、磨面、拉土、起圈、收割、碾场、割草、打柴……其中打柴是最繁重辛苦的了。虽然家在南山脚下，却不是随处就有柴可打的。山是穷山，浅山处多是光秃秃的，得往山里走上七八里地。一般就得起个早，揣上两块干馍背上背枷就出发了。山沟底下只有草本的"毛柴"，水分大，死沉，晾干了还不耐烧；要打到木本的"硬柴"，就得往半山腰上爬。于陡峭的山崖上，把一根一根砍削下来的柴火打成捆儿，就着山坡放到沟底，再装上背枷。会遇到蛇，还有马蜂窝，心里再惶恐，脚底下不能马虎，一脚踩不稳，就可能滚下坡去。山路难得三尺平，背着百十斤重的背枷往山外走，多少有点像杂技演员走钢丝，路面就二指宽，掌握不好平衡，就会一头栽进十几丈深的山涧。渴了、饥了，就把背枷停放在稍平坦的地方，爬在山泉边咕噜咕噜喝几口"矿泉水"，啃几口干馍……

读书虽然也不轻松，但较之砍柴，就是享受了。那时父亲常说的话还有，你要不好好读书，将来就打光棍。在农村，虽然提倡自由恋爱，禁止买卖婚姻，但由于普遍的贫穷，小伙子定亲是要给姑娘家付彩礼的，数百元的彩礼，对于当时的农家就是一笔巨大的开支。村里的勺勺哥，家穷，也是自己不长出息，眼看到了三十还独身一人呢，一年四季衣衫不整，闲游乱逛，看到路上走过个女子，无论美丑，都两眼发直，涎水长流。虽然未尽知男女之事，但从勺勺哥那里我约略感到，打光棍一点都不好玩，比打柴还不好玩。

那就好好读书吧。对我来说，华山只有一条路。我高考的一九八四年，面对的是首批"全日制十年制"中学生，考生基数空前，"独木桥"上人满为患，我别无选择，只能铆足劲儿往过挤。

回头看来，我的学生生涯还是相当顺利，初中到高中，没打一个磕绊，应届考入大学。中学时代，我一直是"好学生"。母亲把我每学期所得的"三好学生""学习标兵"之类的奖状，都贴在他们烧炕的墙上，几年下来，三面墙几乎贴满了，看上去像一些公家单位的荣誉室，蔚为壮观。我大学毕业参加工作了，回家看到这些"文物"一般的奖状还贴在那里。我知道，父母从这些奖状中收获着安慰和希望。

我当年是以全县文科第一的成绩被北京的一所院校录取。北京，在我当时的心中，那就是"天国"，地理上相距两千多里，心理上更是遥不可及。坡嗲虽然距省会西安只有一百多里，但由于地处偏僻，交通不便，那时村里去过西安的人屈指可数。时至今日，我离开家乡二十余年了，无数次返乡，每次必过西安，但西安对于我，依然是一个陌生的城市。

左脚终南山，右脚长安街，这就是我十八岁那年，高考给我的人生带来的变化。我是高考的幸运儿，否则我的人生，未必会比路遥小说《人生》中的高加林好哪去。当然，我也深知，高考并非完善科学的选拔人才的制度，我的很多中学同学，无数优秀的农村青年，因为没有通过高考，被迫继续着父辈祖辈一样的生活,这对他们是不公平的。但是,三十年来,中国仍然没有找到比高考更切实可行的办法。今天,随着经济的发展和各项制度的更新,中国城乡开始由"两张皮"转入"一体化",高考对农村青年的"神圣"意义也逐渐在消解。那就是,一方面,"一考定终身"的时代业已结束,学费自理,工作自找,高考不再是人生的保险单;另一方面,农村青年施展才华的天地越来越宽,走进城市的道路也越来越多。路遥先生当年为高加林设计的重回高家村的结局,确实"并非结局",只要高加林愿意,无论中国的哪个地方,都可能成为他的新考场。这样的"高加林",现在已经不可胜数。

说"高考无用"是目无现实;说"高考至上"是目无未来。对于社会,高考是这样的一种制度,它不完善,但相对合理;对于学子,高考是这样一次考试,他给人生提供了一次机遇,一种可能,但不是一种保障,一个结论。无论在城市还是乡村,一个人是不是人才,能不能对社会有所贡献,需要用一生来做解答。

王建辉

我初中三年是在坡嗲北面的大堡子千户村读的。王建辉老师是我初二初三的语文老师兼班主任。

顾名思义，千户村是个有一千多户人家的大村子。就像普遍存在的地域歧视一样，那时的大堡子人相对于坡嗲人，也是有些优越感的，他们大多瞧不起小村子的人，尤其是像我这样的"山狼娃子"——他们对坡嗲和山里头的孩子的称谓。身为大堡子人的王建辉老师，丝毫没有这些偏见，在他眼里，有教无类，只有学生，没有来自哪个村哪个家的学生。非但没有，他甚至对我们这些"山狼娃子"还特别关照。因为路途远，有时也是贪玩，迟到总是难免的，通常要被罚站。王老师却很少罚我们站，甚至不问我们迟到的缘由，总是温和地说："快坐下吧。"

我不是班上最穷的学生，但肯定是最穷的学生之一。学校不起伙，我们一日三餐都在家里吃。为赶早读，每天天不亮就要起床，在家吃完早饭才去上学。母亲疼我，总是自己先起，把一碗热腾腾的面条做好了，才叫我起来。家里没有钟表，母亲全仗看星星看月亮来确定时间。赶上阴天，母亲就只有凭感觉了。一个冬天，我顶着黑漆漆的夜来到学校，碰上一位披衣起夜的老师，他问我这会儿来学校干什么，我说来上学，他大惊："你有神经病，现在才凌晨三点！"教室的门锁着，我只好在教室的屋檐下蜷缩到天明。

母亲也有起晚的时候，多半是她先天太过劳累，或者起来看过一次天，感觉太早，再睡又睡过了。这个时候，吃饭是来不及了，就只能揣上两个干馍，匆匆赶往学校。

早饭时分，千户村的学生都回家了。在教室里啃干馍的，大体就是我们几个"山狼娃子"了。谓之"干馍"，是因为在坡嗲，家里不是每天都蒸馍，蒸一笼馍，放在悬空的馍笼里，要吃好多天，馍时常都是干的，这样才便于保存。时值七十年代末，粮食还不宽裕，馍通常也不会是纯麦面的，总要掺些玉米面、豆面或麸子，啃起来便有些扎嘴，不用手接着，便会掉满地的渣儿。这时如果谁带了些酸菜或者辣椒，啃干馍的工作就会进展得顺利些。

王老师大概是见过我们啃干馍的情形，一天早上下课后，他把我叫出教室，掏出一串钥匙，说："这是我办公室的钥匙，吃馍时，你们去喝些开水吧。"

我现在想不明白，我那时为什么不带些开水上学？如果我想不到，细心的母亲一定是想到了，但似乎从来没有带过。我想，唯一的解释是，家里没有像样的盛水器具，如果用普通的玻璃瓶子，易漏易碎，且不保温，冬天还可能结冰。王老师的办公室是一排厦房中的一间，窄而小，一炕一桌而已，桌面和炕头，堆满了各类书籍、字帖和好几个班学生的作业本，我们四五个学生拥进来，便得有人站着。但炕总是热腾腾的，桌上的开水瓶总是满当当的。这窄而小的房间，是我初中时代最温暖的所在。

王老师"大炼钢铁"那年在渭河里浪沙，得了风湿，多年难以痊愈，走起路来腰略略弯着，平日言语不多，总是一副柔弱沉静的神态。他是我的家乡屈指可数的师范院校毕业生，学问功底好，尤善书法，每遇红白喜事，或者逢年过节，四里八乡都请他去写对联。无论贵贱贫富，他都有求必应，由此深得人们的敬重。

王老师精于"授业"，更重视"育人"。他经常结合课文，给我们讲作者的成长经历和逸闻趣事，他的语言课又是德育课。他曾让我们每个人在课桌面上贴上自己撰写的"桌右铭"，然后让同学相互阅评，既是作文竞赛，也增强了同学之间的了解。每学期开学初，他都用他隽秀的书法和各色的宣纸，书写古人的名言警句，张贴在教室的墙上，"书犹药也，善读之可能医愚""学者之病，最忌自高与自狭"，诸如这些警句，我至今没有忘记。

王老师的开水，改善了我的早餐待遇，温暖了我的中学时代，也温暖着我以后的人生。

胡国祥

十月二十二日，我的高中同学刘春兰发来邮件，说"胡国祥老师于十月二十日下午去世，今天早上已经火化"。我一个人盯着电脑，半天缓不过神来。

我知道，胡老师晚年一直多病，先是眼疾，后来又患了高血压、糖尿病，多次辗转于家和医院之间。生老病死，人生常情，一个多病的七十岁的老人走了，似乎不难接受。但作为他的学生，胡老师的故去，让我惨怛难安。

据说，现在一些老师，代了一年课，回头还喊不全班上学生的名字。我想，这种现象在上世纪八十年代，几乎是不存在的。那时的老师都很敬业，既教书又育人，爱学生如子。胡国祥就是这样的老师。

他只给我代过高一一年的语文，但之后近三十年，我与他的联系一直没有中断过。这些年，他的学生聚在一起，都会谈起胡老师。胡老师来自乡村，中师毕业后曾多年在乡村教小学、初中，后来作为教学骨干被选拔到我县唯一的重点高中。胡老师不修边幅，上衣扣子好像经常扣不全，前襟上偶尔还可见几星饭渍，有时几天不刮胡子，脸上就比较热闹。他一走进教室，课堂气氛一下子就生动起来。不带教案，把课本往课桌上一丢，就滔滔地讲起来。他一生极喜读书，知识渊博。他的语文课，也是历史课、人生课。如果说一篇课文是一杯水,他端上讲台的,就是一缸水。他的课堂,从来没有人打瞌睡、溜号。下课铃响,总感觉这节课有些短。

不代课了,他仍然很关心我们。他的办公室,是我们随进随出的地方,思想上有什么疙瘩,生活上有什么困难,都喜欢跟他说。那时校园里,早恋虽不多,也有出现。高二时的一天,胡老师把我叫进他的办公室,很严肃地对我说:"少梢轻,专心读书!书读成了,媳妇拿鞭子赶呢;书读不成,就是'车前冒汉工'(意即拉架子车的农民),谁家女子愿嫁给你呢?"我那时虽然没有恋爱,但也不能说心静如水。回头想来,胡老师的提醒,话直理端,及时而必要。

除了读书、教学,胡老师最大的喜好大概就是他的学生了。毕业之后去看他,他如数家珍的都是他的学生;给你托付点什么事,也多是学生的事。十多年前,母校组织老师来北京旅游,那天集体爬长城,他没有去,一个人留在宾馆,等他在京的几个学生。他说,见见你们,比爬长城还受活。陪他一起爬上故宫后的景山,夕阳西下,京城一片苍茫。胡老师说:老师最欣慰的,就是你们这些学生,学有所成,能做功于国家和人民!我虽觉惭愧,却理解老师的感慨。这几年,我主动问候老师不多,却总能接到他打来的电话,问孩子,问家庭,叮嘱身体,叮嘱工作,就像我的父母亲一样。

最后一次见他,是去年五一回家休假期间。胡老师早早就等在路边。握着手,未及开口,他的眼泪就流了下来。师母早已备好了凉菜和扯面。胡老师一生清贫,家里除了几样生活用品,空空荡荡,一无长物。家门口的小饭桌上,摊着古书,书上压着放大镜。眼睛做了白内障手术后,视力很差,但他还是放不下书。身体不好,我劝他不要喝酒,他还是要喝一杯啤酒,把在北京的学生挨个儿问过,慧芳如何,看道如何,陈康如何,熹文又如何……其时，他脸上放着光，像一个农民看着自家田里成熟的庄稼。

胡老师一生教书育人，桃李无数，恩德无穷。他走了，我不能回乡为他送别，就把这篇小小的文字，献于他的灵前，以寄哀思……

八　娘

　　八娘，今天，农历辛卯年三月初五，是您出门的日子。我不能亲至灵前，就在北京的办公室里，拉上窗帘，关上灯，面向西南，双膝跪地，给您磕一个头吧。

　　六哥电话告诉我您过世的消息。我一个人坐在电脑前，默默流泪。电脑里有我写的关于咱坡嗲的博文，我曾打算把它们结集出书，想着不久会送您一本。您是刘家读书最多、也最爱读书的人。我的书里，有您生活了一辈子的坡嗲的人情世故，有我与您早夭的大女儿玲玲的故事，想必您是会看的。但现在，我再也没有这个机会了。

　　在我父亲兄弟五人中，曾经，我两家的关系是最好的。您对我们弟兄多有关爱，尤其喜欢我。我小时候，没少吃您蒸的花卷卷馍，做的好饭。对我的学习，您总是夸赞、鼓励。我至今还记得，雨过天晴的傍晚，我坐在您家的门蹲儿上，面对一览无余的渭河平原，问东问西，听您给我说姜子牙、乾陵和武则天的故事；我还记得，有一次我和我哥去户县县城卖杏，您给我几块钱，让我给您买一本小说。我问买什么书，您说你觉得哪本书好就买哪本。那时，我没有读过什么课外书，结果买了一本集体创作的长篇小说《汽笛长鸣》。

　　我考上大学，您像我的父母一样高兴。我赴京报到的先天晚上，八爸来到我家，送给我十块钱。那时，一斤盐才一毛七分钱。

　　我每年回到坡嗲，最爱到您家串门，一坐就是半晚上。后来，您与我母亲因一些琐事发生冲突，两妯娌都是极要强爱面子的人，中间多少人说和，彼此终没能达成谅解。作为晚辈，我很伤心，也很无奈。在这之后，两家很少往来。我回家，顾及母亲的感受，也没有再去过您家，只是路上见面，问候一下。

　　多少年来，这都是我一个心结。我一直想有一个机会，当面向您表达一个晚辈的歉疚和感激，但一拖再拖。今而后，我再也没有这个机会了。

　　八娘，我万万没有想到，您会走得这么急，留给我满腹的悲伤和遗憾。如果您天灵有知，当知侄儿元林现在的心情……

　　八娘，您一路走好。

叶 儿

叶儿，听到你要出嫁的消息，三爸（叔）为你高兴。时间过得真快啊，一晃，我离开家二十三年了；我的侄女也长大成人，要做新娘了。

你的书没有白读，虽然没能上大学，但既知人情，又通大理。你不要父母给根娃要彩礼，就很难得。这次婚礼，听说你又不主张大待客，只把双方父母和主要亲戚聚在一起吃个饭，然后你们用外出打工挣的钱，去云南旅游结婚。你们的这些主张，在城里不算啥，但在咱们那个仍然偏僻落后的小山村，就是了不起的壮举啊！

虽然国家提倡婚姻自主、禁止包办买卖多年，但在农村很多地区，因为贫穷，也因为积习难改，女方向男方索要彩礼仍然十分普遍，价码也逐年看涨。经常听到乡亲感叹，如今农村三大难，上学娶亲进医院。听你大（爸）说，为这事你还跟他吵了一架。你说我又不是骡子不是马，凭什么随市论价，一个二十岁的大姑娘，就值一万六千块吗？我知道你们把我养大不容易，日子还长着呢，我以后慢慢报答。你大的脑子不算古旧，他说他也不是稀罕那几个钱，主要是人家女子都要呢，咱不要，显得咱女子轻贱，做大人的没面子；再说，要了钱他也不留，全部陪嫁给你。你说那何必呢，牛毛出在牛身上。根娃去年生意不顺，日子正紧呢，既然是你们的女婿了，一个女婿一条儿，你们就得替他着想，难道我俩的幸福不比你们的面子重要吗？你大说不服你，只好作罢。

结婚待客这事，我知道咱们那儿的风俗。平时舍不得吃舍不得穿，一分钱掉地上都要掌灯找上半夜，但遇到红白喜事，家家都像大财东。搭彩门，垒锅灶，杀一头又一头的猪。一家过事（办红白喜事），全村过节，四里八乡、亲戚故旧全来了，席面从前院摆到后院，从家里摆上马路。主人家提前几个月就开始撩联（筹划），请厨子，请执事客（服务员），借青器（餐具），借桌椅板凳……客少盼客多，客多怕憋槽（爆棚）；吃好点怕花销，吃差点怕人笑，患得患失，前怕老虎后怕狼。等酒尽人散，把最后一个客人送走，主人家多累得爬不起来，然后关起门来重新省吃俭用。

叶儿，你能在这两件事上不拘传统，不畏人言，开风气之先，三爸为你鼓掌。中国农村的进步，不能光看房高了，路平了，车多了，收麦打场不用人力了，这当然也算，但根本的进步，还在于更新观念，移风易俗，从老祖宗留下的旧传统中解脱出来，活得轻松，活得自由。这种进步，就得靠你和根娃这些年轻人。

结婚，是人生一个新起点，标志着你少女时代结束了，将为人妇，为人媳、为人母。人生短暂，人生也漫长，要平稳踏实地走好这一生，并非易事。三爸走到中途，已深味人生不易，幸福不是嘎嘎叶（树叶），不会自己从天上往下落。你来信让我给你说些什么，说些什么呢？就说些我的体会和教训吧。

你和根娃的日子，我不怎么担心。根娃忠厚老实，又能吃苦，你们都有知识，现在政策这么好，天地这么宽，龙是龙马是马，谁也挡不住谁。咱们村又新通了公路，离省城只一个小时车程，商机很多。当然，这几年全民经商，手稠得很，钱不好挣，你们也要耳聪目明，精心谋划，谨慎操作。我想重点说的，是你如何处人。人生幸福的标志之一是物质富足，而物质富足却不意味一定幸福。村北头的贺老五,作包工头挣了两三百万,但老婆喝敌敌畏死了,儿子出走三年没有音讯,你说他幸福吗?幸福说到底,是一个人对生活所持的态度,再具体一点,就是你对周围的人所持的态度。

世上的人虽然多,但对一个人的生活起决定影响的却就那么几个。就你而言,主要的社会关系,就是根娃、公公婆婆和邻里。这三种关系处好了,你的生活就安定了。

与根娃之间,得讲一个"爱"字。爱人爱人,不讲"爱"能叫爱人吗?"爱"字在篆文里,是上下各一个手,中间一个"心"字,也就是说,要把自己的心拿出来给对方,即真心实意地为对方着想、付出。你与根娃是小学时的同学,又是自由恋爱,基础是好的,但千万别觉得结婚是大功告成,可以躺在爱情的席梦思上睡懒觉了。十年前,朋友从网上发来一篇文字,标题叫《家不是讲理的地方》,是一对父母写给远在异国的女儿的,说得入情入理,我一直保留着。它说:"家不是讲理的地方,家应该是讲爱的地方。爱一时很容易,爱一生一世却不容易。"又说:"婚姻是个空盒子,你必须往里面放东西,才能取回你要的东西;你放的愈多,得到的也就愈多……走到一起的两个人,一定要养成一个习惯,去给,去爱,彼此侍奉,彼此赞赏。这样,那个空盒子才会日渐丰富起来。"这次,我把这篇文字打印下来,一并寄给你。你要留在手边,经常拿出来读一读。

婆媳矛盾是普遍的,但又不是不能化解的。我们都反对封建礼教和家长制,但在对待老人的态度上,我主张一个"顺"字,这两者并不矛盾。孝顺孝顺,不"顺"哪来的孝呢?这"顺"不是无条件地服从、听命,而是面对面时的一种态度。人老了,难免唠叨,不要太在意——老人说得对的一定要在意,不要跟老人掰撒(较真),不要顶撞老人。坡嵝有句老话:"家里有个嘟嘟虫,一辈子不受穷。"老人唠叨,说明他爱这个家,说明他身体还行;等有一天他们倒头了(去世),你会觉得有人唠叨是福分呢。农村不像城市，是要跟老人常年住一起的，又要养老送终的，对公公婆婆，既要像对自己的父母那样体贴，又不能像对你大你妈那么随意任性。

俗话说："远亲不如近邻，近邻不如对门。"在城市，一家一户，躲进小楼成一统可以，农村却不是，鸡犬之声相闻，邻里相互守望，危难相助。处理与邻里的关系，需要一个"让"字。也就是说，把利益看得淡一点，把情义看得重一点。古代一户人家为了半尺墙头与邻居打架，弟弟求助于在外做官的哥哥。哥哥来信说："万里修书只为墙，让他三尺又何妨。万里长城今犹在，至今不见秦始皇。"很耐人寻味的。你想让人怎样待你，你就得先怎么待人；你敬人一尺，人就会敬你一尺，真正胡搅蛮缠、贪得无厌的，你未必能碰上。

你知道，三爸最讨厌那些乱嚼舌头、搬弄是非的人了，农村这种妇女尤其多，不缺你一个。遇到了这种人，你也不必赶人家出门，你就不住地给她加茶水，给她笑，什么都不说。"静坐常思己过，闲谈莫论人非""不要论断别人，省得被别人论断"，这些古训，记住，受益无穷。

你自小就聪明，歌唱得特别好听，三爸至今还记得你八九岁上，我们一起爬虎头山时你唱的《小草》呢，"没有花香，没有树高，我是一棵无人知道的小草。从不寂寞，从不烦恼，你看我的伙伴遍及天涯海角……"阴差阳错，没能上大学，但这不意味着你的人生一定不成功。人生成功不成功，没有统一标准的，主要看你幸福不幸福；只要自己感觉充实、幸福，就是成功的人生。人要看月亮，不一定非得住进高楼。咱们村里的月亮，比北京城里的还亮堂、还干净呢。

我离得远，不能参加你的婚庆，就以这一封信、一套《路遥文集》和两件情侣毛衫作为礼物，送给你和根娃，以致祝福。

三爸 元林
二〇〇七年十一月十九日

大

大，你说的我都记下了。

一转眼，我离家进城二十多年了，比在家的时间还长。要说我行为举止没有一些变化，跟我小时一起长大的成成、栓牢一个样，那是抬举了我；要说我"变质"了，把你身上的好品质全丢了，那是冤枉了我。

都说当演员混个脸熟，当记者混个地熟，这些年来，除了西藏、台湾，全国走遍了，比家乡好的地方多得很，但要问我最牵念阿嗒（哪里），那肯定是家乡；最爱吃啥饭，那肯定是家乡的红芋糁子浆水面。二十多年来做的梦，都是家乡的山、家乡的水、家乡的事、家乡的人。

出门这么多年，确实染了些瞎瞎毛病。抽烟、喝酒，晚上不睡早上不起，我样样都有。比如说吃饭，在家长着时，一碗糁子两个馍，把馍掰开往糁子里一泡，夹上一柱子浆水菜，闷头吃了，就是一顿饭。现在乍回家还想这么吃，但吃过两顿，就想弄两个菜，喝一口酒。这不能算扬活（铺张）吧？当然，回家吃饭的事，你没说过我。我妈总是把我当个客，搜腾着给我吃。

俺媳妇跟娃回来不太习惯，这你要理解呢。人家是南方城里长大的，爱吃米，爱吃肉，平时在城里，我们也是"一家两制"，她吃米我吃面食。这些年我基本已经把他俩同化了。你看他俩回到家，吃咱的臊子面吃得多香，还总说城里的臊子面没咱家的香，让我给他们做呢。他们坐不惯烧炕，你也不要觉得是跟咱家不亲。咱家的烧炕，我妈总收拾，还算干净，但坐炕对城里人来说，就像农村人坐沙发，不太适应。咱家那套沙发买了几年了，我回家一看，上面家具摆满了，灰落了一层子。你们平时宁可坐小板凳，都不坐沙发，这就能理解她为啥不坐炕了。一家人都坐在炕上，就得把腿盘着，你看她坐炕，腿像没有关节似的，一个人就占半个炕，她不好受，别人看着也不顺眼，何必呢。

不是我啥事都由着媳妇，而是我愿意体谅她。这一点我跟咱村上的男人不太一样，事事都要逞个大，事事都想管着媳妇。我们结婚十四五年了，矛盾也有，但不大，靠的就是相互体谅。

你知道我最牵挂的是啥？就是你跟我妈的身体。只要你们老两口身子精神，我在城里就一心无挂的。感谢虎头山的爷（神），你们都是七十多岁的人了，身体还算硬朗，这在家乡是少有的。我妈晚年信爷（信神），吃斋念经，你一度很反对，嫌整天往庙上跑，不着家儿。我则一直理解我妈。我回家，只要我妈提出要陪她上庙，我就去，她让我给庙上放多少钱，我就放多少钱，但我一不烧香，二不磕头。城里像你们这样的老人，遛遛鸟，养养花，在公园唱歌跳舞。农村没有那么多娱乐，她信个爷，精神有个寄托，时不时上庙爬爬山，就是体育锻炼。你现在也理解了，有时也去庙上转转，我觉得挺好的。庙在咱们那儿，不就是老年人活动中心么。

你前年冬来北京，正吃晚饭把碗撂了，把我们全家都吓着了。回头想，也多亏在我这儿，不到一小时就把吊瓶挂上了，加上脑栓塞的面积不大，打了十天针，就基本恢复了。但这两年来，你经常头疼头晕，精神大不如从前。五一回家拉你到西安检查，身体各项指标都很正常，心脏功能尤其好。大夫说你的身体素质很好，问题主要在精神状态。这一点我深有同感，病压不倒你，但心能压倒你。你健康一生，勤谨一生，过去连感冒发烧都少有，忽然得了那么一场病，你在感情上接受不了，总唉声叹气的，说自己老了，成废物了。你想你都七十有五了，人就像一部机器，总有磨损老化的时候，何况你这一生，为了抓养一堆儿女，把不该出的力都出了，把不该受的苦都受了，可以说一直在超负荷运转。得病以来，虽然一直吃着药，但你只要不躺在炕上，就闲不住，见了活儿就想做（音 zou），做起活就不掂量轻重。有一回打电话回来，想跟你说几句话，妈说你正在二楼挂玉米呢，我的心就由不得一沉：一担笼玉米几十斤重，你提着从一楼爬上二楼，再沿上梯子挂，这样的活你还做？为你做活儿的事，我没少打电话劝说，我妈也没少跟你生气，但你总是不听。别人是求闲不得，你是得闲不享。我一直在努力理解你：你一不打麻将，二不下象棋，耳朵背了，跟人说个闲话也是前言不搭后语的，让你整天闲着，你既不习惯，也没个着落。劳动是你的寄托和捉拿，就像我妈的信神。那你就量力而行，适可而止，一切服从和服务于你的心情舒畅和身体健康。我哥也经常劝你，说不指望你做啥，你劳动创造的那些价值，跟你吃药花钱不成比例的。我想做儿的不是心疼那几个药钱，而是实在不希望你得病受罪！

这是我给你写这封信最主要的意思，你一定要记住！

我知道，你的勤劳不辍，一是出于习惯，二是丢心不下我二哥，总说他两个娃都在上大学，负担重，要给他帮帮手。我二哥这几年确实（经济）紧张些，但你不能跟着紧张，要紧张该是我跟着紧张。你是退休老人了，不要再操这个心了。你知道，这几年我一直在帮衬我哥。为几个侄子、侄女上学，我没少费神出力。我的心得是，要管——自己亲弟兄的事都不管，我还管谁的事呢——但不能多管。大树底下长不起高草，我管得多了，那几个小东西就有依赖心理，就不长进，想着我有我三爸呢。当学生，受些艰难，手头紧些，有好处，我当年就是这么过来的。

我在外二十多年，混了个没名堂，一没有当官，二没有发财，唯一感到安慰的，就是出门以来，没有让你跟我妈操啥心，工作稳定，小日子还过得去。在城里，我连个指甲盖盖都算不上，但回到咱坡嗲，就算是"名人"了。一些乡亲不知道我的底细，总觉得我本事大得很，啥事都能办。虽然能力很小，但对乡亲的事，我都很敬事，隔着两千里，只要人把话说到我这儿，不管三姑四婆，生张熟李，我都有力尽力，没力尽心。你知道，我的工作是宣传法制，那我自己首先就得遵守法制，所以对于违法乱纪的事，让我托人说情，我就只能解释推托了。如果因此有人说我架子大，不给人办事，那我就只有受着。我反对有能力不办事，更反对有点权力就乱办事。前天大侄子来电话，说他开的车子有五个违章，让我找人给他铲了，我把他骂了一头子，叫他老老实实去交罚款。

从小到大，我都愿意跟你说话，每次回家，一说就是大半夜。时间不早了，今天就说这些吧。我知道，我虽然几乎年年都回来，但你很希望我春节回来。我确实有很多年没有在家过年了，一是娃小，咱家冬天太冷，不方便；二是随着年岁增长，我对过年也少了兴致。但我理解你的心思，是希望春节全家团聚呢。这事我得跟媳妇娃商量一下，等我们定了，再打电话告诉你。

祝你和我妈开开心心、身体健康！

三儿元林　敬上

妈

"五一"连上年休假,我在老家待了整整十天,这是我在外工作二十年来最踏实的一次探亲。临走的那天上午,母亲把前几天给她做生日时亲友送的各色食品反复挑拣,装了一大袋子,萨其玛、饼干、糖果不一而足,让我带上,说是给她的小孙子都都。我说不用,小家伙已经有六个龋齿,不能多吃零食,你留着自个儿吃吧。母亲又指着墙角放着的几袋子鸡蛋,说你带些鸡蛋吧,都是待客那天接的柴鸡蛋。我说两千多里路,带回去就成蛋汤了。母亲站在地上,沉默了半晌,最后打开烧炕脚地已辨不清颜色的老木柜,拿出三个碗口大小的红苹果。我知道,我不能再推辞了,便双手接了过来。

坡嗲有句俗话:"爱大的,护碎(小)的,中间夹个受罪的。"是说父母对孩子的爱是有差等的。自从四弟一岁时过继给了邻村人家以后,我就是家里最碎(小)的。母亲疼爱他的每一个儿女,对我尤其关爱有加。上世纪七十年代,普遍地缺吃少穿,为了养活一群儿女,母亲与父亲一道,上南山背柿子,下堡子卖醋,吃尽了人间酸辛。我小学时贪玩,经常逃学,多少次,是母亲扯着我的胳膊,把我拉到学校。在千户村上初中时,离家五里地,学校不起伙,一日三餐都在家里吃。为赶早读,每天天不亮就得起床。母亲疼我,总是自己先起来,把一碗热腾腾的面条做好了,才叫醒我。家里没有钟表,母亲全仗看星星看月亮来确定时间。在母亲教我的口口里，有一首是关于月亮的——

> 初一生，初二长，初三出来晃一晃，
> 初四亮一下，初五明一晌；
> 十五十六，（日月）两头都露；
> 十七十八，等一下下（就出来了）；
> 二十整整，月出一更；
> 二十二三，月落正南；
> 二十四五，月出五鼓（五更）；
> 二十八九，月亮出来扭一扭。

天地是钟表，日月是时针，母亲就是按这首儿歌来确定时间的。赶上阴天，母亲就只有凭感觉了。一个冬天，我顶着黑漆漆的夜来到学校，碰上一位披衣起夜的老师，他问我这会儿来学校干什么，我说来上学，他大惊："你有神经病，现在才凌晨三点！"

母亲和父亲，都是大字不识的农民，他们争争吵吵一辈子，也同甘共苦、相扶相助一辈子。我小的时候，母亲总是有病，父亲拉着架子车，车上躺着病中的母亲，母亲的旁边坐着我，走遍了县乡大大小小的医院。母亲的各种药瓶，盛了一笼子，是我儿时的玩具。

二〇〇七年春节前夕，我把两位老人接到北京来。晚饭时，父亲手中的碗突然滑落了，嘴角抽向一边，涎水直流，说话字语不清。我知道大事不好，把父亲扶上沙发，赶紧给社区卫生站打电话。母亲挨着父亲坐下，一只手紧紧攥着父亲已不太灵便的手，一只手在父亲的身上上下摩挲，嘴里不住地念叨着什么——我知道那是信佛的她在为父亲祷告。那几天晚上，母亲整宿整宿陪护着父亲。每晚睡觉前，她都要把客厅里的桌椅板凳摆放好，以免父亲起夜的时候磕着碰着。救治及时，加上母亲的悉心照顾，父亲恢复得很不错。妻子后来对我说，每晚看到母亲临睡前收拾桌椅板凳，她都热泪盈眶。"年轻的夫妻老来的伴儿"，他们就是写照吧。

母亲为儿女奉献一生，晚年子孙满堂，却没有享什么福。早年没有得吃，晚年有了，她却因为信佛清了口；早年没有车坐，晚年有了，她却晕车，每次坐汽车都吐个不停。她曾去过我四弟所在的深圳，也先后三次到北京；作为儿女，我们都希望她多待些日子，但她闻不得汽车尾气，吃不了饭馆里沾油腥的饭菜，更不习惯牢笼般的单元楼，最长一次住了不到两月。唯一让我感到安慰的，是她晚年身体非常健康，三上太白山，两上华山，走起山路来，我只能勉强跟上。

在为母亲庆贺七十岁生日那天，大孙儿献了寿糕，小孙儿献了鲜花，我则朗读了我儿时母亲教我的口口——

月亮爷，光——光，
赶明儿走到梁上。
梁上有个好富汉，
一斗麦，磨四遍。
……

这儿歌，历时四十年没有忘记，像故乡的明月，永远陪伴着我的生命旅程……

第二辑 旅途

蝈 蝈

钱钟书先生有一句名言:"围在城里的人想逃出去,城外的人想冲进来。"这话是用来描述人对待婚姻或者职业的普遍心态的。即便是从字面上讲,这话也说得贴切,不信你考察一下"五一""十一"长假期间旅游人群的流向,一定是城里的人往外逃,城外的人往里冲。长假期间,往往是北京这些大城市交通最为宽松的时日,由此可知往外逃的人比往里冲的人还要多——可能也未必,外逃的人多驾车出行,往里冲的人则十之八九是坐汽车或火车来的。

对我这样的"半路"城市人而言,往外逃的愿望就不限于长假。我是乡村的土窑里烧制的砖,虽然砌进了城市的高楼,总不免眺望来处,回味故乡的质朴和温暖。分离日久,年岁日长,这种心思变得愈发敏感而炽热。外逃而不得,于是一阵风吹,一丝草动,都可能触发对故乡的思绪。我的工作单位位于一居民小区内,工间散步,忽然一缕熟悉的甜香扑鼻而来。举目四顾,道路两边的洋槐树上,挂满了纷纭如絮的白色花朵。于是便想起故乡早年的洋槐林,想起了每到洋槐花开,大人小孩持杆携筐去采槐花的情景……

当听到一阵蝈蝈的鸣叫时,我的心里同样一阵悸动。数九寒天,在这钢筋水泥的丛林里,居然响起蝈蝈的鸣叫?

那是在今年春节前,从单位一楼的小门房里传出的。我好奇地问门卫老李。老李转身从门后的暖气片上拿起一个芒果大小的小葫芦,拔掉塞子,说,蝈蝈就在里面呢。我向里一看,门口是一个螺旋状的铁丝圈,里面什么也看不见。

"是电子蝈蝈吧?"这年头,科技能模拟任何自然的东西。

"是真蝈蝈,不过是人工养殖的,不是野生的,就算是反季节蝈蝈吧。"老李还怕我不信,就把葫芦口的铁丝圈往外抽了点儿,我便看到了一只扬须蹬腿的真蝈蝈。

在这之前,我从来没有在冬天见过蝈蝈。在我的故乡,如果说槐花是春天的使者,那么蝈蝈就是夏天的歌手。约略是在杏李挂香、麦子熟黄的时节,田间、坎畔就能见到蝈蝈的影踪。麦收被喻为"龙口夺食",那是农民四季之中最繁忙辛苦的时节,脚踩干燥的田塍,背负如炬的日头,汗流浃背,终日劳碌。除了镰刀掠过麦子的嚓嚓声,就是坎畔的树上夏蝉们单调枯燥的嘶鸣。这时,如果传来几声蝈蝈的鸣叫,则会给人烦闷燥热的心房吹进一丝清凉。蝈蝈的鸣叫虽然不像夏蝉那么高亢,但它是有节奏的,舒缓而轻松的,一如清风拂过树梢,又如泉水淌过山岩。蝈蝈不但叫声好听,也好养活,既不吃粮食,也无需饮水,几片鲜草叶,一朵倭瓜花,三两天之间就不用去管它。它于是成为人们紧张忙碌之间的宠爱和休闲。大人在农忙间歇,总免不了要为孩子用麦秸编个笼笼,然后捉一两个蝈蝈放进去,那可是对我们听话不贪玩的最高奖赏。每到夏夜,家家户户的门口都挂着蝈蝈笼笼,人们便在一片蝈蝈的鸣叫中纳凉、谈天、憧憬着一季的好收成……

> 绿褂褂,大肚肚,
> 蹲在笼里好快活。
> 长胡须,短胳膊,
> 不爱跳舞爱唱歌。

当我把这个谜面说给我四岁的儿子时，他张口就说是蝈蝈。这是他从谜语书上学来的，虽然他从来没有见过真蝈蝈。这天，我就带他到单位来见蝈蝈。儿子见了很喜欢，便抱着小葫芦不撒手。老李微笑着说让孩子拿去吧。这可不行。最后只好拜托老李为我们买一只。

虽然只花了十块钱，蝈蝈却是新年礼物里儿子的最爱。早上从床上爬起来的第一件事是看蝈蝈，下午从幼儿园回来的第一件事还是看蝈蝈，每次看过都说蝈蝈饿了，要拿菜叶往小葫芦里塞。每次听到蝈蝈的叫声，不管他在忙什么，都会立即竖起耳朵，然后兴奋的跑前跑后，告诉家里的每一个人："蝈蝈叫了！蝈蝈叫了！"仿佛别人都没有听见似的。我们家一不养猫二不养狗，这只蝈蝈，俨然就是继儿子之后的又一个宠物了。

在把蝈蝈交给我们的时候，老李说，因为是反季节蝈蝈，寿命不会太长，一般不会超过三个月。注意两点，一是蝈蝈喜热怕冷，平时要放在暖气片上；二是蝈蝈喜欢干净，隔几日就得把它的小葫芦清洗一下。

我们便按老李的提示饲养着这只蝈蝈。现在三个月过去了，单位门房的蝈蝈不再叫了，老李说已经死了多日了，但我家的蝈蝈还在叫着。期间发生了一件事，让我感慨万千。

妻子说蝈蝈的葫芦太小了，一个菜叶放进去，它的胳膊腿儿根本就伸展不开，太委屈了，不能换个大点儿的笼笼吗？我说大概就是为了保暖吧。正月十六那天，当我把小葫芦从暖气片上拿下来，葫芦里空空如也，蝈蝈居然跑了！分析半天，是上一次喂食后没有盖好塞子所致。我们把暖气周边找个溜够，找到了滑落在地面的塞子，却没有见到蝈蝈的影踪。妻子安慰着不住抹眼泪的儿子：蝈蝈这下自由了，你不希望蝈蝈自由吗？我则起了隐忧：这蝈蝈能去哪里呢？九层高的楼，外面一片严寒；如果还在家里，它又怎么能找到吃的呢？

第三天中午午休时分，半梦半醒之间，我听到一阵蝈蝈的叫声。我以为自己在做梦。我睁开眼,它还在叫。我轻轻地从床上爬起来,循声来到客厅。让我大感惊诧的是,那只蝈蝈就爬在我们平日放葫芦的暖气片旁边的窗帘上,离那只空空的葫芦只一拳之距。我想,这只蝈蝈是有灵性的。它渴望自由,便离开了没有设防的葫芦。离开了葫芦,更大的外面的世界过于寒冷,不能去;这家里倒也暖和,却怎么也找不着吃的东西。在自由和生存之间,它挣扎了三天,也思考了三天,最后决定:还是回到葫芦里吧!

当我把蝈蝈捉进葫芦时,平日灵动的它,一动不动,似乎早就等着这一刻。蝈蝈失而复得,欣喜之余,我却有了一丝感伤——我何尝不是这样一只蝈蝈呢?为了生存,只有待在这丰富而单调、熟悉而陌生的城市里,过一种"被安排了的生活",只能把自由化成一种向往,对着梦中的田野,不断地叙说、鸣叫……

天气转暖的时候,妻子提出:咱们把蝈蝈放生吧。我同意,但儿子不同意,他舍不得。虽然白天气温高,但夜间依然很凉,我说再缓缓吧。三月中旬暖气停了,小葫芦意义也不大了,我们便拿出一个空纸箱子来养蝈蝈。纸箱子的空间是小葫芦的几十倍,蝈蝈得到了初步解放,似乎比原来更精神、更爱叫了。天气温和时,就把纸箱子搬上阳台,让它晒晒太阳。相对宽敞的空间、温暖和煦的阳光,我想,这些,或许就是这只反季节蝈蝈能够活过三个多月依然不死的原由。

这几天中午,我总是要回家去,午休之余,也是想听听这只蝈蝈的鸣叫。大概是大限将至,它身体已经开始发乌,叫声也变得短促而零落,但它还在坚持叫着。我想,它倔强地发出的每一个音符,都是对自由的讴歌和生命的礼赞!

看 客

这是上世纪九十年代初的事了,我那时还不到三十。

我坐在开往四川某县的长途客车上,身旁是一位头发花白、穿着粗布棉袄的大爷。车内座无虚席,大包小包堆满过道。乘客大多是从城里返乡的农民工,他们高声地谈笑,不约而同地吞云吐雾,一派安乐祥和的气氛。

汽车驶入山区公路后,乘客大多恹恹欲睡。这时,一个小伙子从座位上站了起来,他身材颀长,西装革履,鼻梁上还架着一幅金丝眼镜。他操着广东口音的普通话,在提醒乘客山高路远、扶好坐好、照看好钱物之后,提出"为缓解大家的旅途疲劳,我陪大家玩个游戏。"

话落,他从西装口袋里掏出两根铅笔,一红一蓝,又拿出一张百元面钞,叠成一指宽的纸条。他把两根铅笔举过头顶,另一只手捏着纸条的两端,边说边示范:"游戏的名称叫猜红蓝。我在头顶用纸条随便套住一根铅笔,我不知道套住的是那一根,大家看是那一根就猜那一根。猜中了,你押多少钱我给你付多少钱。"

骗术!我之前听说过,但却是第一次见。如此拙劣的骗术,想必不会有人上当吧。我坐在最后一排靠窗的位置,心想:今天遇上骗子了,先不揭穿,且看他如何表演。

乘客大多张开了眼,车厢里响起了喳喳的议论。这时有一个青年对"眼镜"喊:"你那套把戏我见多了,骗人的。"说话的是四川口音,从衣着上看,也像一个农民工。

从车厢各处也响起了类似的责问,都是当地口音的年轻人。

"眼镜"不愠不怒，一一巧言应对。

这时一个长发男青年站起来问："你做庄家，你有钱吗？我们要赢了，你有钱给我们吗？"

"眼镜"嘿嘿一笑，拎起脚下一个黑色密码箱，用手拍了拍："没钱就不会陪你们玩！我看你们四川人才是穷鬼，不敢玩。"

"你小子少糟践我们四川人。来，老子押三百！""长发"一脸义愤地拿出了钱包。

"我二百"，"我六百"，"我八百"，车厢各处五六个人群起响应。

托儿！不会有人真的上当的，让他们自娱自乐吧。我想。车内多数乘客如我一样，都在静静地看着这场戏。

"长发"负责收钱，总共收了二千一百元。他警告"眼镜"："如果你输了，不兑现，老子就把你从车窗扔出去！"

"眼镜"煞有介事地套住一根铅笔。"蓝的！"车内押钱的、没押钱的几乎异口同声。

"眼镜"把铅笔落到眼前，套着的还真是那根蓝的。车厢内一片欢呼。"长发"得意地从一脸沮丧的"眼镜"手里领过钱，双倍发给押钱的每一个人。

"眼镜"一屁股坐在座位上："今天真倒霉，第一把就输了二千一。不玩了。"

以"长发"为代表的几名"乘客"群起而攻之："尿了吧，有能耐接着来！"

"眼镜"沉默了一会儿，猛然站了起来："玩就玩，今天豁出去了！"

"长发"又开始张罗收钱，这回主动参与的就不再只是刚才那几个人了。有几位农民工也掀起衣襟，在贴身的背心或者裤腰上打开别针，或者撕开缝合的针线，摸出钱，仔细数过，递给"长发"。一同递上去的，还有一双双殷切的目光。

"别忘了，我的四百。"

"记着呢，记着呢。""长发"有些不耐烦了。

我忽然发现我身旁的那位大爷也坐不住了。他从座位下拉出一个用绳子扎得严严实实的尼龙编织袋，解开，里面是一床脏兮兮的棉被。棉被塞得很紧，他双腿夹着袋子的下部，一节一节地往外抽，然后把手伸进棉被里，摸出一个布口袋，又从布口袋里取出一团报纸，小心翼翼地打开报纸，露出一沓钱。他将其中的百元和五十元面值的大票挑出来，往手指上吐了唾沫，反复清点后，递给"长发"。

在大爷数钱时，我扯了一下他的衣襟，可惜大爷没有明白我的意思。"长发"就站在旁边，瞪了我一眼。我也看着他。一股血在心头涌着。那一刻，我真的想站起来。我看到"长发"的身后，还有四五个青年在忙着收钱。我知道我要面对的，不只是一个"长发"。我直了一下腰，又坐下了。

"长发"的手里，至少有七八千块钱。

"眼镜"故伎重演。与刚才不同的是，这一次大家都猜"错"了。

"眼镜"招呼驾驶员停车。汽车就停了，"眼镜"拎起密码箱，与"长发"等五六个男女一起往车下走。

车内乘客怔怔片刻，一下子炸了："他们是骗子！"

我身旁的大爷发疯似的冲向车门："还我钱，还我钱哪！"

站在车门旁的售票员拦住了他："大爷，您不要命了?!"随即关上车门，汽车又开动了。

我看着"眼镜"一行钻进路边的一辆汽车，逆向而去。

车内受骗的人低一声高一声地诅咒着。

身旁的大爷像一截枯木蜷缩在他那堆破旧的行李中，失神的眼睛里有泪光浮动，两只大而粗糙的手背上爬满蚯蚓一般暴起的青筋，嘴唇不住地哆嗦着。

我仍然孤独地坐在后排靠窗的座位上，一言未发。推开车窗，窗外依然是青山绿水，依然是阳光明媚。罪恶就在这片阳光下发生了，就在我的身边发生了，而我只是一个看客，一个清醒而无所作为的看客。

我为此痛楚了很久、很久……

公 鸡

腊月二十九下午，岳父母去菜市场买鸡。市场距家也就七八百米的路程，但下午两点去，六点还不见回来。妻子有些急，说你去看看，两位老人该不会出什么事吧。我刚要出门，他们回来了，都空着手，且都是一副若有所失的表情。

岳父抱怨岳母："家里有那么多菜和肉，非得买只鸡！买就买了，又非得去约秤，结果怎么样？"岳母也不服气："这是过年的讲究！你怎么不去约秤？"我听得云遮雾罩的，最后总算听出点眉目。

在过年这个问题上，岳母确实比岳父讲"文化"，门神不能说"买"，得说"请"；煮饺子有一两个散开的，不能说"散"，不能说"破"，得说"挣"了；年夜饭没有猪肉不要紧，但必须有鱼有鸡，鱼谓之"年年有余"，那这鸡呢？岳母说，猪是往外拱的，鸡是向里刨的，你年里头吃了鸡，这一年就会抓钱，有钱花。所以万事俱备时，她一定要去买只鸡。

我家附近的市场已经冷清，卖活鸡、活鸭的早回老家过年去了。岳母不甘心，说再去别的市场看看，就又走了几家市场，终于在离家五六里地儿的城乡结合部的一处农贸市场上发现了鸡。一问价，每斤八元，比平日高出两三块。岳母咬咬牙，八块就八块，你把秤称准了！左挑右选，选了一只健壮英武的大公鸡。一上秤，店主说四斤半。秤表是冲着店主的，岳母看不见，就说你再看准点儿。店主从秤盘里取出一根脱落的鸡毛,又说是四斤二两。岳母不放心,提出要约约秤。岳父说,算了吧,大过节的。岳母不听,拎着鸡就朝市场门口的公平秤走去,岳父则留在摊位前等着。

岳父等了半天,不见岳母返回,只好先付了钱,出来寻找岳母。公平秤前没有,再找,终于在市场附近的一条小巷的尽头找到了正蹲在地上喘着粗气的岳母。原来,岳母拎着鸡来到公平秤前,把鸡放在秤盘上——鸡没有缚,刚撒开手,把脸移到秤表前读分量,却看见指针指向"0"。再看秤盘,空空如也。岳母大惊,转身寻找,发现这鸡已着地,距她丈许,嘎嘎叫着,扑打着翅膀,几乎爪不着地逃去。岳母拖着沉重的身躯追过来。那鸡一头扎进了小巷。小巷曲曲折折,峰回路转,那鸡已没了影踪。岳母仿佛走入了一个"迷魂阵",不知该追向何方。忽然有好几只公鸡从眼前跑过——显然是这里的住户养的,个个健壮英武,似曾相识,又不知道该抓那一只。她就这样在街巷里无所作为地寻找着,直到精疲力竭蹲在地上。

花了三十多块钱,买了一肚子冷风,岳父母的心情可想而知。我和妻子安慰说,破小财,免大灾,你们二老平安回家,比什么都好;那只公鸡命不该绝,咱们就权当放一回生。岳父母虽然不再抱怨,但心里还是悻然不乐,直到大年初一我儿子的干妈来了以后。

儿子的干妈小秋是妻子在医院生产时结识的"产友"。她们是"患难之交",彼此谈得来,就常来常往。大年初一,小秋打电话过来,诉说自己的不幸遭遇。小秋和丈夫结婚多年,但自从丈夫做汽车生意发了财以后,他们的感情便出现危机。今年春节,丈夫撇下她们孤女寡母,携"小蜜"南下度假了。妻子便让她带女儿到我家来。我家住房虽小,但祖孙三代济济一堂,也还热闹。席间我们给小秋讲了"公鸡"的故事,小秋听后大笑不已,说跑了也罢,不就是一只会刨食的鸡吗。

手　机

有人说，当你意识到身体的某个部位存在的时候，这个部位便病了。此言不虚。当我总惦记着我的手机时，我的手机丢了。

整个上午，我心情灰拉拉地坐在办公室里，时不时用手按按腰部，那里不再那么瓷实，软沓沓空落落的一个皮套。想起昨晚出门，换上短裤后，我把手机从皮套里取出，装进短裤兜里时，妻子说就散会儿步，带什么手机呀。我说，手机是"野生动物跟踪器"，不随身携带，不就脱离组织了吗。现在可好，没有了"跟踪器"的"野生动物"，真有些六神无主了。

于是便开始了紧张而冷静的记忆搜索。昨天晚上最后一次出门散步时肯定带着手机，短裤兜是浅了点儿，但走路时断不至于从兜里掉出来；没有去商店和公共场所，被人扒摸的可能性不大；唯一的可能就是在公园排凳上小坐时，从兜里滑了出来。我们离开公园时已近十时，公园即将关门。那么最可能捡到手机的，就是公园的管理人员。我们决定直奔公园管理处。

我带了三百元钱，以备答谢。这几年，人们丢得多的，一是自行车；二是手机。丢的多，能找回来的却少。现在有好心人捡着了，还给你，理当予以酬谢。

然而，公园管理处并没有我的手机。

整个上午，我时不时给我的手机打电话，每一次都打通了，每一次都没有人接。同事知道了，说别找了，赶紧挂失，买个新的算了。我心疼钱，更心疼我的手机。这部手机伴我经年，皮实好用，里面存储着几百个电话。

  时近正午，妻子从家里打电话给我，说当她再一次给我的手机打电话时，对方接了，是一个女同志，简单问了问手机的机型和丢失的时间，便说，十二点半，你到方庄购物中心门前来吧。我高兴地对妻子说，咱们一块去！

  我仍然带着三百块钱，还有几分兴奋、几分紧张。我亲爱的手机相当于身体一个器官的手机终于要回来了！但如果对方不好说话，要价太高，该怎么办？我的手机当初买来，花了三千多，用了这么几年，少说还值一千块，如果对方要价不超过五百，就可以接受。要超过五百怎么办呢？如此想来，心中不免又添了几分不安。

  购物中心有好几个门，我站在西门，妻子守着正门。我四下张望着，生怕错过任何一个从身边走过的人。刚刚十二点半，我远远看见一个小男孩走近我的妻子，他白衬衣白短裤，十一二岁样子。听不见他们在说什么，就看到小男孩把一件东西递给了妻子。我快步冲过来，男孩已经跑开了。妻子在追，手里拿着的正是我的手机。我也大步朝男孩追过去。他却跑得很快，又一转头从东侧的一个小门钻进了购物中心。

  我们在购物中心楼上楼下地找，终未找到小男孩。

  初夏正午的太阳正大。我揣着失而复得的手机和没能送出去的钱走在太阳底下，看到自己的影子很小。

头 盔

　　北京方庄北侧，南二环和护城河之间，现在是一条绿化带，树木葱茏，芳草萋萋，不失为闹中取静的好去处。一段时间，这里曾是外来务工人员的栖息地，一间一间的简易平房雀巢一般隐藏在树林中，生活其中的人也像鸟儿一样，白天在附近或卖菜或补鞋，晚上倦鸟各投林。五十周年国庆前夕，北京大范围清除违章建筑，林子里的平房从此消逝了。

　　每次在林中散步，我都不由得想起曾在这里居住的一对母子，还有那个曾给大家带来幸运的黄头盔。

　　那是五年前的一个下午，黄昏时分，在毗邻这条绿化带的左安门立交桥北侧，我由北向南靠右骑车行驶，忽然一位女士骑车迎面冲过来。她不但逆行，而且车速较快。我尽可能地向右靠，但女士的车子却似乎不能自控地逼向我。碰撞不可避免地发生了。两辆自行车同时摔在马路牙子上。

　　我忍痛从地上爬起来，本欲责怪这位不懂规矩的女士，发现她也摔得不轻，半天动弹不得。还有一个男孩——显然是坐在她车后的——倒在她的身侧。男孩的额角流着血。女士挣扎着爬起来，一把将孩子搂在怀里，不停地唤着"强强"，一边从衣服口袋里掏出一条手绢，按在孩子的额头。其时，两滴大而晶莹的泪水在男孩的眼眶里打着转儿，但始终没有掉下来。

　　一走了之呢，还是帮他们一把？听到太多好人不得好报的消息，我有些犯嘀咕。女士一直低着头照顾孩子，根本没有注意到我的存在。

天色转晚，路灯已经亮起，晚归的行人车辆匆匆。看着沉默、无助的母子俩，我决定留下来。我把两辆自行车寄放在路边的书报亭，拦了一辆出租车，与女士一起带着男孩去附近的方庄医院。

就在出租车要启动的一刻，男孩指着车外刚才摔倒的地方，说："妈妈，头盔！"

一顶黄色小头盔孤零零地躺在马路牙子上。我下车将它捡起来。这是一个薄塑料做的头盔，已经摔破了。我说，破了，扔了吧。男孩一把夺过去，宝贝一样搂在怀里。

女士说，孩子特别喜欢摩托车，就给他买了这个头盔。他一天到晚戴着，有时一个人坐在凳子上，两臂前伸，嘴里"呜呜"的，像真在开摩托车似的。

说着无心，听着有意。我看了看头盔破损的部位，正是在前额左侧。天哪！如果他刚才没有带这个头盔，如果额头直接撞向马路牙子……

大夫给小强敷了药，又做了检查，除了伤了点皮肉，其他一切正常。我不禁长舒了一口气……

女士介绍说，她来自安徽，和丈夫在京打工多年，她在附近市场上做衣服，丈夫补鞋；老家里还有两个女孩，爷爷奶奶带着；强强最小，一直随着他们，已满六周岁了，九月份就该送他回老家上学。

返回左安门桥上，天已经黑了。女士指着桥西侧那片树林说，她的家就在那里面。黑黢黢的一片树林里，几盏灯光在隐隐约约地闪。

临别时，我拿了点钱给女士，女士推辞不要："不怪你的，这钱咋能收呢？"我说："请拿上，给孩子重新买个头盔吧。"

闲　妻

单位早八点半上班。我有晚睡晚起的不良习惯,上班迟到是经常的事,好在下班也不守时,经常呈加班状,工作就没怎么耽搁。近些年起了变化,要送儿子上幼儿园、小学,不能不早起。送完孩子,到单位一般还不到八点,一跃而成为上班最积极的人。有同事夸我"爱社如家",又有同事问我变化是怎么形成的,我如实说:我儿子改变了我!

我到得早,还有比我到得更早的,起码跟我前后脚到的,是女同事小白。小白其实不小,也四十好几了,比我还大一岁。多年叫惯了,再说女同事也不宜称老什么,便一直小白小白的。每天一大早,像操场一样辽阔的办公区内,闪动的就是我们两个抹桌扫地打水沏茶的忙碌身影。当然,都是给自己忙的。

她也是送完孩子来上班。她的孩子已经初三了,这就是说,她十年如一日,"爱社如家"的资历比我老。今天早上,我们在锅炉房见了,拉了几句家常。我感慨地说:"你真是贤妻良母。"

"贤妻良母?良母没得说,贤妻吗,哪个'贤'?如果说是'闲置'的'闲',我算。"

我们相视大笑,笑声盖过了两个开水龙头的喧哗。

小白刚来单位时,可是众男瞩目的美女。据说她从外地来京报到那天,单位几个看过她简历照片的小伙子争着要去火车站接站,互不相让,最后一下子去了五个人。小白只有三件行李,争抢之间,她随身坤包的带子都给扯断了。接着是五张名片同时递了上来,小白一时不知所措:都同事了,还名片吗?出于礼貌,就一一接了。一行走出车站大门,又迎上来一个小伙子。小白介绍说,这是我的男朋友。五个同事立马傻了眼。路上,五个人找各种理由先后都开溜了。这事一直是我们单位的笑谈。一晃二十年,虽然青春不再,但小白还算美女,起码得说风韵犹存。

就是这样一位资深美女,作为"闲妻"已有多年。小白是一个很敞亮的人,曾给我说过她的家事。

她与丈夫是中学同学,自由恋爱,用小白的话说,他前后追了她八年,最后赢得了"抗战"胜利。大学毕业后,两人先后分配到北京,才子佳人,珠联璧合,曾是同学谈论和羡慕的对象。婚后几年,他们的感情很好。那时什么都没有,但有爱情,便觉得什么都不缺。没有房子,都住集体宿舍;办公室一张单人钢丝床上,他们都能颠鸾倒凤不知东方之既白。

变化在他发了点小财之后。男人有钱便变坏,女人变坏便有钱,这话有一定真理性。他在外贸单位工作,经常吃喝应酬,出差出国。一个穷苦农民家庭的孩子,走入大城市,当五光十色的花花世界向他打开以后,他就找不着北了。经常整晚整晚不回家,美其名曰工作需要,其实在外面干什么,傻子都知道。他挣的钱越来越多,房子、车子先后都有了,夫妻感情却日渐淡漠。特别是儿子出生以后,家务徒增,小白既要上班,又要照顾孩子,身心俱疲,而他一如既往,还是一个甩手掌柜。业务转到外地后,三两个月回不了一趟家,回家亲亲儿子,甩下万把块钱,就拍屁股走人。一次她接到他发来的一则手机短信,言语极尽暧昧缠绵。这显然是一条发错了的短信。她痛苦至极,想到了离婚。声色俱厉地谈过一次,他不承认有外遇,说只是相熟的生意伙伴。那些日子,眼泪成了她的洗面奶,她经常抱着睡熟的儿子在夜里发呆。看着儿子澄亮无邪的眼睛,她把写好的离婚协议书撕了。从此两人进入冷战。这一冷就是十多年。没有爱,也没有性，甚至连争吵都没有了。家是他的旅馆，她是这个旅馆的终身服务员。

事过经年，小白的心态已经很平和，也对自己有了反思。她说，其实我们的婚姻归入清冷，也不全是他的责任。我出身干部家庭，从小生活优裕，长得又不寒碜，早年追求者很多。他不是最优秀的，但却是最执著的。嫁给了他，对他就有近乎完美的期许。一点不如意，我都很难容忍。我又是一个直性子，藏不住话的，人前人后总是数落他、抱怨他。一段时间，我们一见面就吵。他在家里几乎找不着自信。我想这也是两人渐行渐远的一个原因吧。

小白说，这么多年没离婚，主要是因为孩子；而我骨子里很传统，觉得离婚是一件不光彩的事。风雨飘摇中，我们的家几近倾覆，孩子是最后的也是最重要的压舱石。我曾不止一次对他说：你是自由的，如果有了新的归宿，我随时放你走。他还是没有走，看来只是贪玩，却不曾认真过。

人过四十，四十不惑，我们之间有了一些好的转机。我明显觉得他顾家了。每次出差回来，都带一大堆我和儿子爱吃的东西。在给儿子的电话里，总是叮嘱儿子多体谅和照顾我。这些话如果直接讲给我，我会觉得假；他说给儿子，我便有了一丝感动。前不久我还听说，他给他单位的小年轻说，少在外面疯玩，外面没有真的。在以前，他可是带着他们玩的。

我说，看来浪子回头了，"闲妻"又该忙起来了。

水瓶满了，热水把壶身浇了个透彻，看上去一派锃亮。

夫　妇

小城依山而筑，五六万人口，没有自行车，汽车也不多。

一条河从城前蜿蜒流过。河水旺而清，有鱼，还有游泳的人。

这对夫妇都不是本地人，但在小城工作、居住已二十多年。

男人是中学教师，女人是银行职员。他们都已步入中年，独生子在外地上大学。

男人高而瘦，因为吸烟，门牙和右手食指时常略略泛黄。女人乍看并不漂亮，但眉宇间透着清秀，身材匀称，气质不俗。

房子不大，普通的三居室。室内整洁而随意，客厅、卧室、卫生间，随处是书。读书，是他们两人的共同爱好。

阳台上排着十几盆花，一年四季清香浮动。

他们的收入中等。每月两人的工资，取出孝敬双方父母的，留足儿子的，其余就扔进不上锁的抽屉，谁想花就花。每到月底，女人就欢呼：财政又盈余了。大概因为有些股票和存款，他们经常自诩自己是"资产阶级"。

女人心灵手巧，烧一手好菜，还能裁缝，善编织。男人穿着她编织的毛衣、外套出门，总有人问是在哪儿买的。

女人也很会照顾自己，时常用牛奶、蜜蜂、果汁等自制美容品。她从不上美容院，却比同龄人透着年轻。挽着男人出门，有时会被误以为是父女。

衣柜里有各色各款的衣服，每一件都被女人打理得干净平整。男人出门前，女人总是不忘打量一下他，哪怕衣服上沾着一根头发，她都会帮他除去。出门入门，他们都会拥抱亲吻。白天各自忙碌时，偶尔会收到对方发来的好玩的手机短信。

男人课余，有时会去校园后面的山上采一束野花，或者从果农的地里摘一袋樱桃或者草莓，给女人捎回来。他知道，鲜花和水果，是女人一生的最爱。

晚饭后，他们一起沿着长长的河堤散步，天上地下地聊。

男人有夜里读书写作的习惯。女人睡前，总是给他削一个梨或者苹果，再把他的茶水加满。不管多晚，男人都会回到主卧伴着她睡。

他们一直享受着美满的性爱。频率不高，但每次都尽情尽性、酣畅淋漓。他们偶尔还弃家不住，去附近宾馆开房。

夏秋时节，夜深人静的时候，他们还会钻到山上或者下到河里，享受"野合"的乐趣。

他们像讨论做菜一样讨论做爱。他们的共识是，只有"性福"，才得幸福。

也闹矛盾。男人的脾气不好，易怒，但女人却很少跟他对吵。女人受了委屈，多哭。男人一见女人哭，心就软下来，上前拍拍她，抱抱她，给她递条毛巾。女人很快也就没事了。

男人常对朋友说："对女人要少动嘴，多动手。"即少跟女人争理，多给女人抚慰。

每个周六，他们都会到乡间去劳作，那里有他们租种的半亩菜园。每次带回来的菜蔬，够他们吃一个星期。

周日，他们会去本城的教堂，诵经、忏悔、祷告。

他们每年都会在暑期或春节前后外出旅游一趟，去的多是些不知名的小地方。时间许可，他们会在一个景点住上十天半月。

男人喜欢写作，却不太热衷发表。女人总是男人的第一读者，看过之后，心有感动，就投给报刊，居然发表了不少。每得稿费，他们就欢呼着下馆子。

女人要男人出书，男人反对：有出版社拿着钱要咱出，就出，否则不就是做个大名片吗？给人类省点树木吧！

　　晚上，散步归来，他们或读书，或上网，两不相妨。周末，女人会打开一瓶红酒，与男人对酌。女人的见解经常让男人惊讶，他就忍不住上去亲她……

　　他们就这样过着日子，一天，一年，又一年。

女儿谷

这谷其实并没有名，唤"女儿谷"，当是我们的自作多情。

站在谷口，不免心生犹疑。谷并不深，却没有现成的路，脚下是一道又一道长满荒草和荆蔓的坡坎。下坡并不容易，特别是身体也颇有一些坡度的阿贵，下了两道坎就如熊般地喘粗气。最难的是阿春了，一袭长裙，又是高跟鞋，花蝴蝶的样子，却少了一对翅膀，只能是一步一步地向下蹭。蹿在最前面的是阿林，精瘦如猴子，也确乎是一只猴子，丈许高的坡坎纵身就跳了，又手舞足蹈地给后边的人引路，仿佛这山谷是他的庄园了。

但无一人心生退意。下坡的间隙，我们总忍不住向谷底瞥上一眼。这谷酷似一个硕大的"！"。下面的那一点是亮在远方的一汪水，被两面峭拔的山崖兜着，像是一双粗大的手捧着一颗珠子。感叹号上方的那一竖，就是横亘在我们脚下窄窄长长的山谷了。两面的山虽不算高，却足以隔挡外面的尘嚣，谷里便盛满了少见的宁静和清新。

我们的目标是，在太阳落山之前，穿过"一竖"，触摸"一点"。

下得山来，铺在我们眼前的是绿汪汪的麦子。麦子密而壮，穗子似刀剪了一样齐整，这绿便有了厚度和力度，仿佛只要你愿意，就可以纵身躺上去而决不会倒塌。麦田之间有血管一样纤细的路和溪流，也一律被绿草缝合得严严实实，看不出一丝泥土的原色。有农家大嫂赤脚踩在溪中,弯腰在溪畔寻寻觅觅。我们上前问询。大嫂扬起手中的半把野菜,说这是水芹菜,凉拌清炒作汤都可,收工了,顺便掐一把回家。

穿过麦田,一条白花花的河出现在我们面前。河应该是贯穿这个谷地的,刚才只是被麦田遮掩着。作为这谷的绝对主角,河便显得散漫而不守规矩,像一个顽皮的孩子,一会儿转到谷的右侧,一会儿回到谷的左侧,逼得我们跟她绕了许多弯路。河的两侧有大片的草地,几头牛摇在上面,半是漫步,半是觅食。花儿似乎更亲人,我们走到哪儿就跟到哪儿,前后左右都是,有名的和没名的。太阳其时在西面的山坡上磨蹭着,欲走而不甘的样子。阿贵来了诗兴,随口诌道:"草地上开满了野花,牛来到这里,找到的只有饲料。"阿春立即予以响应:"天上开满了星星,公鸡看了半天,找到的只有大米。"阿军则不满:"你们骂谁呢?知道我文化程度低,能不能把话说明白点。"

眼见着那"一点"就在前面,但却怎么也靠不上去。阿林终于不能忍受了,说人不能让一条河逼死,干脆逢水过河吧。阿军第一个响应。但阿贵和阿春却犯了难。阿贵体大身沉,走陆路尚且气喘,更何况走水路。阿春则顾惜自己的淑女形象,不愿赤脚提裙地给大家看。路线发生分歧,目标却是一致,还是那"一点"。于是兵分两路,水陆并进。

阿林和阿军一下水,便嚷嚷着舒服。时值初夏,水温而和,深不及膝,舒缓且清澈,能数清水下的石子。石子小如鹅卵,大如甜瓜,光而不滑,脚踩其上,有几分隐隐的挤压和疼痛,但提腿换步的瞬间,舒坦的感觉便从脚底升起。这种亦苦亦乐、苦乐莫名的感觉一旦吸引了你,便叫你欲罢不能。阿军说在这里走上半小时,抵得上做两个钟点的足底按摩。

水陆两路相距越来越远,阿林和阿军有点孤军深入的味道。河越走越宽,也越来越不成其为河,像是滩涂和沼泽了。脚下没有了石子,却是大片大片的黑色淤泥,时软时硬,软的地方一脚下去不知深浅。阿军显然对赤脚踩泥不感兴趣，不住地叫阿林回撤。然而那"一点"还在前方亮着，夕阳的余晖下，像一只风情万种的眼睛，成了阿林一行无从了断的诱惑。

虽未探及那诱人的"一点"，但都无怨无悔。当我们重返山顶的时候，暮色四起，山谷这时也摊开一床蓬松绵软的雾霭，要睡去了。追随半天，还不知这谷叫啥名呢。阿贵说：你看它形状窈窕，水草丰茂，既清纯又神秘，我看莫如"女儿谷"最为贴切。问阿春，阿春不置可否，说游山水亦如读红楼，智者见智，淫者见淫呗。

艳　遇

到颐和园踏雪，是我多年的一个愿望。首先得说我喜欢这个园子。喜欢颐和园，是喜欢那一片水，那一座山，喜欢这山水之间独有的开阔和清静——北京实在太挤太闹了。在北京客居近三十年，每年都会去那里一两次，有时陪家人、亲友，有时就我自己。喜欢沿着昆明湖绵长曲折的堤岸漫步，看杨柳如烟，西山如黛。颐和园是北国西子，书林红楼，可以说是处处皆景，四季常美，百看不厌。无数次盘桓其中，唯独没有见识它的雪景。

元旦三天假，在家窝了两天。二号落了些雪，小而薄。三号一早，雪像硕大的翅膀把整个北京城孵了个结实，而且还在流畅地下着。我的那个夙愿便破壳而出了。

车是无法动的。也是幸运，去年十一刚开通的地铁四号线直达颐和园北宫门，从我家出发，只需倒两次地铁就到了。

出了地铁，已近午时。雪仍然很大，落地无声，却给人万马奔腾的雄壮感。园外路上的汽车像蜗牛似地爬行着，车与车之间刻意保持着距离。气温在摄氏零下十度以下，行人都包裹得圆圆乎乎的，包括我，也穿上至少十年未动的雪地鞋和五年未动的棉大衣。

没想到来园子观雪的人会这么多，可见人心不同人心皆同，也反证我不过一俗物耳。但多三五成群，呼朋唤友，如我这样只身一人的，似乎不多。

园子已是一片琼楼玉宇，昔日山石林木亭台楼阁在雪的拥抱和拂拭中，一如珠翠撒上月光，山峦浮起了烟霞，更是情态万千，韵味无穷。雪是大自然的精灵，是上帝之手，它能化凡为美、化美为奇；雪还像上帝的呼唤，像一首弥漫天地的庙堂乐曲。在这乐曲里，平日坚硬苦涩的心也随之而柔软而温润，大人个个像孩子，孩子个个都天使。

从北宫门进来，爬向万寿山的路已成险途。台阶上的积雪被行人踩过之后，很快结冰。还是有很多人不畏艰险地往上爬去，都是小心翼翼，手扶栏杆，一步一个深深的脚印。脚印没法不深，台阶上的雪已厚可没脚。我一手打伞，一手拿着我的尼康D90，移步换景，散漫地拍着。

天寒地冻，雪挂在树上，笑容挂在人们的脸上。美和善，或许是孪生姊妹，山上山下随雪飘动的，还有一股暖流。素不相识的人，会提醒你踩稳些抓牢些，会在你脚底发飘时扶你一把，在你无力上迈时拉你一手。

我是在接近佛香阁的地方遇到小朱。

当然，一开始我并不知道她姓朱。其时我在忙着选景拍照，一个带着南方口音的女声传来："大哥，你好。你对这里熟悉吗？"

收住相机，眼前跳入一抹艳红，是一个穿着红色羽绒服的女生。我几乎看不清她的面目。毛线帽遮到眉间，上面又套着羽绒服的帽子，在外露的十分有限的脸面上，还架着一幅深色边框眼镜。从装束到语气，这显然是一个"外地人"了。

"我能帮你做些什么吗？"我问。

"你也是一个人吧，我能跟你一起走吗？"语调平静，绝无半点做作。

这来得有些突兀，我一时不知如何回答。那一刻，我的头脑瞬间有些复杂。文文静静漂漂亮亮的一个女孩，主动提出要与一个糟老爷们一起游览,这可能吗?只见天上掉雪,没见天上真掉"林妹妹"啊,莫非……我可是有身份的人,人生之途一如脚下这大雪迷漫的山路,路阻且长,经不起丁点闪失。主啊,请不要让我接受试探……

大概看到了我的犹疑,她说:"我第一次来这里,不知路该怎么走,刚才还摔了一跤……"

她说话仍然不紧不慢,像是在说别人的事。我仔细看了她一眼,圆圆的像一对句号似的镜片后面,一双大眼睛,清亮而坦荡。

"好吧,不过我要照相,走不快。"

"这路本来就走不快。"她在安慰我,也在坚定我的主意。

就这样,我们一起上路了。既然同行,又称我"大哥",我自然要照顾她,也无非是提个醒、扶一把之类。

开始我们很少说话。我在拍照时,她就在一旁静静地等着,或者掏出手机拍照。

终于爬上了佛香阁,山上一片坦途,心情为之放松了不少。就在她走近佛香阁,黄色的墙、白色的雪,还有她的红色羽绒衣同时闯入了我的镜头,真美!我这时才意识到,眼前的这位姑娘,真是天下掉下来的,我的摄影 Model!

镜头里,我又发现,她手中的雨伞是天蓝色的。

看来,我今天要不客串一回"摄影大师",老天爷都不答应。哪个摄影大师,会有不请自到的不收费的 Model 呀?

她很高兴我为她拍照。凡我拍过照的人,都嫌我的动作慢,浪费表情,她却表现出难得的耐心。好几次,她的表情动作已到位,而我的快门就是按不下去,只好作罢。好在我虽有"大师"待遇,却无大师的架子,便请教旁边的摄影者。人家说,是相机的自动对焦系统没有找着焦点,改用对焦环就好了。噢,看来相机如人,人景皆美时,不知道哪个是焦点了。

我对她说，给我作 Model 有些亏呢，表情浪费较多。她笑笑，问回头会给她照片吗？我说这没有问题。我还想上博客呢，你同意吗？

"无所谓，只要你别说我是谁。"她说。

"我倒是想说，但我确实不知道你是谁啊。"

从这时开始，我们便有一句没一句地问问对方的情况。于是我才知道，她姓朱，来自岭南，大学毕业不久，公务员，几个月前被单位派送到北京进修外语。

下得山来，走在湖岸、冰面，我就谈不上照顾她了，反倒是她照顾我比较多。看到一处景，我便甩下雨伞，忙于拍照，她就静静地把伞捡起来，为我举着；见相机落雪化水，便拿出手巾纸，要我擦擦相机。

就这样，不觉间，两个多小时过去了，想起事先与几位博友聚会的约定，我不能在园子里盘桓太久。在即将离开湖面出园时，小朱说：大哥，咱俩能不能合个影？

我说，可以啊，但照片你有地方放吗？

她说，我倒是担心嫂子会问你呢。

其实谁也不用担心，于是就请人照了。小朱说，以后天各一方，也许不会再见面，是个纪念吧。

我忽然有了一些感动。人的心，原本可以像这雪一样纯净的；人和人，原本可以这样互相温暖的。

有　事

　　同学打电话来，说是他的一位朋友被警察欺负了，问我能不能找找人。

　　因为忝列警营，同学、朋友遇到一些与警察相关的事，偶尔会找到我。我曾经对朋友说，本人一字警耳，常年看猪跑，基本不吃肉，拉关系、走后门、违法乱纪的事，就免开尊口了。一是我没有那个能力；二是跟我的价值观冲突。侄儿说他的车有好几个违章，要罚上千元，问我能不能找人把它铲了。我说你老老实实去交罚款吧，我违章了也是这样做的。求人莫如求己，以后尽量不违章就是了。但我也向朋友表示过，如果碰到警察胡乱作为，伤害、冤屈了你，你一时又投告无门，可以说给我，警队的情况我比你们熟悉些，可以帮你一起想想办法。

　　既然这么说了，同学的电话求援，自然没有推辞的道理。原来同学的朋友小张，去南方某省会市出差，刚入住宾馆房间，便来了两个警察，说是当地派出所的，接到举报，这个房间有人吸毒。小张一头雾水，不知所措，只好任警察去查。一查不要紧，果然从床头的抽屉里"搜"出了吸食毒品的疑似针管。小张就这样被带到了派出所。他反复申明自己从不沾毒品，对那个针管并不知情，警察却反问不是你又会是谁呢？虽然既没打也没骂，但架不住接连数小时地审问。小张有公务在身，又担心这事被单位知道，若不能自证清白，连工作都可能保不住了。万般无奈之际，他在讯问笔录上签了自己的名字，并交了一万元罚款后，才脱了身。出差归来，回想自己噩梦般的经历，他怎么也咽不下这口气。

我对同学说，容我想一想，过会儿再给你回电话。

我首先想到的是同学所提供情况的真实性。我的经验是，有些投诉者，为了争取同情和重视，介绍情况时，往往会夸大其词。但我判断同学所言当基本属实。他的朋友若真吸了毒，一定唯恐天下知之，决无自扰的道理。铁打的宾馆流水的客，警察用一个来路不明的针管就判定一个人吸毒，既没有对当事人进行抽血化验，又没有其他旁证，即便不是蓄意的讹诈，也不符合基本的办案程序。若办了错案，需要还当事人一个清白的。

我拨电话过去，对同学说：让小张写份申诉材料，把事情的来龙去脉说清楚，特别是办案警察的姓名和所在单位，明确提出自己的质疑和要求，多打印几份，用特快专递寄给当地公安局督察大队和纪委负责同志。同学说，小张当时吓得不行，根本没有记住当事警察的姓名。我说对警察的长相该有印象吧，他们所在的派出所不会记错吧。同学又问，要不要给你也寄一份。我说先不用，看看当地的反应再说。

过了大概十多天，同学来电话，说那两个警察已经主动跟小张联系，承认他们办了错案，一要登门道歉，送回全部罚款；二要给他支付一笔精神赔偿金。小张也见好就收，说只要把案底销了，把罚款退还，就算了。同学很感激，说是元林谢谢你啊。

我说何谢之有，我什么也没做呀。

这事让我感慨了半天。不知从何时起，我们与政府部门打交道，或者遭遇了不公平对待，已经不习惯走"前门"，即通过合理合法渠道解决，第一反应往往是托关系、找门路。其实这多出于无奈。一些政府机关和部门，官僚主义盛行，门难进，脸难看，推诿扯皮，敷衍塞责，加之监督缺失而形成的权力寻租，没钱不办事，有钱乱办事，群众通过"前门"办事的难度大、代价大，于是便纷纷投奔"后门"。前门不畅，后门和邪门必然洞开。

另一方面，作为当事人也需要反思。大家都感叹政风披靡，法治不行，权力部门当官做老爷，不依法给百姓办事。不妨问一下，这些"老爷"的面孔和作风，是不是跟我们的娇惯和放任有关？官员是由纳税者雇佣和养活的"公仆"，依法为百姓办事，天经地义。不作为或者乱作为，都是不能允许的。仆大欺主，仆固可恶，主亦有责。我们有没有拿出"主人"的姿态，跟他们较真，责问他们为什么不办事、乱办事？就他们的失职或过错，有没有找他们的主管领导和部门反映？没有走的路，就不能断言走不通。上述的小张，他所以首先找同学、朋友，就是先入为主地认为，正常的投诉不会管用。尽管当今中国政治生活中有太多的丑恶、腐败、不合理、不合法，但我还是不主张把世道看得一团漆黑，不主张低估了人间正义和公道的力量。

建设民主法治和政治文明，首先是执政党和政府的事，同时也是每一位公民的事。甚至可以说，公民的力量是推动社会进步的决定性的力量。有什么样的民众，就有什么样的政治和政府。顺民支持的是专制，暴民支持的是暴政，只有公民才能支持民主法治。当我们习惯于沉默和逆来顺受，权力就会更加放肆和无所顾忌；当我们习惯了"旁门左道"和"曲径通幽"，法治的大道就永远荒草蔓生。

所谓"天下兴亡，匹夫有责"，那么推动社会文明进步，自然人人有份。为了自身的权益，为了子孙的福祉，对于那些不合理的体制和制度，对于随时可能发生的侵犯和伤害，我们除了"跟伢死磕"——依法据理地、非暴力地、持之以恒地力争，还能有更好的选择吗？

记　者

供职于北京的媒体，无论是主流的还是非主流的，大概不免要采访全国"两会"。采访"两会"是一件力气活。每天一大早跑到"两会"新闻组抱回一大堆材料，然后沙里淘金，寻找新闻线索和采访对象，当天采写，当天发稿。按点吃饭谈不上了，按时睡觉更不可能。所以各单位一般都是安排年轻力壮的记者上"两会"。我忝列新闻记者的第二年，即一九九二年，就被组织安排采访"两会"。那一年我二十五岁，很傻、很天真。

那时我住的宿舍距大会堂很近，几乎只隔了一个广场。人大会开幕那天，数千代表和记者，大概只有我一人是走路去的。当时大半个广场都管制了，管制区除了会议车辆，一片空旷。我胸前挂着采访"两会"的记者证，穿过广场东侧黄线边上看热闹的人墙，孤独地走在空旷的广场上。天很蓝，阳光很新鲜，我的心里翻腾着莫名其妙的自豪感：我就要亲眼见到中国最大的干部了。

会场很大，除了新华社等几家媒体的少数摄影记者外，并不是所有的记者都可以往主席台前凑的。我被规定坐在一楼靠后的记者席上。用一双三百度的近视眼向主席台上望去，感觉各位首长都是一个模样，到底谁是谁就分不清了，现场效果还不如看电视呢。

全国"两会"就是名人的聚会，你总能在不经意间见到平日里只能从电视上见到的政要、名人，让好奇心和虚荣心得到一些满足。我印象最深的是偶遇作家张贤亮。那天我和我的同事原本是去采访全国政协委员、天津作家冯骥才的。之前看到他在公交车上抓小偷的事，便想请他谈谈对社会治安和公民责任的看法。到了京西宾馆，冯先生临时有事回天津了，与他同屋的全国政协委员、宁夏作家张贤亮在。张贤亮可是大名鼎鼎，上世纪八十年代，文学和作家都很吃香，大凡对文学有点兴趣的人，或许读过他的《灵与肉》或《绿化树》或《男人的一半是女人》等作品。大概也是没事，张先生那天谈兴甚浓，他半躺在床上，抽着一种外国牌子的烟。他的知识面很宽，国内外大事都门儿清。十七年后，我还记得他说过的一段话：中国的改革如果只局限在经济领域，政治制度和意识形态不作相应的变革，这场改革是很难成功的。他最后笑着问我们：我的谈话你们敢报道吗？

这一年召开的是七届全国人大五次会议。这次会议除了法定议程，还审议通过了三个法律：《全国人民代表大会和地方各级人民代表大会代表法》《工会法》《妇女权益保障法》。其中最为世人关注的议程，就是审议修建长江三峡工程的议案。

关于长江三峡工程，中国青年报著名记者、也即二〇〇六年"冰点事件"的主角之一卢跃刚先生写过一篇报告文学《长江三峡——中国的史诗》，对它的历史由来及其争论，作了十分翔实的记述。这个工程的动议是孙中山先生最早提出来的，历经七十年的争论。毛泽东对它最为神往，一九五六年游长江后写下了"更立西江石壁，截断巫山云雨，高峡出平湖"的诗句。但天不怕地不怕的他，在三峡问题上颇为慎重，在听取了各方意见后，还是搁置了。但一些自奉为"李冰子孙"的人，一心要为中国留下点什么，千方百计力推这个工程上马。不知是出于自信还是不自信，让全国人代会为一项工程背书，在新中国的历史上绝无仅有。

三峡工程不是我采访"两会"时关注的重点，但就接触到的有关这项工程的会议材料,都是正面的,如何能防洪、如何能发电、如何有利于航运,没有看到对它置疑的材料。现在网上不难搜到,一九九二年四月三日上午,七届全国人大五次会议通过了国务院提出的关于修建三峡工程的决议,一千七百六十七票赞成,一百七十七票反对,六百六十四票弃权,二十五人未按表决器——后三者加起来为八百六十六票,占到了两千六百三十三位代表总数的三分之一,这在全国人大的历史上也是罕见的。

二〇〇八年是长江三峡工程蓄水一百七十五米、全部落成的年份。这样一个历时十六年、耗资数千亿、唯一经由全国人民代表大会表决通过的工程,建成后既无庆祝典礼,也未见多少宣传,岂非咄咄怪事!

最后再记一件小事。我当年采写的《中国妇女解放的里程碑——〈妇女权益保障法〉诞生记》,获得了"宣传人民代表大会制度好新闻奖"。有没有奖金记不清了,记得发了一个奖状。为了让老家的父母高兴,我就把奖状寄了回去。父母不识字,但一定认识奖状,或许高兴了那么一会儿,就把它塞在了烧炕脚地老木柜的旮旯里。冬天烧炕时,母亲随手掏出它来就火。一根火柴点着了,却恍惚看到引火纸上有他儿子的名字,就放在了一边。正好这时在县城工作的堂哥进来看到了,说这可烧不得,你没看上面的红章子,那可是中国最大的一枚红章子呢!母亲惊出一身汗,连夜把这张纸抚平,压在了老木柜底,大概现在还压着。

欧　洲（1）

访欧归来，不免要谈谈感受之类。在朋友场合，我说我的感受一如"邻家女孩"。这是我早些年听到的一个笑话，说是邻家女孩，丽质天成，到了标梅之年，前来提亲者盈门。左挑右选，女孩最后在东西两家之间犹豫不决。东家家境富裕，但人长得丑；西家家境贫寒，但人长得帅。总得有个主意吧？父母追问。女孩说：我想好了，我要在东家吃饭，在西家睡觉。

朋友明白了："你是想——"没错，我是想在欧洲挣钱，在中国吃饭。

在国内饱饭已经吃了二十多年了，没想到刚出国门就饿了肚子。那是在飞往欧洲的飞机上。芬兰航空公司 AY0052 次航班于北京时间十一点从北京首都机场起飞，飞到指定高度，便吃中饭。这饭秀气得可以，就是不到二两的一小份面条，外加一个小面包和一小份菜蔬。三两口就吃得净光，再要，没有了，连小面包也没有了。不大一会儿，就有了饥饿感，接近国内晚饭时间，前胸贴后胸，饿得都有些坐不住。就在这时，飘过来了一缕扑鼻的沁人心脾的饭香，心想这下好了，总算要吃晚饭了。半天没有动静。转头四顾，发现后排的几位中国小伙子在唏唏溜溜地吃着"康师傅"，同时还啃着烧鸡，喝着罐装啤酒。这一看，愈感饥饿，只好用一杯又一杯的果汁，强压心中泛起的对资本家的愤懑。

航程近七千公里,空中飞行约八个小时,降落在芬兰赫尔辛基机场只是当地时间下午三点,离晚饭还远着呢。入住宾馆,洗一把脸,就开始了参观访问。前后十个多小时以后,我们终于坐在了赫尔辛基的一家中餐馆。很家常的五菜一汤,甚至少盐缺醋,但不大工夫,桌面上便只剩秋风了。老程抹抹嘴,深有感触地说:"我已经开始思念祖国了!"

接下来的十多天,吃饭就一直是一个"问题"。接待方始终保持理解的姿态,尽量给我们安排中餐。每人每顿八欧元的伙食标准,在国内都能吃上大虾了,在欧洲就只能吃家常的五菜一汤,且此中餐非彼中餐,我们常常肚子饿着,眼却不饥。早餐一律在入住的宾馆用西式自助餐。这自助餐倒也丰富,只是不对口味,想着导游提示早餐关乎一天的热量,就只好用一杯又一杯的热咖啡愣将冰冷的黄油、面包向肚子里冲。老程后来就不再下楼吃早餐,一个人在房间冲方便面。他说他身上已经有了"西餐抗体",见了黄油、面包就反胃。

咱中国人有一个习惯,就是朋友见面,总免不了要问问对方的收入状况,借以表达关心,同时也好跟自己有个比较。在欧洲,问人家的收入就跟在中国问女士的年龄一样,是很不礼貌的,我们又想知道,于是就拐弯抹角,迂回包抄。在赫尔辛基,一位在此工作十多年的北京人告诉我,官方公布,芬兰人的平均月收入,男的二千四百元(欧元,下同),女的二千一百元。在布鲁塞尔警察局,副局长科林告诉我们,警校学员每月一千五百元,参加工作一年以后,可以挣到二千元,说的是基本工资。于是我们对欧洲人的收入有了总体的概念,即在二千元到三千元之间,换算成人民币,就是每月两三万元。而且,我们所访问的北欧诸国及荷兰、比利时,都是高福利国家,小孩一出生就有每月一二百元的牛奶金,之后入托、上学直到高中毕业都全免费。

工资是国内的十倍,消费也基本上是国内的十倍,超市里买罐可乐二元,街边喝杯咖啡三元,一个汉堡包加杯饮料七元。只是人家生活福利好,社会保障好,有钱就花,生活十分洒脱。而咱中国人有钱只能算着花,得为子女上学积攒,为买房子积攒,为老来有养积攒,且不知道攒多少是个够,于是都活得很累。

在赫尔辛基火车站站前广场,我们在等待去瑞典的船,老姜有了便意,车旁就有收费厕所,每次一欧元。老姜绕着厕所转了三圈,终没有进,我说进吧,离上船还早呢,别憋出个好歹。他说还能忍。晚上在船上,他问我:"你说人生最大的快乐是什么?"我说不清。他说:"饿了吃上一碗羊肉烩面,急了能找到免费厕所。"

欧 洲（2）

我们这次赴欧访问，在各地入住的酒店都号称三星四星，但和国内相比，情形却不相同。酒店大多位于城市边缘，没有醒目的招牌，也很少高层。在哥本哈根入住的宾馆，基本就是一个火车站旅馆，一字形的平房，窗外就是飞驰而过的火车，整夜都不能开窗户。大概是出于环保的缘故，宾馆一律不备牙刷、牙膏、肥皂、拖鞋。热水也没有，我们只好使用从国内带来的热水杯。房间小，床小，电视小。打开电视，能看的听不懂，听得懂的看不到，只在德国汉堡一家酒店里看到了中央四套。难怪团长的房间总是扑克声声。也只能打打扑克了。

住得不好，吃得也差，但却无一人有怨言，无一人不喜乐。用团员王京的话来说，我们本来就是来受"洋"罪的。每每在从城市到城市的长途汽车上，大家就开始整理本团的"娱乐新闻"，谁都可能成为大家开涮的对象，话轻了重了，也都不急不恼。老程甚至将老汤在斯德哥尔摩 Scandic 酒店的遭遇即兴改编成小品，说是要推荐给央视春晚。

在斯德哥尔摩的 Scandic 酒店，老汤刚住进房间，就听到敲门声。打开门，一位漂亮的服务小姐站在门口，手里的托盘上放着两杯饮料。小姐口绽莲花，哇啦不已，老汤一句也没有听明白。但看着小姐甜美的笑容，老汤估摸着，这饮料是送给他的，便"OK"一声接了过来。老汤点上一支烟，一面欣赏着窗外绚丽的北欧风光，一面品咂着这热情的饮料。饮料其实很普通，就是一杯芬达，一杯雪碧，但他似乎觉得比在国内喝的要甜要香。他不忍独享，就端起一杯雪碧来到了隔壁团长的房间。团长正在与几位团员打牌。他问团长有没有喝到送上门的饮料。团长头也没抬，继续摸他的牌，只淡淡地说了一句："当心付费。"老汤大不以为然，用江南普通话急切地分辩道："付什么费？人家四星级酒店就是这样的耶，免费的耶！"

在我们即将离开 Scandic 酒店时，导游匆匆地从宾馆里跑上车，问："本团谁要了两杯饮料，请到宾馆前台结一下账。"大家都把目光投向老汤。老汤一脸镇定："看我干什么？我又没要饮料！"团长冷冷地说："少废话，结账去！"老汤结账归来，一脸茄子，嘟囔着："怎么搞的，两杯饮料就要一百五十二块（折合成人民币），阿拉上海五星级也没有这么贵耶。"

老汤一路上都在申辩，饮料不是他要的，一定是服务小姐搞错了。我劝他算了吧，多亏送的是两杯饮料，要是送点别的，可能就不止一百五十二块了。

此行，全团十二人，无一人生病，无一人出事——老汤的那点事当然不算事，甚至连天气都很给趣儿。我们落地赫尔辛基时，满地阳光，导游说，上午这儿还下雪呢。接下来的十多天里，都是好天，这在湿润多雨的北欧和西欧是难得的。有人说，这是上帝的爱与我们同在。我们同时还感受着来自人间的爱。欧洲人总是那么安静，那么绅士，那么彬彬有礼，虽然言语沟通的机会不多，但从店员的态度上，从行人的眼神里，从每到路口机动车司机停车让行的举动中，我们都能感受到尊重和关爱。关爱还来自代表团内部，谁动作慢了，就多等一会儿；谁行李重了，就搭手拿一拿；谁渴了，这儿有水……

人类为什么喜欢旅游？我想，与其说喜欢美景，不如说喜欢旅游的心情。旅游的心情是宽容的、喜乐的、有爱心的。知道一切都是暂时的，知道这里不是我的家，所以得宽容；人与人的关系是单纯的,没有利害可以计较,所以得喜乐;一个人的能力总是有限的,没有谁能离开别人而存在,所以有爱心。人生何尝不是一次短暂的旅游,但我们在日常生活中却难得"旅游的心情"。

欧　洲（3）

我们在丹麦逗留的两天，正好是周末。周日的赫尔辛基，商店大多没有开门，街面人车稀少，时值初春时节，树木还没有抽绿，便透着寂清寥落，整座城市像一幅静物素描。经过一夜的航行来到瑞典首都斯德哥尔摩，扑面而来的是生动的都市气息。入住宾馆后，我们第一站便去了瓦萨号战舰博物馆。

这里展示着一艘长约七十米的巨型战舰，建造于一六二八年的战舰——瓦萨号。当时瑞典是周边国家鲸吞的目标，为加强国防，国王古斯塔夫二世下令建造了四艘战舰，瓦萨号即为其中之一。瓦萨号首航时，航行了不到两公里，一阵风浪袭来，瓦萨号便沉没了。这一沉便是三百三十三年。到了一九六一年，瑞典政府才下令打捞。

看了馆内长达半小时的配有中文解说的影片介绍，让人由衷敬佩瑞典人对待历史和文物的态度。战舰打捞上来以后，有大小十四万个配件需要修复安装，这场"世界上最大的积木游戏"，瑞典人一玩就是数十年，终于建成这座别具特色的博物馆。

在领略了十七世纪瑞典先进的造船技术的同时，游客都不由得提问：这艘如此宏伟战舰，为什么不堪一击？这个问题也曾困扰瑞典历史学家多年，直到沉船出水，答案才日渐明朗。

之前多数意见认为是因船上战炮固定不牢，遇到风暴战炮发生位移，船体失去平衡从而倾覆。沉船打捞上来以后，才发现战炮并未位移，沉没的原因是压舱石分量不够，重心失衡所致。导游陈先生还向我们介绍，此船当时是请荷兰设计师设计的，但在建造过程中，国王古斯塔夫二世自作聪明，不时干预，凭空添加了不少设施，导致船体超重失衡。他说，瓦萨号的悲剧，有点像咱们国家的"三年自然灾害"，三分天灾，七分人祸。

待第二天参观完斯德哥尔摩市政大楼，我认识到，瓦萨号的悲剧应当不会在北欧的这片土地上重演了。

市政大楼位于这所城市旧城区的中心，面临美丽的马拉尔湖，被推崇为二十世纪欧洲最美的建筑物，是斯德哥尔摩的象征。我们在导游的带领下从正门首先进入蓝厅。蓝厅名不符实，实为褐红色。据说当时在建筑师的设计里，这里是一座天蓝色大厅，可是建成以后，建筑师发现红砖的本色太美了，就放弃绘上蓝色，但名字却没有改。每年十二月十日，诺贝尔奖就在这里颁发并举行宴会。

在大楼的二层，欣赏了湖岸风光和世界名画相互辉映的王子画廊，见识了由一千九百万片指甲盖大小的金片镶嵌而成的金厅，我们来到了市议会的"会议室"。在这里，导游结合会议室的布局，向我们介绍了瑞典的"民主制度"。

会议室呈椭圆型分布，圆心是正副议长的座位。会议室的一侧，设有类似体育场馆的看台。市议会的大会，都是对公众开放的，任何人均可参加旁听。大会同时在广播电台实况转播。大会结束后，会议摘要也会上网公布。

一百零一名议员是通过市民投票的方式选出的。他们通常在每星期五举行大会。每次大会首先进行质询和提问。某个议员需要询查某件事，他可以向市政委员会（市政府）提问或质询。如果是提问，只有提问人和回答者可在会上发言；如果以质询的方式出现，所有议员便都可以参与辩论。

议员提出的书面建议称为动议。与提问和质询不同的是，动议将产生决议。但动议不是在议会内部直接得到解决，而是提交到市政委员会，进而提交给相关的管理部门和机构进行论证、评估，然后再返回市议会。市议会必须在动议提出一年内就此动议做出表决。

从市政大楼出来，我想，欧洲的文明其来有自，一个重要的因素就是人家善于总结历史教训，起立起了一套科学的政治制度和决策机制，从而有效地减少和避免了"瓦萨号"这样的悲剧。

小企鹅

说起澳洲的动物，首先想到的是袋鼠和树熊。听说澳洲还有企鹅，而且是野生的，便倍感新鲜。

驱车两个多小时，我们来到距墨尔本市近两百公里的菲利普岛上。这是企鹅在澳洲大陆唯一的栖息地，也是这片大陆的南端。由此往南，越过四千公里的海面，就是企鹅的故乡南极洲了。

澳洲的企鹅与南极洲的帝王企鹅不同，个头要小得多，通常就叫小企鹅。导游介绍说，小企鹅一个重要特点，就是"家庭观念"特别强，一夫一妻，忠贞不渝。每日，丈夫一早下海捕鱼，妻子在家照料儿女，等待丈夫傍晚携食而归。丈夫出海若遇不测，或被鲨鱼吃掉，或被海浪吞噬，妻儿便只是苦等。两日不归，三日不归，妻儿便会先后饿毙，真可谓"同命运，共生死"。在澳洲，小企鹅于是成为感情忠贞的象征。祝贺新婚，往往会以一对小企鹅工艺品为礼物，就像中国送鸳鸯一样。

随便说一句，以鸳鸯象征爱情，据说是一个天大的误会。雄鸳鸯是极不忠贞的，换偶频繁，它实行的不是"一夫一妻制"，而是"一天一妻制"。因为鸳鸯总是成双成对出现，才被人误解了。

小企鹅夜归，是菲利普岛上的一大景观。我们七点半就到了，离天黑还有一个多小时。海边的看台上，已经坐定了不少游客。墨尔本的夏天有所谓"一天四季"之称,如果说中午是夏季,傍晚时分就是初冬了。从南极洲吹来的海风,携着砭人肌骨的寒意。几位只穿T恤的男士,便只能双臂合抱咬紧牙关了。

夕阳归隐,夜幕从海陆两面一步步围过来,待看台两侧的灯光亮起,海边便呈现出一个露天舞台。观众越聚越多,座无虚席,"表演者"却迟迟不见影踪。舞台背景是一片黢黑的大海。一排白色的浪,又一排白色的浪,呼啦呼啦涌过来,舔噬着台前橙黄细软的沙滩。几只不知疲倦的海鸥在沙滩上下翩跹,像大戏开演前垫场的演员。

这时,观众台上,有人指着近海处几个似有若无的黑点叫道:来了,来了!大家的目光一齐投向那里。几个黑点在海浪之间颠簸着、沉浮着,被海浪裹携着向岸边移动。近了,终于看清,正是一群夜归的小企鹅!

小企鹅却并不径直着陆,而是在浅水区张望、逡巡。走在最前面的,似乎是侦察兵,发现岸边有海鸥滋扰,便马上调头回转,身后的几只几乎同时回转,全体又没入海浪中了。经过反复试探,确认无虞后,这群小企鹅才在观众的千呼万唤望眼欲穿中,庄严地登临海滩。他们首尾相接,像雍容的绅士,像凯旋的英雄,腆着饱满的肚皮,迈着企鹅家族特有的卓别林式步伐,从千余双眼前迈过。迈过一天的奔波,迈过最后的惶恐,终于爬上看台旁边的山坡,回归各自温暖的家去了。

事前就被告知,拍照是被禁止的,因为小企鹅的视网膜,一经闪光灯的刺激,就可能损坏失明。那一刻,所有的观众都收起了相机,凝神敛息。看台上的目光是慈爱的,甚至是敬仰的。这些看似连海鸥都怕的小家伙,却敢深入到海豹鲨鱼出没的大海深处,披风斩浪,为妻儿觅食。

夜深了,天越来越冷,归来的小企鹅也越来越多。企鹅归来了,我们也当归去了。

草木丛生的岸上,用木板搭就的人行道的两侧,亮着星星点点的灯光,既为夜归的企鹅照亮回家的路,也方便游客的观察。长长的木板路两侧,也是企鹅回家的主干道。三五成群的小企鹅,身上的羽毛还是水渍渍的,回家的脚步似乎也变得匆匆。游客纷纷停下来,近距离地观察。忽然有人用闪光灯照相,人群中便炸起了斥责,就像有人当街欺负了自己的孩子。

  马上就要步出景区,路边一对企鹅母子吸引了我们的目光。这显然是一对等待归人的母子。子企鹅不但个头小,叫声细碎,在灯光下的毛色也明显清浅。母子俩站在路边,巴望着企鹅归来的方向。子企鹅一定是饿极了,绕着母亲不住地叫着,喳喳待哺。每有巡海归来的企鹅路过,母子俩就满怀期望地迎上去,但"望尽千帆皆不是",所有的"海归"们都不理这对母子,大摇大摆而去,留给它们一地失望。终于有一个"海归"收住了脚步,小企鹅便把嘴巴凑上去,等待哺养。"海归"只是用嘴巴划了他两下,待看清并非自己的孩子,就又拂袖而去。足足看了半个小时,也没有等来他们亲人团聚,大家的心都不免有些紧张了。时间不允许,我们只有离去。

  车回墨尔本,已经是子夜时分了。心里还挂念着那对企鹅母子。他们家的主人当晚归来了吧?唯愿。

第三辑 亲 子

起　名

　　"都都"是我尚在母腹的儿子（抑或女儿）的名字。自打准备怀孕的那一天起，我与妻子就开始为我们的"概念孩"起名。我说就叫"乐乐"吧，取快快乐乐之意。至于大名，如果是男孩，就叫"思蜀"；是女孩，就叫"思琴（秦）"。"思蜀"，是用三国时刘备的不肖之子刘禅"乐不思蜀"典故，望儿子不忘根本，同时妻子也是四川人；而"思琴"，就因我是陕西人了。我颇为自得，便"乐乐"了好些日子。但妻子不喜欢，她说让孩子思这个思那个的，闹得一脸的忧国忧民，就像你现在似的，何"乐"之有啊？

　　妻说，名字是什么？名字不就是一个人的编号吗，你到医院去就诊，分诊台喊五十八号，你不也得答应吗。但在日常生活中，人们却把名字看得太重，用名字寄托理想和心愿，用名字显示文化和个性，于是给孩子起名就有点像旅游，都喜欢往好的、美的、高的地方挤，闹得这些地方总是人满为患。咱们是不是别凑这个热闹？

　　难得妻子有这番见识。在坡嗲，就有一种"赖叫好养"的说法，认为孩子的名字不宜叫得太金贵，这样才好养活，于是满村的"草草""土蛋""栓牢"之谓，且个个体格健壮、生龙活虎。于是就同意重新考虑。虽然是要当妈的人了，妻子尚存几分姿色，每次对完镜之后就对我说：我漂亮，你还算聪明，咱们俩的孩子，一定既聪明，又漂亮。我说，千万别这么自信，万一相反呢，长得像我，脑子却像你，如何是好？妻子坚信不会有后一种情况发生，她说她生的孩子，无论是男是女，一定是优秀的，人见人爱的，是男孩，就是"刘都跟"；是女孩，就是"刘都追"。我说，那就叫"都都"吧。

怀孕不到仨月，妻子的肚皮就迅速变大，但不见得是胎儿在长大，而是日见其厚的"板油"。她这一段特别能吃，尤喜零食，像一只贪吃的馋猫。岳母大人提醒女儿节制饮食，说婴儿出生时比较合适的重量是三公斤左右，母亲如果太胖，孩子就可能是巨大儿，不但生产困难，对婴儿脑发育也不利。妻子不以为然，说她的肚皮是都都的被子，都都小，怕冷，所以要盖一床厚被子。

妻子的母性像春天的草木一样疯长，整天都都长都都短的。每晚睡觉之前，她都要跟都都说会儿话。大概因为目前还没有明显感知都都的存在，她倾诉的对象暂时还是一匹"马"——是我从超市里买的一匹玩具马，圆圆的身子阔嘴巴，肚子里装有发声器件，用手一捏，便作马的嘶鸣。妻子每晚便把"他"搂在怀里，自问自答地絮絮叨叨。中国有一个成语，叫"对牛弹琴"，看来，当一个人把牛引为知音的时候，"对牛弹琴"就并非不可理解。

妻说，"子不教，父之过"，你也得赶紧给都都说点啥。我于是便也煞有介事地跟都都说话。说话时，便不由得用手摸摸妻子的肚皮，以确定都都的存在。妻子其时总是给予引导，说是"在这儿在这儿"，我也总是信以为真。有一天，妻子让我按她小腹部一块有点质感的东西，说这就是"都都"。我于是就对着她指的地方说话。这天，她告诉我，搞错了。怎么错了？我问。她说，当她满心欢喜地告诉母亲她可以摸到都都的时候，做了一辈子医生的岳母将信将疑，说让她摸摸。摸了半天，岳母问女儿这一段是不是便秘，妻子说是，岳母告诉她：这不是"都都"，是直肠！

我不禁大笑了。敢情这几天晚上我都是对着一截儿直肠说话。此事也让我好生感慨:"臭大粪"和"宝贝疙瘩"有时是这样难以分辨,生活中我们引为宝贵的东西,时不时凑上去对之窃窃私语的东西,没准儿就是一截儿直肠。

男 女

坊间说人生有四大乐事：久旱逢甘霖，他乡遇故知，洞房花烛夜，金榜题名时。这显然是举其要者，人生之乐事岂止于此，比如本人，年近不惑，得一子，不亦乐乎。

双方的老人总算了却了一桩心事。远在故乡的我的父母，电话里听完我的汇报，还一定要听几声孙子的哭声。孙子在这厢哭，老两口儿在那厢乐，还有评论："耶！俺孙子底气真足，隔了两千里还震得人耳朵疼。"岳父母除了承担伺候月子的繁重工作外，一有空便将外孙抱在怀里，英语、国语、地方话齐说，儿歌、古诗、顺口溜并教，并且已为不到百日的外孙确立了学业的目标——哈佛大学，有诗为证——他们为外孙专门创作的："小都都，乖又乖，学习成绩进步快。而今迈步从头越，美国哈佛报喜来。"

乐的不光是我们的老人，邻居仁大妈听到消息，马上打电话过来，说月子里就不上门了，请把小孙子的照片送几张给她，一家得子，全楼高兴，咱这楼上又多了一个男子汉，小偷会绕着走呢。看了照片，其中一张是儿子在医院里，与一个跟他前后脚出生的女孩的合影，两个小家伙都被包裹得严严实实的，像一对大蜡烛似地并排躺在一张床上。仁大妈指着这张照片说："你瞧这小子多有福气，一生下来就有小姑娘陪着睡觉。"

最有"成就感"的当然是孩儿他妈。儿子出生，她说"家庭妇女"从此站起来了，再没有人敢欺负了。为了多出奶、出好奶，以往颇挑嘴的她异常地平易近"食"，只要父母说什么需要，她就吃什么，油腻腻的猪蹄汤，她一次就能喝一海碗，结果是她的体重比儿子的体重增长得还快，非但没有了从前的窈窕身姿，而且很快就像又"有"了似的。她却满不在乎："我都有儿子了，还怕什么。子不嫌母丑吗。"

苏东坡有言："无官一身轻，有子万事足。""老"来得子，焉能不喜？但对我而言，最痛苦也最幸福的时刻是在产房外的那几小时。在"生产"这样的人生大关节上，谁主安危祸福？当产房里传来妻子撕肝裂肺的哭叫声时，除了焦躁地踱步，一次又一次把烟抽出来又装回去，便是恭坐垂首，默默祈求上苍保佑。我的真实想法是，对于我们，对于一位高龄产妇，只要母子（女）平安，至于生男生女，都是喜出望外的余事了。于是对一位朋友的电话印象颇深。他问："生了？"我说："生了。""男孩女孩？""男孩。""多重？""七斤二两。""多长？""五十三厘米。"他是警察，惯于用问句跟别人交流，我也有问必答，配合得像他辖区里的一名暂住人口。他忽然提高声音："谁干的？""报告长官，是我！"

中国自古重男轻女，生男叫"弄璋之喜"，生女则叫"弄瓦之喜"，一玉一瓦，境界霄壤。根源在于中国曾是传统农业社会，田里需要劳力，祠堂呼唤烟火。但中间也出现过几次"重女轻男"的小插曲。一是在秦代，为了修长城，男子都得服徭役，女子则可幸免，于是秦谚有云："生男慎勿举，生女哺用脯。不见长城下，骨骸相支柱。"这次"重女轻男"，是出于对暴政的恐惧。二是在唐代开元年间，杨贵妃一人得宠，兄弟姐妹皆列位清贵，权势富贵不可一世。当时民谣有云："生女勿悲酸，生男勿喜欢。"白居易在《长恨歌》中也说："遂令天下父母心，不重生男重生女。"这次"重女轻男"，是出于对"第一夫人"的欣羡。

现如今，男女平等提倡了一百年了，但传统观念恐怕不单在乡村有市场,也不只潜伏在我的意识深处。那天几位朋友闲扯,赶巧这几位朋友都生的是女孩,有问:"你小子怎么就能生个男孩?"我说是为了生态平衡,我要再生个女孩,你们的姑娘嫁给谁呀?我家楼门口小卖部的老王说得更邪乎:"你的是儿子,我的也是儿子,好啊,这世界就是我们的了!"我问此话怎讲。他说:"儿子是党的事业的接班人啊。"我说这是党章哪一条规定的?这世界是儿子的,还是儿媳妇的,还很难说。

学　语

　　儿子出生时，我快"四张"了。单位与我同龄的同事，其子已在中学课堂上为女同学打架。每当心理不太平衡时，就自我安慰说晚有晚的好处，"重要人物往往在最后出现"。期许自己的儿子是重要人物，首先得起一个如雷贯耳的名字。这项工作几乎和生育工作同时起步。我一有空就翻字典，上街时眼睛也不闲着，一字不拉地阅读两边饭馆酒肆的招牌，以期收获灵感。十几套方案先后都被妻子否定了，最后双方都能接受的是一个"都都"。我与妻的故乡都是古都，又都身在京都，便觉得这个名字颇有文化，很是得意了一番。这种得意终结在儿子满月的那天下午。妻子抱儿子下楼，就听到一位邻居在楼门口喊"都都"。妻子满心欢喜，心想宝贝儿子这么小就名扬四邻了。兴冲冲地抱着儿子迎上去，准备领受邻居的夸奖。这时楼内蹿出一条卷毛狗，绕着那位邻居欢快地摇尾巴。妻子天生怕狗，抱着儿子仓皇逃离。

　　儿子四个月时开始认人，轻易不让外人抱，抱了就哭闹，直至重新回到亲人怀抱。但似乎对女性且相对年轻者较为宽容，不让表叔抱，但漂亮的表婶说抱就抱了。妻子忧虑地说，这么小就好色，大何以堪？北京非典闹得最凶的二〇〇三年四月下旬，我和妻子抱儿子散步，撞见了在小区里开豆花庄的女老板小苗。小苗已属徐娘，但犹存几分风韵，我们常去吃饭，所以熟悉。小苗发现我忽然有了儿子，一脸惊喜，上前问长问短。儿子看到小苗，立即呈兴奋状，还主动伸手要对方抱。妻子面有难色：非典当前，连说话都要刻意保持安全距离，对方又来自人员聚集场所……但终敌不住双方的热情。儿子在小苗怀中，喜笑颜开，手舞足蹈，妻子伸手要抱过来，儿子却把脸转向一边，似乎小苗才是他的亲妈。

八个月上，儿子开始牙牙学语，"爸爸""妈妈"学得不像，却能清晰地说"不"。"都都吃奶。""不！""都都拉尿。""不！"不让把尿，刚一放手，他就把尿撒在了床上。妻子让我检查一下儿子的后脑勺，看是不是长着反骨，怎么对什么都说"不"呢？我说回头让他多读些古书就好了。这是一位西方人的发现，他说看中国的线装书，是从上往下看，就像对内容不住地点头，所以中国人都习惯点头称"是"。儿子似乎意识到只说"不"是不行的，不久就学会了表示肯定的"哎"，但又分不清这两个字的正确用法。一天晚饭后，我与刚满九个月的儿子聊天。我："我是爸爸。"儿子："不！"我："我就是爸爸！"儿子："不！"我："叫——爸爸，爸爸，爸爸……"儿子："哎！"

都都快两岁时还不会讲话，令一直带他的姥姥、姥爷颇有些着急。姥姥不止一次对小外孙说：你妈妈像你这么大不但会说话，都会认字了，医院墙上写着"只生一个好"——姥姥、姥爷早年在一家乡镇医院工作，只教过一次，就全记住了，随便指一个字，你妈妈就能说出来。每听到这话，妻子就看看我，满脸都是"遥想当年"的得意神情。而我就只有暗自惭愧了。晚上偷偷地打电话给远在故乡的母亲，问我是什么时候开口说话，母亲说你们姊妹五个，我哪记得清，好像三岁以前都会说话了吧。

小家伙有一天终于开了金口，第一声叫的是"爸爸"，这令"爸爸"欣喜若狂，而"妈妈"却愤愤不平。凭什么儿子先叫你？跟我亲呗！凭什么跟你亲？妻子把脸转向儿子，没完没了：爸爸多省心，就工作了那么一会儿，接下来全是妈妈的事，为你恶心呕吐，为你提心吊胆，为你每天喝油腻腻的鸡汤，口红不能抹，时装不能穿，得病了连药都不敢放心吃，整整十个月的禁闭，又忍受了你爸爸永远不能体会的苦痛，才把你生下来，你说你跟谁亲？说完便抱起儿子，凶巴巴地盯着："叫妈妈，叫妈妈！"儿子也看着她，半天不开口，终于开口了，还是——"爸爸"。妻子像一摞积木散在了沙发上。

几位朋友来家，像鉴定古董似地围着都都，说儿子长得漂亮，像妈妈。妻子特高兴，又不无忧虑地说，就是迟迟不开口说话。朋友说，这有什么，革命都不分先后，说话还在乎早晚吗？而且说话迟未必是坏事，民间不是有一种说法，叫"贵人语迟"，成大器的人，多拙于言词。

我虽不以"贵人"期许儿子，但自信他不是哑巴，所以并不为他的"语迟"而担心。果然，在两岁半上，他嘴里的词就多了起来，先是单个儿的，很快就三三两两地往外蹦，就像他吹的肥皂泡泡一样。当都都第一次说"爷爷奶奶晚上好"，老两口激动得半晚上都没有睡着。很快就发现，都都似乎不满足于"学语"，还开始"造语"，就像一些新生代的作家，自己创造词汇。小儿维C滴剂是水果味的，他就把它叫"水果药"；姥爷习惯把火腿切成半圆形，他就称之为"西瓜肉"。妈妈的同事送了一个小玩具，外面是一个椭圆形状的瓷瓶，里面站着一个憨态可掬的小布娃娃，儿子很喜欢这个玩具，每次看到总是喊"鸡蛋娃娃""鸡蛋娃娃"。

他不会说话时，我就给他讲《孔融让梨》这个故事，前后不知讲过多少遍，我想他总该有些印象吧。快三岁时，我问他，爸爸买回来一袋梨，由都都来分，你怎么分呀？都都忽闪着大眼睛，似乎在回想我给他讲过的故事。我引导他：最大的给谁呀？给爷爷——都都回答说。比较大的给谁呀？给奶奶。剩下的大的给谁呀？给爸爸。还有大一点的给谁呀？给妈妈。那么最小的给谁呀——

谁也没有想到，都都说："给孔融。"

人之初

人之初，应当是一个时间概念。如果可以作两种解释的话，一是指人类之初。人类诞生，按历史教科书的说法，迄今已有二三百万年，而人类有文字记载的历史还不到五千年。人类之初是个什么光景，现在的人谁也说不清楚。按达尔文的进化论学说，一批猿猴从树上溜下来，只用两条后腿行走，前肢就干点别的，或者抓起木棒打树上的野果，或者把石头磨尖来袭击野兽，于是而成为人。在公园逛逛猴山，想"人之初"或许就如此了，为了争吃的争地盘争异性，大打三六九，小打时时有，谁最能打，谁就是王，就可以想哪个母猴就得到哪个母猴。人类既然是从猿猴变来的，不可能一直立行走，就立地成佛，全无猴性。就是进化到了今天，也很难说人类就完全是"人"类了。

人之初的第二个解释，就该是指一个人的成长之初，从出生到懂事之间，即婴幼儿阶段。没有人能说清自己的"之初"，但却可以通过观察别的小孩来了解"人之初"。我的儿子不到两岁，正值"人之初"。我观察的结果，与中国的一个传统共识大相径庭，即人之初并非"性本善"。

他刚生下来，护士小姐就把他放在妈妈的胸脯前，让他吃奶，一开始不会吸吮，急得哇哇大哭。会了，又像饥饿的小老虎一样凶残，半天不撒嘴，直到咂不出一丝一毫。几天下来，妻子的乳头便开了花，像一颗烂葡萄，穿衣服时不小心碰着了，都疼,但儿子不管这些。为了不至干裂,妻子就在上面涂些花椒油,每次喂奶前再用热毛巾热敷擦拭。动作慢了,儿子就哇哇大哭。等到叼上奶头不哭了,妻子就该哭了。她说,儿子舌头就像针尖一样尖利。我对儿子说,你怎么就不能体谅一下妈妈呢,动作轻一点,每次时间短一点,不要让妈妈那么难受!

我知道,责备一个襁褓中的孩子是没有道理的,他只是依本能行事。在他的眼里,没有"你的""我的",整个世界都是为他准备的,他想怎么着就怎么着。随着一天天长大,这种以自我为中心的天性表现也更为多样。在楼下和小朋友在一起玩耍,不管自己带了多少玩具,只要看到别的小朋友的玩具,就径直跑过去,往自己手里抓。对方若是不给,就强夺。夺过来了,对方哭;夺不过来,则是他哭。我跟妻子说,谁教儿子如此蛮横自私了。妻说,谁会这么教?

每次看到儿子如此表现,我都有些不安。每当我代孩子向别的孩子表示歉意时,对方的家长都很淡然:"这有什么,孩子都这样。"我便注意观察别的孩子,的确是彼此彼此。家长们还交流了几则孩子逸事,也让人哭笑不得——

自打小孙子一会听话,爷爷、奶奶就给他讲孔融让梨的故事。讲了两三年,效果如何呢?这一天奶奶买了一袋苹果,让小孙子来分。孩子一眼就看到那个最大、最红的苹果,拿起来,就往奶奶身边走去。两位老人十分欣喜,心想这几年的心血没有白费。奶奶刚要去接递过来的苹果,没想到小孙子的手又收了回去。爷爷在一旁耐心提示说:"你还记得孔融让梨的故事吗?"孩子看看苹果,看看奶奶,犹豫不决。孩子的妈妈在一旁说:别为难他了,中国几千年不就出了一个孔融吗!孩子一听这话,对着手里的苹果就是一口。

另一则也是爷孙之间的事。爷爷向小孙女要糖吃。"你爱爷爷吗?""爱!""那把你的糖给爷爷吃一块行吗?"小孙女一面说爱爷爷,手里的糖却越攥越紧。爷爷说:"你所有的糖都是爷爷买的!"小孙女似乎明白了什么,对爷爷说:"爷爷,我给你吃糖。你把眼睛闭起来。"爷爷眯起眼睛,只见小孙女把两只手的糖集中到一只手里,腾出一只手,把嘴里的糖渣儿取出来,塞进爷爷嘴里,说:"爷爷吃糖。"

　　有人说,孩子离上帝最近,那是因为孩子活得最真实;在孩子身上,人类的天性体现得最真切、最充分。我观察的结果,人之初并非"性本善",至少不全是"善"。倒是圣经里的说法庶几近之。圣经说,上帝按自己的形象用地上的泥土造人,并向人的鼻孔吹入生气,赋予人以"神性"(道义、良知);而人在蛇的引诱下,偷吃了智慧树上的果子,自以为可以分辨善恶,便背叛了神,从而有了"罪性"(自私、贪婪)。"神性"和"罪性"就这样共存于人类的天性之中。于是在芸芸众生中,既有接近于神的圣贤,也有披着人皮的恶魔,更多的,是徘徊挣扎于神和魔之间的你我。

撒 野

二〇〇五年八月,我儿子三岁。凡认识我们两口子的,都说我儿子长得像她妈妈。妻子为此颇得意,全然不顾我的感受。"一点都不像我吗?"当一位学考古的高中同学再次评说我儿子的长相时,我追问。同学双手扶着眼镜,看看儿子,看看我,又看看儿子,又看看我,神情专注得像鉴定两件出土文物。最后,他一本正经地发布他的鉴定结论:"你儿子有一点像你。"

"哪一点?"我迫不及待地问。

"都是男的!"

儿子两岁时还不会讲话,妻子曾担心他会不会是哑巴。二〇〇五年年初,他终于开口了。一开口就不得了,词儿像炒爆豆似地往外蹦,每每让我们大惊失色,不知所措。他乱扔电视机遥控器,我举手要打屁股,他一面往沙发里蜷缩着,一面高喊:"救命啊!救命啊!"一次姥爷问他:"都都,你像爸爸还是像妈妈?"您猜我儿子怎么回答的——向毛主席保证,绝对没有人教过他,他一字一顿地说:"我、像、爸、爸,我、也、像、妈、妈。"一家人都惊呆了。

但我的这层喜悦很快就被一层忧虑覆盖了:小子刚会说话不久就会骂人了!

同楼住的李大爷一条腿有些不灵便,经常在楼门口闲坐。他特别喜欢我儿子,每次见着,都要笑眯眯地问"都都好",有时还特地给他带些糖果。我让儿子叫"爷爷",儿子每次都很听话,"爷爷"叫得特别响亮。李大爷朗声应着,乐得满脸核桃。这天晚饭后,我带儿子下楼又遇上李大爷。我感觉李大爷看见都都时,不像往常那么喜形于色,虽然也在笑,但笑得有些勉强、生硬。我让儿子叫爷爷,李大爷匆忙伸出双手,摆动着,说:"别叫!别叫!"儿子便没有叫。我一腔狐疑地带儿子去了小区花园。

回家便把见到李大爷的事告诉妻子。妻子叹了一口气说:"别提了,你儿子把李大爷得罪了。"她说昨天带儿子经过楼门口,李大爷见到都都还是那么喜欢。我让他叫爷爷,他不叫,我再让他叫。他瞅了李大爷半天,吐出两个字——傻×。

妻子说,我当时真是难堪不已,进也不是,退也不是。李大爷呢,像被烤白薯烫了嘴,笑也不是,哭也不是。

姥爷、姥姥听过都笑了。我不敢笑。刚会说话就骂人,还了得!他是从哪儿学来的脏话呢?家里不可能,我有时也骂人,充其量骂个"混蛋"什么的,从来没说过那俩字。那就只有一个渠道,幼儿园,同学中间——他三个月前刚入的托。当晚,我认真地和儿子谈了一次话,申明说脏话不是好孩子,并提出改日要一起去向李大爷道歉。儿子亮着一双大眼睛,似懂非懂地听着。

也许他真的听明白了,接下来的日子,他没有再说那两个脏字。但就是在前不久,他又故态复萌。我边看新闻联播边翻看报纸,儿子在一旁玩奥特曼。他忽然抬起头,对着电视连喊"傻×傻×傻×"。我赶紧上前捂他的嘴:"小子你长胆了,连新闻联播也敢骂!亏你生在好年代了,要在过去就定你个现行反革命!"妻子说你先别上纲上线,你先看看他在骂谁。我抬头看电视,电视里正在播送萨达姆受审的新闻,我的心安定了许多。心想这个独夫民贼,箝万民之口以定一尊,贪举国之财以养一身,作恶多端,杀人无数,在他独裁的二十四年里,伊拉克大约三十万人遇害，已确认的万人坑就有四十多处（据二〇〇四年十月十三日《羊城晚报》），如今死到临头还死不认罪，骂之何妨！

但我还是对儿子说："不许骂人，即使是萨达姆也不能骂！"

童　谣

都都是两岁半上的幼儿园。妻子一次从幼儿园开家长会回来，抱回来一箱书。我说你工作那么忙，还有时间看书啊。她说是给儿子买的。我打开一看，是一套"儿童经典诵读"，包括中国的《论语》《孟子》《老子》《庄子》《史记》《唐诗选》《宋词选》等，还有西方的《经典诗歌精选》《经典散文精选》等，共计二十本书。好家伙，整个是一个小图书馆。

我大学学的是中文专业，随便拿一本翻开一看，有些篇章我读起来都有些费劲。看到我一脸的不理解，妻子说：专家还来幼儿园了呢，说孩子是一张白纸，你给他画什么就是什么，你给他读圣贤的书，他就会亲近圣贤，从小萌生高尚的道德情操；专家还说，背诵是开发智力的一个好办法，得抓住十三岁以前，这是人类记忆力的高峰，十三岁以后记忆力就开始减退了……

我说哪儿来的这么好的专家，送这么一套书，怎么谢人家呀？妻说，你想得美！连同朗诵录音光盘，打八折，一套四百八十元。我不禁倒吸了一口凉气。几年来，妻子经常上早市买衣服，十块八块地跟人砍价，让跟在她身后的我每每进退失据，怎么给孩子花钱仿佛用的不是人民币似的。

书买来就放在儿子的小床底下，几个月没有动。妻子问我怎么还不给儿子开学啊，我说急什么，都都说话本来就晚，"现代汉语"还说不了几句呢，就教他"古代汉语"，他回头不叫你

"妈妈"了,叫你"吾母",你敢答应吗?

  我的看法,儿童诵读经典肯定是有益的,但不能急功近利拔苗助长。特别是幼儿阶段,童谣和儿歌或许才是最重要的。童年童年,没有童谣的童年才是一种缺憾。于是我想起了我的童年。我生长的坡嗲,经济文化都很落后,父母都是大字不识一斗的农民,在单调贫乏的日子里,滋润我幼小心灵的,就是母亲教给我的那些童谣——

  口口口,打破斗。
  斗没粮,盖新房。
  新房嗲,住的谁?
  住的狗娃他新娘。
  新娘新娘弄啥恰?
  吃白馍,奶娃恰。
  奶个啥娃?
  奶个石头娃。
  ……

  还有一些童谣式的谜语。"一个碗,摆过坎,你拾去,我嫌远",说是的月亮;"窗子里,窗子外,窗子里边种白菜",就是牙了。我曾经能说几十个这样的谜语和童谣,这也成了我那时唯一可能向小伙伴显摆的东西。现在想来,这,当是我语言和文学最早的启蒙。

  都都还在娘胎时,我就对他说过童谣。我自己编了几首,自感力不从心,就买一本上海出的《儿歌三百首》,但里边不少是吴越方言,对于我这个北方佬,有点像吃甜食一样不顺口。倒是有一天在旧书摊儿上淘的一本新疆出的小册子,里边有几首儿歌真是不错,像——

> 小黄狗，找朋友，说猪黑，嫌熊丑。
> 兔子尾短耳朵长，鸭子嘴扁又太脏。
> 哎哟哟，挑呀挑，一个朋友没找着。

这是《小狗找朋友》，还有一首《蚂蚁搬虫虫》——

> 小蚂蚁，搬虫虫，一个搬，搬不动；
> 两个搬，掀条缝；三个搬，动一动；
> 四个五个六个七个，大家一起搬进洞。

我最喜欢的一首儿歌是《洗月亮》，简直就是一首诗——

> 海水清，海水凉，捧起海水洗月亮。
> 月亮没有穿衣裳，拉块云彩忙遮上。
> 羞羞羞，脏脏脏，谁家洗澡穿衣裳？

妻子开始反对我对儿子读我小时候的那些童谣，"你是要培养小农民呢"。直到有一天，她居然也跟我学起这些童谣了。那些天孩子晚上总哭，给玩具不要，给奶不吃，怎么哄都不成，妻说，该不会是哭夜郎吧。我说我来试试。我就给他念我小时候的那些童谣，用的是纯正的坡嗲方言。期间，我仿佛也重回童年，脑子浮现的是故乡当年的风物。第一首念过，哭声止了；二首念过，不乱动了；三首没念完，儿子就睡着了。妻子叹为观止，说你简直就像一个神汉。我说，这儿歌是我母亲从她的奶奶那儿学来的，少说也有上百年的历史，也算是"祖传秘方"吧。妻子于是便跟我学，学成了便用，居然屡试不爽。

都都没出生之前，我常说的是我自己编的一首童谣：

> 小都都，骑大马（他是属马的），

达达达达到我家。
眼睛大,像妈妈,
头发黑黑像爸爸……

儿子出生以后,果如所言。妻子说,咱俩就这点儿优点,儿子都继承了,真争气,这就叫心想事成吧。但不久她就忧虑地说:"缺点也继承了,你看,眼袋大,像妈妈,头发稀稀像爸爸;脾气大,像妈妈,心眼小小像爸爸。"

作　诗

在儿子两岁半上,妻子买回来一套"儿童经典诵读",二十多本,装了一箱子。买来就扔在儿子的小床下,一扔就是半年。儿子三岁过了,妻子说,该给儿子开学了吧。《三字经》《论语》《孟子》《老子》《庄子》《史记》《唐诗选》《宋词选》……我将这套书一本本翻过,本本都散发着古典的幽香,内心很是惭愧。这些书,我几乎没有认真读过一本,一些章节不看注释我自己都不知所云,怎么教儿子啊?妻子看出了我的犹疑,说专家不是提倡"与孩子一起成长"吗,你教儿子时,自己也乘机补补课。于是,抽出了其中的《唐诗选》。在一堆古典里,我最喜欢的是唐诗了,我觉得唐诗与儿歌,与三岁的都都最近。

自然是从李白的"床前明月光"开始,一般是在睡前半小时,我一句他一句地诵读。他是不可能规规矩矩地听读的,总是一边在床上跳个不停,或者玩汽车之类的玩具。看似心不在焉,似乎不妨碍记忆。两个月下来,书里的六十余首五言七言绝句便都能背诵了。进入长一点的律诗和排句,都都出现"厌学"情绪,只顾一旁玩耍,连声都懒得出了。为激发他读诗的兴趣,我便采取"捆绑销售"的办法,每晚读诗之前,先讲故事、猜谜语。猜谜语用的是吉林美术出版社出的《儿童谜语全书》,一面是儿歌式的谜面,一面是图画式的谜底。都都很喜欢,每晚都要一猜再猜,没完没了。谜语猜完了,睡觉的时间也到了。我问:

"那么唐诗呢？""明天再读。"小家伙偷懒的方式很像我。

一天晚上，他把书抢过去："爸爸猜！"他当然不会读谜面，而是看着图画，按自己的理解说谜面。他的谜面，总是让我和妻子乐不可支——

"什么东西一个人站这边，一个人站那边？""镜子？""对了。"

"什么东西烫、烫、烫、烫、烫？""热水瓶？""不对！温泉。"

"什么东西上面圆圆，下面平平？""馒头？""对了。"

"什么东西路不平，它搞定？"他从哪儿学来的"搞定"这个词？我不得其解，也猜不出谜底。他看我半天不做声，说："告诉你，压路机！"

六月份，比他高两级的哥哥、姐姐要毕业了，幼儿园举办"艺术节"，各个班都要表演节目。都都就表演唐诗朗诵。选哪首诗呢？《静夜思》太短，《兵车行》太长，就选《将进酒》吧。在家模拟了一次，小家伙站在"台"上，身子左摇右晃，时而慷慨激昂，时而有气无力，真像喝了酒似的。校正半天，正式表演时表现可能还不错，获了奖。

不知是不是《将进酒》的浸染，自那以后，都都似乎对酒就有了兴趣。一到饭桌上，看到大人们斟满了杯，他就闹着要喝酒。申以利害，他还没完没了，就只好以一酒杯雪碧相妥协。于是，他就频频举杯，"祝爷爷身体健康！""祝奶奶越来越年轻！"老两口高兴得合不拢嘴。和妈妈碰杯时，都都却总是说："祝妈妈越来越辛苦！"妈妈在机关上班，离家远，总是早出晚归，还经常加班，平日已经很辛苦了。儿子这么说，当妈的只好一脸苦笑。

都都本是有自己的小床的，前两年怕他睡小床蹬被子、尿床，就随我们睡。快四岁时，想让他睡小床时，才发现小床已容不下他一米一的个头了，只好还随我们睡。他总是睡我们中间，是不折不扣的"第三者"。每晚睡觉之前,小家伙总是一手搂住爸爸的脖子,一手搂住妈妈的脖子,左亲一下爸爸,右亲一下妈妈,有时还下命令:"爸爸抱妈妈!"等我的手刚够着妈妈,他又说:"时间到,时间到!"双手把我俩分向两边。

十月初的一天晚上,我正在和妻子说网上声讨"梨花体"的事,刚过四岁的儿子忽然说:"我说一首诗。"我俩大吃一惊。他煞有介事地念到——

> 两个大人,一个小孩;
> 一个爸爸,一个妈妈。
> 想亲爸爸,就亲爸爸;
> 想亲妈妈,就亲妈妈。

看我俩半天不说话,他又问:"这诗行吗?"

玩　笑

前回说过，儿子都都两岁半时，他妈妈斥巨资给他买了一套"儿童经典诵读"。考虑到他的接受能力，在他三岁以后，我只在每晚睡觉前领他读会儿《唐诗选》。开始进展得比较顺利，进入长一点的律诗和排句，都都出现"厌学情绪"。为激发他读诗的兴趣，我采取"捆绑销售"的办法，每晚读诗之前，先讲故事、猜谜语。猜谜语用的是一本《儿童谜语全书》，页面是儿歌式的谜面，背面是图画式的谜底。都都很喜欢，每晚都要一猜再猜，没完没了。

有时他把书拿过去："爸爸妈妈猜！"他当然不会读谜面，而是看着图画，按自己的理解说谜面——

"什么东西不守交通规则，碰来碰去的？"（碰碰车）

"一个圆圈圈，中间一个口子？"（游泳圈）

"小小长方形，都是红色的？"（砖头）

"什么动物手上两把刀？"（螳螂）

"什么东西知了知了地叫？"（知了）

"什么东西特好吃，上面有小洞洞。"（莲藕）

"什么动物会流眼泪，但不伤心。"（鳄鱼）

"什么东西一打不会死。"（靶子）

他出的谜面，每每让我们一头雾水，等到他说出谜底，又让人忍俊不禁。这时，姥爷、姥姥就会在客厅喊："该睡觉了，别太兴奋了。"

他读古诗,也制造了不少噱头。把杜甫的"茅屋为秋风所破歌",读成"毛衣为秋风所破歌"。这几天在教他读南北朝民歌《木兰辞》,我说:"昨夜见军帖,可汗大点兵。"在他嘴里就成了"昨夜见军帖,可汗打点滴",如此都一笑了之。但前天晚上读到"出门看伙伴,伙伴皆惊忙。同行十二年,不知木兰是女郎"时,他读成"同行十二年,不知木兰是母狼",这我就不能接受了。我严肃地批评了他:木兰是民族英雄,不许随便恶搞!

五岁以后,他似乎不再总是自我中心主义,有时还主动关心别人。说好动画片只能看到七点,七点爸爸要看新闻,我有时忘了时间,他就喊:"爸爸,新闻来了!"一天晚上,我在书房"打博客"——都都发明的词,妈妈带他睡觉。都都搂着妈妈的脖子说:"妈妈,你辛苦了,你生我的时候用了好大的劲儿。我长大了,要赚钱给你买礼物。"妈妈好开心,亲了亲他的小脸蛋儿,问:"那都都准备给妈妈买什么礼物呀?""买项链吧,上贵友,买蓝色大珍珠项链。"贵友是我们家附近一家较为高档的商场。妻子说她当时心里真是比蜜还甜,儿子才五岁多,就懂得感恩,生养他的千辛万苦,都在那一刻化为幸福。她紧紧地拥抱着儿子,热泪盈眶。

"但是",都都又说,"妈妈你可要天天贴面膜哟。"

"为什么?"妈妈有点疑惑。

"因为,你要是变成奶奶,那礼物就不适合你了。"

第二天晚饭桌前,妻子讲述了他们的母子夜话,一家人都开心而笑。姥爷问都都:"那你准备给爷爷买什么礼物呢?"都都正啃着姥爷卤的鸭翅,小脸蛋油乎乎的,不假思索地说:"爷爷那么老了,只能买拐棍了。"

五岁后,进入幼儿园大班,要学一位数的加减法和汉语拼音。放学回家,我问他今天学什么了。都都说,今天听写拼音。你都写出来了吗?都都说,都写出来了。拿出试卷一看,满纸几乎都是圆圈儿,数一数,听写了二十六个字母,他只写出了八个。我问这是怎么回事。都都若无其事地说:"老师说了,不会写就画圈圈。"

"都都像爸爸还是像妈妈",这是我们问过他无数次的问题。后来他就不认真回答了。有一回他说,爸爸妈妈'石头剪子布'吧,谁赢了我像谁。接着他趴在我耳边说:"爸爸出剪子。"又爬在妈妈耳边说:"妈妈出石头。"这不明显偏祖妈妈吗。我有意出了布,赢了妈妈。都都一下子急了:"爸爸说话不算数,我不像你了,我不像你了。"

长大了,每晚睡觉前就自己洗脸、洗脚。擦润肤霜时,他每次都挤出很多。我说别挤那么多,浪费,那是钱买的,不是从天上掉下来的。小东西把润肤霜瓶子举过头顶,然后松开手,说:"爸爸,你看,它就是从天上掉下来的。"

这几个月来,小家伙开始"谈政治"了。这让我颇生忧虑,因为他爸爸在博客上谈政治,谈得满心恐惧,这么小就乱掺和,决非好事。我经常看凤凰卫视资讯台,耳濡目染吧,他对陈水扁、马英九就都认识了,还学会了陈水扁那句著名的口头禅——"阿扁有错吗"。果皮纸屑乱丢,边吃饭边看电视,批评他,他摆平了脸,摊开两只手,一副无辜的样子:"阿扁有错吗?"模仿的是陈水扁的神态和口音,让你哭笑不得。

前天晚上,他拿蜡笔在餐桌上乱涂,妈妈批评了他,他低声说"把妈妈杀了"。我问他说什么,他笑嘻嘻地说是开玩笑。我可不跟他开玩笑,正言厉色道:"这样的玩笑不能开!这个世上,爸爸妈妈是最爱你的人,没有谁比我们更爱你!"

没想到他来了一句:"还有呢。"

"谁啊?"

"温家宝爷爷。"

非 典

妻子去法国出差的第二天,都都就病了。上午还跟我去逛了公园,生龙活虎的,午饭后却窝在沙发上直打蔫儿,还伴着一两声咳嗽。奶奶一摸他的额头,发烧了,试表三十七度六,过半小时再试就三十八度五了。爷爷、奶奶(北京叫姥爷、姥姥)退休前都是医生,自然也是小外孙的家庭医生,就地诊断,听了心肺,看了嗓子,认为是感冒,马上给吃药。以往头痛脑热,有时在家吃点药也就过了。这次吃了三天药,仍不见好,于是上家附近的东方医院。血象不高,医生也认为是上呼吸道感染,又挂了两天吊瓶。这其间,体温降了下来,咳嗽却越来越厉害。不是一般的咳,而是那种撕肝扯肺、声声不断的咳,一咳起来,让人感觉他要用尽全身所有的气力。

两位老人把能想的方子都尝试了,除了各类止咳的药,还熬银耳汤、冰糖梨。连续服用抗生素,儿子一点胃口都没有,吃一点酸奶什么的,有时咳得紧了,还吐了出来。一周下来,人就明显消瘦了。好几个夜晚,我被儿子的咳嗽震醒,怕他吐,我就把他扶起来,抱在怀里,一边轻轻地拍着他的背,一边说:儿子,不用怕,爸爸在呢。其实那一刻,我的心中也满是无奈和无助,心想如果病是儿子平时玩的小贴画儿,从他身上一撕就能撕下来,然后贴在我身上,就好了……

儿子得病一周后的晚上,我们去了北京儿研所。这里被认为是北京市最好的儿童医院,无论早晚,都是人满为患。首先查血拍片。从 X 光片看,儿子的右下肺已有明显的阴影。大夫说,这是支原体和病毒交叉感染引发的肺炎,持续时间较长,得继续输阿奇霉素!

当晚儿子在儿研所输液时,妻子打电话过来。怕影响她的工作,我们一直没有告诉她儿子得病的实情。问她在哪儿,她说她正在法国波尔多市的葡萄酒博物馆品酒呢,你们呢?我说我正在北京市儿研所的治疗室与儿子品"葡萄糖"呢。但没有说。

从儿研所出来,爷爷对我说:都都得的就是"非典"。是吗?我吃惊不小。他说,不是二〇〇三年流行的那个"非典"。二〇〇三年的"非典"准确地说应叫"SARS"。医学上,由支原体、衣原体等非细菌性病原体引发的肺炎,统称为"非典型肺炎"。"SARS"又不同于支原体、衣原体,是一种新型病毒,它引发的肺炎虽然也被称为"非典",但不是所有的"非典"都是"SARS"。

于是释然,同时也暗自庆幸。"非典"啊"非典",那是一段多么令人恐怖的记忆……

那年"非典"期间,我儿子不到一岁,我想,如果他那时候得了肺炎……啊,不敢想象!

史铁生说过,人其实每时每刻都处在幸运中,因为任何不幸前面,都可能加一个"更"字。我想,这不是阿 Q 式的精神安慰,而是人面对不幸和苦难时的一种心理调节,它能给人以安定、信心和希望。

又输了四天液,烧退了,咳嗽在缓解。遵医嘱,停药三天,接着又口服三天阿奇霉素。两周了,我觉得儿子的肺炎一定该好了。但就在口服最后一天药的中午,他又一次发烧了。

我的心一下子又沉了起来:莫非是肺炎引起的并发症?这回不敢怠慢,又去了儿研所,医生诊断,肺炎在恢复,是扁桃体发炎。又是连续一周的吃药、输液,不亦乐乎。两位老人日夜操劳，身心俱疲。终于在八月三十日晚，儿子得病十八天之后，他的烧彻底退了。那天晚上，我睡了多日来最沉最深的一个觉。

第二天，妻子出差回来了，我与儿子到楼下接她。听了爷爷、奶奶的叙说，她抱起明显消瘦的儿子，哭了。我说："看来儿子跟你亲，你走了，他病了；你回来，他好了。"妻子一句话不说，只紧紧地抱着儿子，一个劲儿地流泪。我想她的泪水里，除了母子连心的难过，还有庆幸和感激。

提　问

　　儿子都都过五岁生日那天,他的肺炎还没有痊愈。问他想吃点什么,他说"老鸭汤"。"老鸭汤"是北京方庄小区里面的一家特色饮食,我们平日去过几次,难得儿子有这样的胃口。喝汤的时候,正在法国出差的妻子打电话回来,向儿子祝贺生日,儿子抱着手机与妈妈聊了很久,问长问短的,最后叮嘱妈妈别忘了给他买一个变形金刚回来。妈妈说,法国这里所有的玩具都是咱中国制造的,变形金刚体积太大,带着不方便,妈妈给你买一架航天飞机(模型)怎么样。儿子顿了一会儿,说:"那也行。"

　　五岁前后,儿子似乎开始懂事,心里渐渐有了"别人"。妈妈出差后的一天晚上,都都同我们一起看电视里的"天气预报"节目。预告员说,强台风"圣帕"将掠过我国台湾省,并在福建沿海登陆,最大风力可达十七级。听完这条消息,都都把脸转向我,问:"那妈妈呢?"我立刻明白他的意思:妈妈是不是在台风经过的地区?会不会受到台风的危害?我告诉他,妈妈不在台风经过的地区,妈妈在欧洲,都都这才把脸转过去,接着看电视。

　　暑期,妻子带着父母和儿子到河北承德休假。休假归来,妻子见到我高兴地说,儿子长大了!她说,当他们乘坐索道缆车爬棒槌山,经过一个深谷时,妈妈问坐在身旁的都都怕不怕?都都说"不怕",接着他问:"妈妈你怕吗?"妻子故作害怕状。都都立刻伸出一只胳膊搂住妈妈的脖子,另一只手蒙住妈妈的眼睛,说:"别看下面就不怕了。"越过深谷后,都都放开小手,说"妈妈现在不要怕了"。每飞临一条深谷,他就重复上述动作,直到山顶。妻子高兴得也像个孩子,说儿子能够保护我了,好开心啊。

休假期间,姥爷感冒了,怕影响大家的兴致,他起先没有吱声。都都是姥爷一手带大的,他每天都要到姥爷怀里滚进滚出。这天他来到姥爷床前,刚一碰姥爷,便大叫道:"爷爷发烧了!"这才引起其他人的注意。没有任何人吩咐,都都转身跑进卫生间,把毛巾浸湿,拧干,叠整齐,拿来敷在姥爷的额头上。过了一会儿,他又把手巾拿去重新浸过凉水,再敷上,并问:"爷爷,你好些了吗?"姥爷感动得热泪盈眶。

都都是八月底的生日,妻子说,他赶九月一日前出世,是为了早上学呢。过了五岁生日,都都就进入幼儿园大班,幼儿园除了教拼音、学写字,还开设了朗诵、音乐等培训班。每天回家,都都要做作业,俨然是一个小学生,玩耍的时间减少了。我一方面盼望儿子长大,一方面又觉得他无忧无虑的童年时光,过得快了些。

独生子女的游戏娱乐,确实是一个问题。在家里,都都不是一个人玩玩具,就是没完没了地看动画片,所以一旦外出,我们就带着他。一个月前,我与妻子带着都都在天桥剧场看话剧《凌河影人》。该剧讲述的是辽西大凌河一带皮影艺人的传奇故事。两大皮影班主为争夺地盘,结下了血海深仇。二十年后,两家被日寇同时围困在大凌河畔修筑铁路桥。面对日军的屠刀,两家皮影艺人尽释前嫌,他们毅然点燃了影棚子,与大桥同归于尽。强烈的戏剧冲突,醒目的舞台设计,也吸引了都都的注意。他亮着一双大眼睛,全神贯注地看着,似乎全看明白了。

剧中,一个日本少佐欲对中国女青年灯儿实施强暴,危急时刻,与灯儿有世仇的男青年丑儿赶到,抡起铁锹砍死了日本兵,救下灯儿。灯儿于是对丑儿心存感激。她舍弃了之前"父母之命"的大桩子,爱上了丑儿。当大桩子质问灯儿为什么不理他时,灯儿悲愤地说:"小鬼子欺负我的时候,你在哪儿?那一次,要不是丑儿救了我,我……我……我就……"下面的话难过得再也说不出来。演员投入的表演感染了观众,全场鸦雀无声,静得可以听到彼此的呼吸。

就在这时,观众席中响起一个清亮的童声:"妈妈,她就怎么样了呀?"

提问的是我家都儿。

平 安

虽然时过半年,表哥一家却还是难以从丧子的痛悔中解脱出来。每次见面,表嫂都要念叨那句不知念叨过多少遍的话:"我没有想到梦梦会醒来……我就是下楼买了几袋牛奶……"神情语气很祥林嫂了。

那是今年春天一个寻常的早晨。表哥在单位值班,由表嫂一人带着快五岁的儿子梦梦。她通常先起床,到楼下的早市买好早点,再叫醒家人。那天出门前,她看了一眼熟睡中的梦梦,心想就十分钟工夫,梦梦不会醒的,就是醒来也是在家里。但灾难就在这十分钟里降临了。她回家来,梦梦已不躺在家里的床上,而是躺在五层楼下冰冷的水泥地面上,而且再也不会醒来。

事后推测,或许是妈妈出门时带门的声音吵醒了梦梦。梦梦从床上爬起来,看不到妈妈,也看不到爸爸,便哭喊着四处找寻,找过家里每一个房间,又光着小脚来到了阳台上。这是南方老式的阳台,挂衣服也挂腊肉,一般都不封闭。阳台的外墙与梦梦的头齐平。梦梦踮起小脚向外看,只看到一片灰蒙蒙的天空。这时他发现脚边有一个凳子,踩上去就能把半截身子探出墙外……

我们知道,对于处于痛悔之中的表嫂、表哥,"节哀保重"之类的安慰都是苍白无力的。十月怀胎,五载抚养,儿子已经成为他们生活和生命最重要的组成部分。这种创伤,只能靠时间慢慢平复。

每次见面或者通话,他们总不忘叮嘱我们:"一定要看好都都!"都都是我的儿子。值此,我总会回想起都都的那次历险。

都都快两岁时,就学会了骑儿童自行车。一开始,兴趣颇浓,有点像刚拿到本儿的机动车驾驶员,每天睁开眼的第一件事就是闹着要骑车,而且总是在家里就要骑上,在大人的照顾下驶出家门。这天早上,我一路看护他骑着车从家里来到一楼大厅。我一手护着他,一手推开楼门。楼门咯乍乍一阵乱叫。我不由得低下头,发现玻璃门扇底部包裹的铁皮张开了。我下意识地松开了都都的车把,伸出脚企图踩平张开的铁皮。前后不到五六秒钟,都都脱离了我的控制,竟自己骑着车驶向了与楼门一箭之地的残疾人通道。

残疾人通道是约十米的下坡道,顶头一个硬拐弯,两侧是钢质护栏。都都刚会骑车,仅会打铃,不会拉闸,而且没有地形的概念,不分上坡下坡只知卖力地蹬踏。当我看到都都的时候,他已经以极快的速度冲上了残疾人通道,一副奥运健儿的矫健姿态,一副无知无畏的英雄气概。我几乎是跳下旁边的步行台阶去阻截,但已经来不及了。我眼睁睁看着他骑着失控的车径直撞向顶头的钢质护栏。"嘭"的一声,我的心同时悬到了半空!

车子卡在护栏与地面之间,都都并没有掉下来,只是被这猛烈的撞击吓着了,哇哇大哭。这种"好孩子"牌的童车,前面装有软塑料车筐,车筐挤过栏杆,就像汽车的安全气囊,吸收了大部分冲击力。车把上还有一层泡沫包装,也再次缓解了冲力。

太悬了!在撞击的一刹那,都都的身体猛地前冲,头部离钢质栏杆只有两三厘米的距离。

感谢神!一切都是那么巧,如果栏杆高那么一点,如果车筐低那么一点……

人世间，大凡美好的东西，诸如平安、健康、荣誉、爱情，质地往往都很脆弱，就像一件精美的瓷器，稍不留神就可能一地碎片；又像娇嫩的花朵，需要上天的阳光雨露，更需要我们付出园丁的精细和耐心。

一年级

爱人单位每年暑期都要组织员工及家属去北戴河休假。我俩工作忙,多由姥姥、姥爷带着都都去,今年也不例外。都都下月七周岁,这是他第六次上北戴河,一年一度。行前我对他说,儿子,你享受的是国家干部的待遇。但是,休假期间别忘了办公。办公?儿子不解。暑假作业啊!我提醒他。

同时,我们还给他布置了一项作业:写日记。这些天每天晚上,都都都会打电话回来,为我们朗读他的日记,内容几乎都是下海游泳的见闻。语言虽然稚嫩,但叙述还算清晰,语句基本通顺。每次,我和他妈妈都不忘鼓励他几句。

放下电话,我们由衷感叹:这一年,都都进步真大啊!

这一年,是都都的小学一年级。接送都都上下学的任务基本上由我承担。每天早上,闹铃一响,我先起床,给都都留出十分钟的"起床预备时间"。一般要叫他三次,等微波炉里的面包、牛奶热好了,他若还不起床,我就要进行"屁股恫吓"。有时洗漱完成,刚坐在了饭桌前,他又喊着要上厕所,就把形势搞得很紧张。一紧张,难免丢三落四,不是忘了饭盒袋就是落下了小黄帽。"早起三光,晚起三慌",都都现在也会说这句话了。

每天下午放学时分,家长们提前汇集到学校东门外的家属楼之间。那扇大铁门表情单一,很少按点儿开过,总是晚那么几分钟。随着吱嘎一声,家长队伍就起了波澜,头全部甩向铁门,脖子也拉长了。学生以班为单位鱼贯而出，走在最前面的学生举着本班的号牌，班主任走在队伍一侧，手里若拿着鞭子，就是牧羊人了。各班走到固定的区域停下，家长的心却未必能落下。班主任喊声"向前看齐"，再简单交代几句当天的家庭作业，就解散了。这时总有家长看不到自己的孩子。这就是被留下了。一年来，都都每月总有那么一两次被留下来。

被留下来的学生的家长随班主任一同返回教室。留下来的学生，有的是当天作业没做完的，有的是违反课堂纪律的。家长们先站在教室门外等着，老师喊到谁，谁的家长再进去。老师批评孩子，家长肃立旁听，有时也要说两句，表明"家校精诚合作"的态度。都都几乎都是因为课堂纪律不好被滞留。他总是管不住自己，或左顾右盼，或交头接耳，老师的提醒、批评只能管一会儿。都都的班主任是一位对工作极其负责任的女老师，最长的一次，她一口气批评都都长达四十多分钟，条分缕析，不厌其烦。我们父子离开学校时，天已经黑了，学校里空无一人。路上，我对都都说："儿子，再不能不守纪律了，你看耽搁袭老师多少时间。袭老师家离学校还很远，回家还得做饭。"都都没有作声。

"知道老师为什么要让你和邻桌同学站到讲台上去吗？"

"我们说话。"

"站上去是惩罚，不是表扬，你为什么要笑呢？"

"……最前面的孙志扬（化名）给我做鬼脸，说我们两人像结婚。"

我忽然想起，方才袭老师问他半天，他都没有说为什么会笑，以至袭老师说他"不知道啥叫害臊"。不管他出于什么原因没有说，客观上保护了那个学生。我忽然觉得儿子有些可敬。

下面我总结一下儿子这一年来的成绩。

学业上，能认读近千个汉字，会书写四百左右汉字，可以流畅阅读带拼音的儿童读物；掌握了两位数的加减法，会认钟表、钱币，能辨别前后左右东西南北；会说二百个英语单词和简单会话,英语水平已与我相当。

能力上,自己洗漱、洗澡、单独睡觉,自己洗袜子、洗餐盒;会帮家里人报时,自己去小区商店买冰糕,周末早上有时还去小区外的小吃店帮我买肉夹馍。学会了游泳、打羽毛球、滑蛇形板。每天晚饭后,我洗碗,都都擦餐桌、扫地。

心智上,开始走出"自我中心论",懂得关心、爱护他人。每次外出购物归来,他都要抢着提大的、重的物件。妈妈天生怕狗,每次和妈妈小区散步,一旦遇到狗,他就马上闪到有狗的一边,并对妈妈说:"妈妈,别怕,它敢来,我踢它!"周末嚷着要跟姥姥、姥爷一起睡,抱着被子走到客厅,妈妈对他说,爸爸不在,你陪妈妈好吗?他居然会收住脚步,看看妈妈,二话不说就返回主卧陪妈妈。

进步很大,缺点毛病不少——每一个年终总结都得这么说。"缺点"之一就是爱谈政治。如果从三岁上看电视时骂萨达姆"傻×"算起,他也算"资深"政治评论员了。

慈 善

这是都都妈妈发在儿子班级论坛上的两则帖子——

之一：周五晚上，和都都一起上网看了贫困儿童学习和生活的照片。他的反应和我预想中的有些不一样。应该说他对照片上的孩子还是充满同情的，但也许照片上的人和环境离他太遥远，默默地看完一张张照片后，他只对我说了一句：妈妈，他们是穷人……

他的这句话让我沉默良久。我对他说，孩子，他们是穷人，但贫穷不是他们的错……我不知道他是否能听得懂。我问他，如果你是照片中的孩子，你的感受会是什么样的呢？我们一一设想着，坐在石头堆上上课，手冻烂了还要坚持写字，背着柴火在雪地里行走，端着一碗难以下咽的稀糊糊……

最让我担心的事还是发生了，他问我，妈妈他们为什么会那么穷？我回答不了。我们无法否认，人人生而平等其实只是一种理想。我只能说，孩子，我们现在之所以相比之下比他们生活好，是因为我们很幸运，是上天对我们的青睐。我们现在要做的有两件事，那就是懂得感恩，珍惜现在所拥有的一切；另一件事就是懂得爱，用我们的力量帮助那些需要帮助的人……

我知道，孩子不可能一下懂得这么多。当我说今天就到这里的时候，他立即欢快地叫道：噢，终于可以玩"哇哇呀呀"（一种电脑游戏）啰！

之二：周六上午写完作业，和都都一起收拾衣物。正值换季，穿不了的冬装要收拾，春夏装要拿出来。告诉都都，这次和往常不一样，妈妈帮不了忙，要自己收拾自己的，因为穿不了的衣物捐给贫困孩子，这心愿是要自己来表达的。

他很乖，在我的指导下，把衣物分成了冬装和春秋装，然后分成了上衣和裤子。装袋子的时候，他帮我摁着贴胶条封口，看到没有纸条（注明衣物适合的孩子年龄）了，他主动咚咚地跑到另一个房间去取……呵呵，这一点还是让我很欣慰的。

周日上午，我们全家一起动手，把收拾好的衣物装进两个编织袋。其中一个是都都的衣物和未穿过的鞋子，准备寄给拉萨的孤儿院；另一个是我和他爸爸的，准备寄给阿坝藏文中学的高中生。

开车来到邮局，请工作人员打好包，按要求填写好包裹单。但有点麻烦的是，编织袋拉锁要用线缝上；除了包裹单以外，收件人地址等信息还要写在一张白布条上，白布条也必须缝在包裹上。这下可有些难，我硬着头皮操起针线，缝了不到五针，就扎了好几次手（不完全是因为我笨，打好包再缝的确难度大增；大家若寄，可在家中先缝好，当然要留个口给邮局工作人员检查）……缝白布条的要求更高，难度更大，是爸爸完成的，看来关键时刻还是要爸爸出马。

另外，就是邮寄费视路途远近不同，到拉萨的是每公斤五元多，到阿坝的是每公斤将近四元，两个包裹一共十六公斤，寄费是八十七元，加上包装、打包，正好一百元。

Anyway，这个周末过得很充实。

这个周末，也引发了我对"慈善"的一些联想。慈善是具体捐助，也该是随身而行的心态。下面的短语写给儿子，也写给我自己——

1. 对单位扫厕所的临时工问声好。
2. 开车时看到有人通过斑马线,即便他闯了红灯,请踩刹车,别按喇叭。
3. 忽然想起一个老朋友,打电话给他,不必说很多,问候一下即可。
4. 不管谁向你问路,请停下脚步,耐心解答。
5. 是你的过错或失误,马上说"对不起",不要犹豫。
6. 关注身边的孩子,告诉他(她):你很棒!
7. 不轻易杀死屋里的蜘蛛,它可能是迷了路,请用一张白纸引它出去。
8. 家里的水仙花开过以后,如果叶子还绿着,继续给它浇点水。
9. 永远不要以貌取人。
10. 尽量少开车。
11. 不轻易承诺,承诺了就要兑现。
12. 与马路边摆小摊的和农贸市场上做买卖的,不要讨价还价。
13. 路口停车时遇到行乞者,不要摇下车窗。拒绝有时也是一种给予。
14. 公交车挤上来一群农民工,往里挪挪,给他们留出位置。
15. 说真话,或者沉默。
16. 恶其事不侮其人。
17. 珍惜每一天。

馒头树

儿子，晚饭时你问我，梨子是梨树上结的，桃子是桃树上结的，那么馒头是不是馒头树上结的？

馒头树？多么新奇的想象！我想如果有这种树，树身想必并不高大，浑浑圆圆枝枝杈杈的，春天开一树白色的小花，只要有阳光和雨水，就能自然生长。初夏时节，花朵落尽，葱翠的叶片下，露着星星点点核桃大小的馒头。小馒头起先有些青涩，但越长越大，越长越白。深秋时节，当发黄的叶片飘落，满树都是一嘟噜一嘟噜白净丰硕的馒头。菜上桌，酒斟满，我招呼：儿子，去后院摘两个馒头去！

世上的树千万种，但就是没有馒头树。如果有这种树，该会省却农民多少辛劳和汗水啊！

今天得闲，爸爸就给你说说馒头是怎么来的。

馒头是由面粉制作的，面粉是由麦子制作的，麦子是由麦种长成的。一粒麦种和馒头之间，到底有多远的距离呢？

一、播种。北方多在秋收以后种麦子，把收获后的土地深耕，捣碎土块，"熨平"地面，方才撒下麦种。

二、除草。与小麦一起生长的还有野草，除草是细活，像女人绣花，一不留神，除掉了麦苗，草却留了下来。除草的过程，也是为麦苗松土的过程。

三、灌溉。赶上天旱，就得引水浇灌麦苗。

四、防虫。遇到病虫害，还得喷洒农药。

五、收割。这是农民一年最紧张忙碌的时节，小麦成熟期短，加之天气多变，如果不能及时收割，麦粒就可能洒落在田地里。

六、碾场。堆到麦场的成捆的麦子，并不能立即脱粒，得摊开，晾晒，蓬蓬松松地铺满场，再用牲畜拉上碌碡，一圈一圈地辗轧，直到麦粒从秸秆上脱离开来。

七、扬场。脱离下来的麦粒、沙石秕糠杂存，就趁着自然风，或者开启电风扇，将麦子一锨一锨撒向半空。风拣选着麦粒、沙石、秕糠，让它们各落其处。

八、晾晒。麦子必须晒干，方能贮放。一般要晒三两个日头。

九、归仓。麦子归了仓，夏收才算结束。

有了麦子，离馒头就近了。

十、淘晒。麦子必须淘净、晒干，方能磨面。一口大盆，盛上水，把麦子倒进去，撇出飘浮的秕糠，用笊篱搅动，麦粒上涌，沙石下沉。

十一、磨面。有了电磨，快多了。之前是石磨和水磨，两斗麦子得磨上大半天。

十二、蒸馒头。取了面粉，掺水，加碱，和面，发面，制作，蒸烹。

爸爸说的，是对三十年前小农业时代（以人力蓄力为主要动力）的印象。这些年经济发展了，科技普及了，耕作、收割、脱粒等工序都各有机械，省却农民不少气力。但中国现在还有三分之二的人口是农民，就说明农业的机械化、现代化程度并不高。

儿子，如果说世上真有馒头树，这树就是在田野里耕作的农民，馒头是从他们的手中长出来的。馒头有多光滑，他们的手就有多粗糙；馒头有多洁白，他们的脸就有多黝黑。

现在你该明白，爸爸为什么不让你扔那半个馒头了吧。

童 年

一

儿子,你我都出生在夏天,且都属马,但相隔三十六年的两匹马是多么的不同啊。你是爸爸妈妈精心"计划生育"的,在怀着你的时候,妈妈就吃着DHA之类的有利于你健康发育的营养物质,并按国家要求定期到妇幼保健站作检查。你出生在北京同仁医院,那里有全国一流的医疗和护理服务。反观爸爸,大概是爷爷奶奶"漫不经心"的产物。爸爸上面已经有两兄一姊,按照后来的基本国策,爸爸是不该出生的。二十世纪六十年代,还是主张"要准备打仗""人多力量大"的年代。以至今天,爸爸是不能与爷爷讨论政治的,爸爸要说那个时代不好,爷爷就说:狗没良心,没有那个时代还能有你?!

爸爸并不服气:"如果能够没有那个年代,我宁可不出生!"

奶奶怀着爸爸,挺着大肚子,照样得给农业社干活。她怀其他孩子的时候也如此,那时所有的农村妇女都如此。农村妇女生育,是没有所谓"产假"一说的。挣工分啊,工分工分,农民的命根,没有工分,一家的口粮就没有保障。非但没有定期保健,就是生育也很少有上医院的,都是在家里,由村里的接生婆接生。遇到胎位不正等难产情况,接生婆只会装神弄鬼地乱禳治,不少产妇婴儿就这样死去了。爸爸何其幸运！奶奶说，那年夏种时节，她做完早饭，感觉不对劲，便上了炕，不大一会儿我就自个儿钻出来了。等赵三婆急活活地赶来接生时，她自己已经把脐带用烧过的剪刀铰断了。

奶奶经常对爸爸说，在你们弟兄们里，你最有福；牛马年，广收田，有你那一年，秋夏两季都收成，常年有麦面馍吃；你看你的个子在你弟兄几个里最高。

二

儿子，不要说跟爸爸当年比，就是放在当今北京城里，你都是幸运的。妈妈怀上你时，姥姥、姥爷正好退休，两位职业医生，放弃颐养天年的机会，不远千里地赶来，做你的保姆兼家庭教师兼保健医生，一做就是七年。想你上幼儿园的几年里，姥姥、姥爷每天早起都等在我们卧室门外，我们一打开门，他们就欢欢喜喜地进来，帮你穿衣服、洗脸、搽润肤霜。每晚，姥爷做饭前都要问你想吃什么，然后遵照执行。我想过去故宫里的皇太子，大概也不过这个待遇了吧。

你已经会计数了，能算得过来这些年你玩过多少玩具吗？阳台上堆着三箱你不舍得扔的玩具，家里、车里随处可见你的玩具，尽管上学后爸妈有意控制了，但仍然不时满足一下你对新玩具的渴望。这些日子，妈妈给你买了蛇型板，你就既不滑旱冰鞋也不骑自行车了。从你对待玩具的态度上，爸爸充分领略了人类"喜新厌旧"的本能和天性。

知道爸爸小时候在玩什么吗？药瓶。你不会理解，药瓶怎么会是玩具？没有玩具，就什么都可能成为玩具。那时候，爸爸家里最多的就是药瓶，圆的方的高的矮的什么瓶子都有，满满一箩筐。爸爸就经常把它们取出来，有时按大小个儿排列，有时按方圆形状分类，给它们装上水，再把摘来的野花插上去，门前的捶布石就变成一个小花园呢。

那时候,奶奶总是有病,常年吃着药。爸爸关于童年的记忆之一,就是爷爷用架子车拉着奶奶四处去求医看病。爷爷把架子车车厢擦干净,铺上麦秸,摊开一床被子,把病中的奶奶搀上车,再把我放在奶奶的旁边,他就这样拉着车去医院。上一趟县医院,来回要走六十公里。赶上雨天,他就展开一张塑料布盖在架子车上,我与奶奶就像塑料大棚里的两株植物。

噢,架子车,你是没有见过的,现在在老家仍很普遍,既是生产工具,也算农民的交通工具。一说车,你大概就只知道汽车,你出生不久,咱们家就买了汽车。七年来,你是"入则鱼,出则车",陪爸爸去一趟菜市场,八百米,你都要嚷嚷着开车去开车去。你想不到,爸爸乘坐的最早的交通工具,是以爷爷为动力的架子车。

三

儿子,今天你的班主任老师来电话,说昨天布置的两张语文测试卷,你没有做。昨天爸爸把你接回家后,你就趴在桌子上做作业。回家后先做作业,已经成为你的自觉行动。约一个小时后,你说做完作业了,要下去玩。爸爸二话没说,就说去吧,结果这两张试卷就落下了。

上小学一年来,你玩耍的时间很少了,学校归来,大部分时间都在做作业,有时要做到晚上十点。爸爸确实有些心疼,有时甚至生出替你做作业的想法。

爸爸认为,玩耍和游戏才是上帝布置给儿童的"作业",可惜上帝总是高高在上,从来不监督检查一下。就此而言,爸爸就颇有些自豪了。爸爸的小学,几乎是疯玩过来的。

爸爸那时会睡懒觉的,虽然为此没少被奶奶打屁股,多少次奶奶拽着爸爸走到学校,正好赶上学校打铃放学;而你是不可能了，每天早上六点四十闹钟一响，看你睡得像一只香瓜，真不忍叫醒你，但又不得不叫醒，学校就像候机厅，过了七点五十就关大门了。

爸爸那时偶尔是会逃学的，和同学一起跑到南山牛角沟里去掏夹巴（螃蟹），或者在村东的虎峪河里打扑腾（玩水），虽然事后不免被老师责罚；你怎么可能呢，每天车接车送，固定的时间，固定的线路，一上车爸爸就把车门锁上，这车就成了押送你的囚车了。爸爸曾说等你大一点儿，就自己坐公交车上学，妈妈却不无担忧：现在路上车这么多，社会这么乱，你放心吗？

爸爸那时是有很多伙伴的，放学路上，一路打闹、追逐着，回家后放下书包，又在一起做游戏，藏猫猫、挤腋窝儿、滚铁环、打包儿、跳房儿，有时还去爬树掏鸟窝。地头坎畔的树，几乎被我爬了个遍，一件衣服，往往是前胸和两肘先破，那都是因为爬树弄的；你快七岁了，爬过树吗，城里哪棵树允许你爬呢？

还有，爸爸生长的坡嵝，雨过天晴，站在家门口，八百里秦川就尽收眼底了，能看到飘逸如带的渭河、圆蒸馍一样的乾陵和大戏台一样的黄土高原；你站在咱们家十五楼的阳台上，看到了什么，除了盆景一样的小区花园，就是对面的高楼，再就是高楼外的高楼。在小区花园里，你能看到纷飞的蜻蜓、蝴蝶，能听到青蛙和纺织娘的合唱吗？

还有，爸爸儿时常年呼吸的是清新如泉的空气，而你今天呼吸的是什么？

……

三十多年前后，一个在穷乡僻壤，一个在繁华都市，两个童年是如此迥然不同。爸爸一度很称羡你的童年，现在却不免有些同情了。也许上帝从不把所有的糖果给同一个孩子，你我都不例外。

父 子

  儿子,今天是国际儿童节,这是你来到这个世上所过的第八个儿童节。再过两个多月,你就八周岁了。看着个头已到我肩头的你,我一面为岁月匆匆而感叹,一面为你的健康成长而欣慰。

  还记得你四岁多时作的诗么?那是一个秋天的夜晚,在我们全家行将熄灯睡觉的时候,爸爸与妈妈说到诗歌,你忽然说:我来作一首,然后就口吐莲花:"两个大人,一个小孩;一个爸爸,一个妈妈。想亲爸爸,就亲爸爸;想亲妈妈,就亲妈妈。"爸爸妈妈都惊呆了。看我俩半天不说话,你问:"这诗行吗?"

  八年来,你带给爸爸、妈妈无数惊喜,这只是其中之一。当你第一次叫"爸爸""妈妈"的时候,当你第一次蹒跚着独自走路的时候,当你第一次用铅笔写下自己的名字的时候……每一个生命都是奇迹,养育生命的过程,就是不断收获奇迹的过程。人们常说,不养儿不知父母恩;我喜欢说,不养儿不知父母乐——为人父母的快乐和幸福。

  爸爸、妈妈很爱你,可以说超过爱一切,但"父母之爱子,则为之计长远",我们从来没想娇惯你。健康成长的内涵,肯定不会只是身高体重视力,还包括精神和心灵。你上小学之后,基本上自己照顾自己的起居,自己准备每天的学习用品,自己洗上学用的饭盒,自己给自己洗袜子;在我家每次开饭前,你都帮着抹饭桌,取碗筷。看到这些,你知道爸爸妈妈心里有多幸福吗?

就在前天，你终于在我们的鼓励下，独自去了邻近小区你的小同学骁骁家里。虽然两家相距并不远，但相隔一条不断有汽车往来的小区道路。现在，爸爸可以自豪地说，我家的小男子汉能够独自安全地过马路了。

这也就是我为什么反对中国传统的"孝"道了。为子女付出的过程，就是不断收获快乐和幸福的过程。养育儿女，是为人父母的天职，是法律的义务，是寻求人生快乐和意义的一种方式。但它不是投资，不是买养老保险，不是来日要求子女回报和"孝顺"的筹码。在历史上的中国，百行"孝"为先，"老"骑在"子"的头上，成为孩子命运的主宰；孩子唯"老"是从，唯"老"是听，学业、职业、婚姻等一切事务不能自主，孩子成了父母的影子，家庭利益的道具，这样的"孝"道，曾怎样钳制和扼杀了一个民族的生机和活力啊。

我很喜欢这样一句英语：A boy was born in my family! 是的，上帝让一个孩子生到了我们家里。我们有缘成为一家人，彼此都十分幸运。你的生命是属于你自己的，你有与生俱来的权利和自由。爸爸、妈妈只是你的监护人、看顾者，就像幼儿园里的叔叔、阿姨。我们的生命是完全平等的。无论是现在还是将来，爸爸、妈妈都不能随便剥夺和侵犯你的权利。

在这一点上，爸爸、妈妈认识一致。比如我们虽然重视你的学习，但同样重视你玩耍的权利，每天都保障你有一定的时间到户外与小朋友玩；当一些家长给孩子报很多课外班，把孩子的课余和周末填得满满时，我们没有跟风，只是根据你的兴趣，选择了趣味英语和游泳。你什么时候不想学了，就什么时候收场，绝不强迫你。电子游戏是个例外，因为你现在的自控能力还很差，一旦上网成瘾，就会影响学业和身体。但也没有搞"一刀切"，每个周末，还是让你上网玩四十分钟。

爸爸不是总做得好，也有乱发脾气的时候，也有对你进行体罚的时候。记得不久前的一天早上，我俩走进地下车库，你才说忘了拿水杯。因为还要接小同学，时间不赶趟儿，就没有再返回家拿水杯。到了学校门口，快下车的时候，你又说英语书忘带了。爸爸当时真有些火：怎么总是丢三落四！下车问你，你满不在乎，还在跟小同学谈"赛尔号"（电脑游戏）。我当时一脚就踢了出去，多亏你躲得快。旁边的张阿姨吃惊地看着我：你怎么能踢孩子？！

返家取了你的书，再送回学校。上班的路上，爸爸心情灰暗而难过。我为什么那么冲动？我尽到了提醒之责了吗？下午，接你们回家的路上，你跟没事人似的，与小同学又说又笑，但我的心中却像压了一块石头。走进家门，爸爸蹲下来，抱着你，向你认错……

你的人生，刚刚起步；作为"爸爸"，我是初次。在"父子关系"这个课堂上，我俩都是学生。正基于此，我才在博客上，把关于你的成长笔记定名为"与儿子一起成长"。爸爸明白，真理并不总在我这一边。

爸爸早年生活在一个相对传统的环境里，身上潜藏着很多传统的意识和积习。那天，为了让你监督爸爸，我对你说：如果爸爸再打你，你就喊：打人是犯法的！我说这是我给你的"上方宝剑"。你问什么叫"上方宝剑"，我解释了半天。你似乎明白了，然后问我：爸爸是皇帝啊？

跋

活在秦腔里的记忆

代海军

一

我与刘元林先生是未曾谋面的"熟人"。这两年,我在他任职的报纸上发表过几篇文章,彼此便有了联系。

刘元林一直在"为他人作嫁衣裳",他的编辑的才华,差点儿让我错过了他写作的精彩,直到前段收到他寄来的行将付梓的大作。

没有想到的是,元林兄用的陕西方言,对于像我这样痴迷明艳儒雅小品文的人来说,乍一碰到这么粗粝、直率的文字,一时竟不知所措。

该怎么读呢?

想想,还是先借用作者的一句话,"就从坡嗲这个词开始吧"。

坡嗲是刘元林出生的小村庄。村子位于陕西关中地区秦岭北坡,村东头有条虎峪河,村后是虎头山。曾经,这个村屋前屋后都是竹林,在天气晴好的时候能看见远处的渭河,还能看见渭河北面的乾陵……

坡嗲还是个有点神奇的小山村：村里人一大早就去牛角沟担水，看病找"顶神"治疗；孩子不舒服时，竟然抓蛇来暖肚子；作者的二妈就做过"顶神"，七爷的魂还上了二哥的身……最为神奇的是，楼观台里的徐道士竟然会"搬运术"。一刹那，我想起了马尔克斯笔下那个魔幻的马孔多。

从作品中得知，作者一直想为坡嗲编一部类似《马桥词典》式的东西。同《马桥词典》一样，除了文本的创新之外，刘元林的散文也没有一条完整的主线。不同的是，韩少功在虚构小说，刘元林则是在提炼自己的生活。"故土""旅途""亲子"构成了这部作品看似独立却相互粘连的单元。故乡无疑是作者勾描的重点，也是最出彩的部分。故乡这个主题，对作者来说太熟悉了。生于斯长于斯，"坡嗲"两个字，几乎占满了他早年的记忆。写故乡的文章共有四十余篇，虽然写作的时间前后长达数年，但看起来几乎是一气呵成。文章里散发的，除了黄土地、虎头山、油泼辣子、浆水面的气息，就是扑面而来的"秦腔"了：月亮娃儿（婴儿）、努（漂亮）、阿嗒（哪里）、扬活（铺张）、掰撤（较真）、稀欠（可爱）……

同为关中汉子的贾平凹先生，曾经给秦腔下过这样的定义："山川不同，便风俗区别；风俗区别，便戏剧存异；普天之下人不同貌，剧不同腔，京、豫、晋、越、黄梅、二黄、四川高腔，几十种品类；或问：历史最悠久者，文武最正经者，是非最汹汹者？曰：秦腔也。"或许打小就听五舅爷说书、跟母亲学口口，刘元林写故乡的大部分文字都带着汹涌高亢的腔调，如同西凤白酒那般甘洌，尤以《秦腔》一篇分量为重。对坡嗲人来说，秦腔不光是"唯一活在地面上的秦风古韵"，更是喂养几代人的精神食粮。

不难发现，浸淫在秦腔旋律里的刘元林，直接把那种粗笨而庄重的乡音带到了写作上：《二球》《耍媳妇》《烧荒荒》《浆水菜》《长虫》《大戏》《年》……没有任何转换和改造，作者就这样原汁原味地讲述着，带着浓重的口音。我发现，当技巧被从文本中抽离后，作者在做的，只是对儿时乡村生活原原本本的描摹：挑水、拉土、喂猪、收割、碾场、割柴……坡嗲生活的每个细节在他的笔下一一呈现。这里的大部分文字就像长在黄土地里的庄稼，随便拽上一把，抖一抖都会掉下一层土渣。作者描写姨父的这句话就很典型："他的头发已经全白，脸上沟壑纵横，像他常年侍弄的土地；两只青筋暴涨的手，在抓住我的那一刻，感觉像柿树皮一般粗糙。（《秦腔》）"

看来，刘元林"土"得有些韵味。

二

英国女作家伍尔夫曾经说过，好的随笔"开头第一个字就要吸引我们，直到最后一个字才使我们松一口气，而在这之间，我们会有喜悦、惊异、好奇、愤慨等种种感受。"刘元林的文章写得认真，句子收拾得也很干净。阅读中，我曾经试图给他的随笔作出一个评价，后来越发觉得这种想法无异于画蛇添足。散文本来就是生活的一部分。刘元林所做的，不过是拉开了挂在坡嶑人屋里的那幅窗帘。

处在性苦闷期的保生、杀猪的毛蛋、三十岁还独身的勺勺哥、集贤剧团当家花旦秋棠……这一个个看似纯朴的坡嶑人身上，却有着许多难以理解的元素，对"出朝"的膜拜、邻里之间的斗狠、神话一样的逸事，等等，坡嶑的乡村生活既令人惊愕又充满魅力。

作者对家乡的理解是感性的，又是深入的。尤其当他触碰到乡村陈腐而又丑陋的一面时，我能感觉到他内心的焦虑与矛盾。这种焦虑与矛盾，在他笔下化做对生与死、文明与愚昧、当下与历史、亲情与社会等多个主题的诠释，像身患重病的四姨对生的渴望以及玲玲的死等几篇文章，我觉得作者真是写得力透纸背。

刘元林是敢说话的。他对春晚的批评、对城市化的担忧等，充满了人文关怀。在《年》里，他写道："某些小品，……一直没有脱开'拿穷人取乐，以弱势开心'的窠白，迎合着世俗的偏见，充满了对权贵的谄媚。这种小品的长盛不衰，凸显的是这个时代教养的缺乏和文化的荒芜。"

我原本以为如此耿直的人，散文的精巧和气韵在他这儿一定找不到，没想到却有不少发现："夕阳在平川的西头煨起一笼炭火，把山上山下映得红彤彤的。村子里升起一缕又一缕炊烟，白而软，像妈妈召唤我们的手。"（《指甲花》）作者一笔就泼墨出一幅恬静的山村图景，引人遐想。尤其写到对八娘的歉疚,他的笔上噙满了泪水,而那段用心敲出的精短文字,在暗夜里显得格外耀眼。

作者一直试图从文化的根基上反思乡村和人物的命运,但作为知识分子的理性,反而限制了他对坡嗲人成长与蜕变的进一步追问。这样一来,他可能在不经意间把坡嗲最粗糙、最嚣张、最逞能的场景过滤掉了。许多时候,我就觉得,如果再往里写那么一点点,就可以搔到读者的痒处,元林兄却突然收手了。不过,对这一点,我是能理解的。毕竟不是写小说,如他所言,"人都在呢,我还得回去!"

我突然想,坡嗲这些事,如果换成贾平凹来写会是什么样子?也许更荒诞别致,也许更简短锋利,也许……但有一点是肯定的,刘元林更能把得准坡嗲跳动的脉搏。

他的文章已经证明了这一点。

三

以前,在读龙应台的《目送》时,我曾经写过这么一句话:"再犀利的女子,在情感面前也会败下阵。"我想,男人也不例外吧。在写父子相处的场景时,我发现作者心境和语调有了明显的变化,话题也变得轻松了许多。而且,他还在尽量往幕后退。教孩子不骂人、为孩子编童谣、开家长会……作者已然将角色的重心转向儿子。鲁迅在《随感录》中曾将妇男(区别于"嫖男")分为两类:一曰孩子之父;一曰人之父。第一种,只会生,不会教,还带点嫖男的气息;第二种是生了孩子,还要想着怎样教育,才能使这生下来的孩子,将来成为一个完全的人。我想,元林兄无疑属于"人之父"。

其实,收入"亲子"篇的文章真正算得上对故乡的延续。因为作者将对坡嗲的记忆与留恋整个搬到了《起名》《童年》《童谣》《馒头树》等文中:小时候和同学去牛角沟掏夹巴(螃蟹),或者在虎峪河里打扑腾(玩水);游戏有藏猫猫、挤腋窝儿、滚铁环、打包儿、跳房儿,有时还去爬树掏鸟窝。

看来,元林兄还是放不下坡嗲。而一旦远离了坡嗲这个主题,不光他的笔会走神,连我有时也觉得别扭。《蝈蝈》还好,其他一些被归入"旅途"类的文章,我就发现自己很难进入,大多数情况下,我只是跟着作者做一回"看客"。

我忍不住又翻回到有秦腔的地方:

月亮爷,光——光,
赶明儿走到梁上。
梁上有个好富汉,
一斗麦,磨四遍。
……

我一遍遍念着这"口口",突然对刘元林肃然起敬。整部作品有多首这样的"口口",构成这部书别致的背景音乐。他所做的,不单是追忆一段难忘的童真岁月,同时也是在抢救一份文化遗产啊。

从《坡嗲》里走出来时,我身上已经沾上了一层黄土。

现在,我有点想去那个叫"坡嗲"的地方了。